Hans Weisenberger

West Ost

Die tödliche Gefahr danach…

Roman

© 2017 Hans Weisenberger
Erste Auflage
Umschlaggestaltung: Tredition
Verlag: tredition GmbH, Hamburg
Gedruckt in Deutschland und anderen Ländern
ISBN Taschenbuch 978-3-7439-6569-0

„Auf einer Basis
‚Es war nicht alles schlecht'
kann keine Versöhnung entstehen,
nur Friedhofsruhe.“

Joachim Gauck

Inhalt

Kapitel 1 Die Freunde

Von der Ostsee her wehte ein sanfter Wind und brachte den typischen Duft von Tang, Algen und Meerwasser mit sich. Möwen kreischten in der Luft, immer gierig auf etwas Essbares, das die Touristen ihnen gewollt oder auch ungewollt zukommen ließen. Das Wasser plätscherte leise und unaufgeregt an den Strand. All dies zusammen war die richtige Untermalung für ein Gefühl von Urlaub, Freiheit und Ausspannen.

Derjenige, der dieses Gefühl nachhaltig störte, war Ole. Nur dazusitzen und einfach zu genießen, fiel ihm von seinem Naturell her nicht leicht. Darum legte er auch jetzt wieder eine Geschäftigkeit an den Tag, die die anderen nervte. Er spielte an seiner neuen, damals noch recht teuren Digital-Kamera herum, probierte das Eine oder Andere aus, wobei die Umhersitzenden als Versuchsobjekte herhalten mussten. Aber besonders auch seine belehrenden fototechnischen Kommentare interessierten eigentlich keinen der Anwesenden. Trotzdem ließen die anderen es relativ gelassen über sich ergehen.

Die Anderen – das war ein Kreis von alten Freunden, die sich schon sehr lange kannten. In gemütlicher Runde saßen sie in einem der netten Strandcafés in der Nähe von Klausdorf und genossen den gemeinsamen Urlaub an der Ostsee. Der Freundeskreis bestand aus Babsi, eigentlich Barbara, Dieter, Johannes und eben Ole, der eigentlich Olaf hieß.

Sie kannten sich seit der gemeinsamen Schulzeit in einem kleinen, damals noch recht verschlafenen Städtchen irgendwo im Süden Deutschlands. Die Erinnerungen an die gemeinsame Zeit im altehrwürdigen Gymnasium waren lebendig, aber nicht ganz ungetrübt. Was vor allem an der damaligen Lehrerschaft lag – an wem auch sonst?

Aber wirklich, es waren schon merkwürdige Vögel, die Damen und Herren Pädagogen der höheren Lehranstalt.

Vornean der Lateinlehrer mit Spitznamen Parvulus, der sein Trauma vom siegreichen SS-Sturmbandführer und trotzdem verlorenen Krieg nicht verarbeitet hatte. Oder Verona, eine etwas verbitterte Dame mittleren Alters, die in Mathematik nur Einsen und Fünfen kannte. Wer bei ihr in Ungnade gefallen war, landete auf der letzteren Benotung, egal, wie er sich abmühte. Und in Ungnade fiel man bei ihr auch, wenn man bei einer schwierigen Aufgabe einen besseren oder direkteren Lösungsweg wusste, als sie ihn vorgab. Wer wird denn schon eine Lehrkraft kritisieren, besonders wenn diese sich ihrer Sache nicht so ganz sicher ist - was bei Verona des Öfteren vorkam. Die einzige Ausnahme bildete hier Dieter, von dem noch die Rede sein wird. Wegen seiner absoluten Begabung für Mathematik war sie gegen ihn machtlos.

Es wäre jedoch ungerecht, nicht auch von anderen zu reden.

Rahner zum Beispiel, ein engagierter, aufgeweckter junger Studienrat für Physik und Chemie. Der ein gutes und freundschaftliches Verhältnis zu seinen Schülern pflegte und, wen wundert's, allseits beliebt war. Ein Lichtstreif am sonst recht dunklen Gymnasiums-Horizont. Nach nicht einmal zwei Jahren hatte ihn die Mehrheit des Kollegiums so weit, dass er sich freiwillig auf eine andere Stelle bewarb. Der Gymnasiums-Friede, oder besser gesagt, die Friedhofsruhe, war wieder hergestellt.

Aber gemeinsames Leid verbindet, auch wenn es nur der längst vergangene Schulfrust ist. Trotzdem sie beruflich und auch privat sehr unterschiedliche Wege gegangen waren, die vier Freunde von damals, verloren sie sich eigentlich nie ganz aus den Augen.

Babsi und Dieter waren sich am nächsten gekommen. Nach beiderseits gescheiterten Ehen waren sie irgendwann zusammengezogen. Warum eigentlich auch nicht – man hatte sich doch schon früher ganz gut verstanden und die Glut der alten Penälerliebe war offensichtlich längst noch nicht verschüttet. Beide hatten, trotz den meist abschreckenden

Vorbildern, den pädagogischen Beruf gewählt – natürlich um alles besser zu machen.

Dieter baute dann später noch auf seine „einseitige" Begabung auf. Im Gymnasium waren eine fünf in Französisch und jeweils eine eins in Mathe und Physik seine steten Begleiter. Auf einigen Umwegen, aber ohne allzu große Mühe, konnte er im Lauf der Jahre seine „Stärken" bis zum Doktor und Professor der Mathematik an einer süddeutschen Hochschule ausbauen. Dabei hatte er jedoch die Bodenhaftung nie verloren. „Wenn Bildung und Einbildung sich paaren, ist Dummheit nicht mehr weit", war einer seiner Grundsätze. Und danach lebte er auch.

Ole hatte nach einem betriebswirtschaftlichem Studium sich konsequent hochgearbeitet und inzwischen den dritten Posten als Geschäftsführer inne. Jedes Mal ein wenig höher und mit größerem Entscheidungsbereich. Finanziell und von seiner Position her war er ein gemachter Mann. Trotzdem träumte er immer noch von dem ganz großen „Ding", wie er es nannte, bei dem alles völlig anders laufen müsse.

Johannes, der eigentlich früher der kritischste und am wenigsten angepasste von allen war, hatte Theologie studiert. „Der liebe Gott muss doch ein großes Herz haben, dass er solche wie dich gebrauchen kann.." hatte Ole damals sarkastisch und kopfschüttelnd diese Neigung bespöttelt. Nach seiner Meinung war Johannes die Theologie absolut nicht in die Wiege gelegt, trotz seines frommen Namens. Wobei er nicht ganz Unrecht hatte.

Ole und Johannes lebten, aus unterschiedlichen Gründen, beziehungslos. Ole hatte vor zwei Jahren seine Frau „in die Wüste" geschickt, nachdem immer deutlicher wurde, dass sie zwar an seinem Geld, nicht aber wirklich an ihm interessiert war. Seine häufige berufliche Abwesenheit hatte sie zu regelmäßigen und ausgiebigen Seitensprüngen genutzt. Was sie jedoch nicht daran hinderte, bei der Scheidung das Drama von der zutiefst verletzten und verlassenen Ehefrau in allen nur erdenklichen Facetten aufzuführen. Ole dazu: Es war nur noch peinlich. Ich möchte das nie, nie wieder erleben...

*

Bei Johannes lagen die Dinge etwas anders. Seine erste Vikariats-Stelle nach dem Studium trat er in einer Großstadtgemeinde an. Die konservative und recht unterkühlte Gemeinde wurde von einem ebensolchen Pfarrer namens Scheurer geleitet, der auch als Chef von Johannes fungierte.

Es war keine leichte Zeit. Sie wurde auch nicht leichter dadurch, dass Johannes sich ausgerechnet in Dorothee, kurz Doro, die Tochter seines Chefs, verliebte. Sie war so ungefähr das Gegenteil ihres Vaters, lebendig und aufgeweckt, ein wenig frech, rebellisch und auf ihre Art schön. In Liebesdingen nicht gerade erfahren, war Johannes dankbar, dass Doro nach vorsichtigen Annährungsversuchen die Initiative ergriff.

Ehepaar Scheurer, die Eltern von Doro, waren über die Beziehung absolut nicht erfreut. Zum einen war Doro noch recht jung, einige Jahre jünger als Johannes. Zum anderen war Papa Scheurer stets auf sein Weiterkommen und seine kirchliche Kariere bedacht. Ganz im Stillen hatte er dort seine Tochter mit eingebaut. Die Ehe mit einem aufstrebenden Kollegen, bei dem sich die Aussicht auf „höhere Weihen" abzeichnete, oder sonst einer wichtigen Kontaktperson wäre ihm sehr entgegengekommen. Der stets freundlich und zurückhaltend wirkende Johannes war aus seiner Sicht jedoch ein Weichei, das es im kirchlichen Betrieb nicht allzu weit bringen würde, zumindest nicht in absehbarer Zeit.

Heimlich hatte Pfarrer Scheurer deshalb auch versucht, die Versetzung von Johannes zu erwirken, jedoch ohne Erfolg. Er musste erkennen, dass die amourösen Abenteuer der Vikare seine Vorgesetzten nicht allzu sehr interessierten, solange diese in einem gewissen sittlichen Rahmen blieben und dem Ansehen der Kirche nicht schadeten. Dass es sich zudem hier um eine rein private Animosität gegenüber einem eventuellen

Schwiegersohn in Spe handelte, war dem zuständigen Dekan relativ schnell klar geworden. Und darum unternahm er, zum großen Leidwesen von Pfarrer Scheurer und seiner Frau, schlicht und einfach nichts.

So kam es, wie es kommen musste.

Auch die Mutter von Johannes, der Vater war schon vor einer Reihe von Jahren verstorben, war nicht sonderlich von der Verbindung begeistert. War es Eifersucht oder zu unterschiedliche Ansichten in vielen Dingen, das Verhältnis zwischen Doro und der späteren Schwiegermutter blieb stets ein distanziertes und unterkühltes.

Aber Widerstand macht stark, manchmal auch an der falschen Stelle. Noch während Doros Ausbildung zur Krankenschwester, (die Eltern hatten sich für ihre Tochter mehr, zumindest ein Medizinstudium erträumt), fand die heimliche Verlobung statt. Und ein halbes Jahr später stand die Hochzeit an. Es wurde eine schlichte und unterkühlte Feier im kleineren Familienkreis. Pfarrer Scheurer hatte es sich nicht nehmen lassen, die kirchliche Trauung selbst zu vollziehen. Die Trauansprache nutzte er, um den Beiden nochmals gründlich die Leviten zu lesen. Dass er damit völlig die Aussagen des Trautextes ad Absurdum führte, interessierte ihn in diesem Moment überhaupt nicht.

*

Trotz nicht allzu guter Referenzen seitens seines Schwiegervaters hatte Johannes inzwischen eine eigene Pfarrstelle. Doro konnte am selben Ort, an dem der neue „Amtssitz" von Johannes war, ihre Ausbildung zur Krankenschwester weiterführen. Eigentlich waren damit die schwierigsten Hürden genommen. Aber bei weitem noch nicht alle. „Vollgepfropft wie eine zu kleine Studentenbude" – so umschrieb Johannes Freunden gegenüber manchmal diesen Anfang ihrer Ehe.

Er musste sich in die vielfältigen Anforderungen der Gemeinde einarbeiten. Die Erwartungen der frommen und weniger frommen „Schäfchen" waren hoch – ohne große Rücksicht auf den Anfänger. Doro büffelte neben ihrem anstrengenden Dienst auf die noch ausstehenden Prüfungen. Beiden schienen die Anforderungen manchmal über den Kopf zu wachsen, was naturgemäß immer wieder zu Spannungen führte. Dazu kamen die unregelmäßigen und sehr unterschiedlichen Arbeitszeiten. Auch in dieser Beziehung keine guten Voraussetzungen für den Anfang einer Ehe.

„Gib unserer Beziehung noch ein wenig Zeit. Wenn erst Deine Prüfungen und meine Einarbeitungszeit vorüber sind, dann.." – versuchte Johannes Doro manchmal zu trösten, wenn sie abends todmüde im Bett nebeneinander lagen. Zu müde für Zärtlichkeiten und füreinander.

Auch diese Zeit ging vorüber. Doro schaffte ihr Examen über alle Erwartungen gut. Geheime Wünsche, doch mehr aus ihrem ebenso guten Abitur zu machen, keimten im Stillen wieder auf. Johannes hatte die zweite Dienstprüfung hinter sich gelassen und in der Gemeinde Fuß gefasst. Bei der Mehrheit der Gemeindeglieder war er inzwischen ein anerkannter und sogar beliebter Pfarrer. Dafür war er dankbar.

Was ihm jedoch zunehmend Sorge bereitete, war die Beziehung zu Doro. Hatte sie sich am Anfang ihrer Ehe aus Zeitgründen kaum um Kirche und seine Aufgaben gekümmert, so kam jetzt mehr und mehr die rebellische Doro zutage. „Was ich zuhause mehr als zwanzig Jahre lang ertragen habe, hat mir eigentlich vollauf genügt. Die meisten deiner Frommen, meinen Vater eingeschlossen, sind doch nichts als scheinheilig. Sie missbrauchen ihre Frömmigkeit, um sich selbst reinzuwaschen und andere zu beherrschen."

„Aber du hast doch gewusst, auf was du dich einlässt, als du mich geheiratet hast", verteidigte sich Johannes bei solchen Auseinandersetzungen. „Gewusst und auch nicht. Ich hatte gehofft, mit dir wird alles anders. Aber unter etwas veränderten Vorzeichen gerätst du mehr und mehr in dasselbe

Fahrwasser wie mein Vater und in gewisser Weise auch meine Mutter. Immer nur Kirche".

„Und ich hatte gehofft, die spielt endlich einmal nur noch eine Nebenrolle in meinem Leben. Und wir beide die Hauptrolle. Ich bin nicht die geborene Pfarrfrau und werde es auch nie sein. Das Vorbild meiner Mutter in dieser Beziehung ist für mich nur abschreckend". Immer mehr steigerte sich Doro in dieses Aufbäumen gegen die Art ihrer Beziehung hinein. Und parallel dazu wuchs der Abstand zu Johannes.

Nach drei Jahren war der „Vorrat an Gemeinsamkeiten", wie Johannes es Freunden gegenüber vorsichtig umschrieb, aufgebraucht.

Doro war längst aus der gemeinsamen Wohnung ausgezogen und genoss das Studentenleben in Heidelberg, nachdem sie nach mehreren Anläufen und den Beziehungen ihres Vaters den erträumten Studienplatz in Medizin bekommen hatte. Sie hatte viel nachzuholen, was das „wirkliche Leben" betraf, wie sie Johannes gegenüber unumwunden klarstellte. In Bezug auf die Eltern versuchte man noch eine Zeit lang heile Welt und Ehe vorzuspielen. Aber irgendwann war es nicht mehr zu verbergen. Ihre Ehe war am Ende.

Doro und Johannes trennten sich wie erwachsene Leute. Kein Rosenkrieg oder sonstige Scheußlichkeiten, wie sie oft in ähnlichen Situationen vorkamen. Auch nach der Scheidung wollte man irgendwie Freunde bleiben, jedoch ohne allzu konkrete Vorstellungen, wie dies in Zukunft aussehen könnte.

Aber, wie sie erst viel später erkannten, sie hatten die Rechnung ohne den Wirt, besser gesagt, ohne „Papa" Scheurer, oder inzwischen korrekterweise Ferdinand M.Scheurer, gemacht. Nachdem dieser in kirchlichen Diensten nun doch noch zum Dekan aufgestiegen war, legte er Wert darauf, dass auch sein Vorname korrekt genannt wurde. Das vertrauliche „Fred", das eh nur der Ehefrau und besten Freunden vorbehalten war, wollte er zukünftig nicht mehr hören. Er wusste schließlich, was er und andere seiner neuen Position schuldeten. Ehre, wem Ehre gebührt.

*

Sie gingen fortan nun also getrennte Wege, Doro und Johannes. Doro war voll von ihrem Studium gefordert. In der wenigen Zeit, die daneben noch blieb, stürzte sie sich in das studentische Leben. Ein völlig neuer Bekanntenkreis eröffnete sich für sie, ganz anders als die kirchliche Enge, die wie ein stetiger Begleiter im Elternhaus vorhanden war und sie auch in ihrer gescheiterten Ehe nicht losgelassen hatte. Die Gedanken an Johannes wurden seltener und manchmal schien ihr alles wie ein Albtraum, von dem sie noch rechtzeitig erwacht war.

Anders Johannes. War es verletzter Stolz, das Zerbrechen einmal gefasster Prinzipien oder tatsächlich enttäuschte Liebe – er war sich über seine Gefühle nicht im Klaren. Irgendetwas lastete wie Blei auf seiner Seele. Schon lange hatte er sich mit Doro nicht mehr über Dinge unterhalten können, die ihn wirklich beschäftigten. Und doch fühlte er sich jetzt manches Mal sehr einsam, inmitten seiner Gemeinde und den vielen Menschen, mit denen er dienstlich und selten auch privat zu tun hatte.

In solchen Phasen des Alleinseins erinnerte er sich ab und zu und doch immer häufiger voll Sehnsucht an seinen früheren Freundeskreis. Doro hatte nie sonderliches Interesse an den alten Freunden gezeigt. „Das ist deine Welt von früher, jetzt leben wir in einer anderen.. ." war häufig ihr Einwand, wenn er am Anfang ihrer Ehe noch ab und zu von den alten Freunden redete und seinem Wunsch Ausdruck gab, die Kontakte wieder zu intensivieren.

Noch aus manchen anderen Gründen, aber vor allem wegen dem Desinteresse von Doro war es still geworden in Bezug auf die ehemaligen Schulkameraden.

Ganz hatte man den Kontakt zwar nie abreißen lassen. Johannes wusste, es gab sie noch, die Freunde. Aber auch nach der Trennung von Doro hatte er nicht den Mut gehabt, zum Telefonhörer zu greifen. Erst einige Jahre später, nach einer für ihn nicht leichten und turbulenten Zeit, ließ ihn der Gedanke an die ehemaligen Freunde endgültig nicht mehr los. Allerdings hatte er sich nicht allzu viel erhofft, als er vorsichtig versuchte, an die alten Zeiten wieder anzuknüpfen.

Dass er bei allen dreien voll Freude und ohne Einschränkung mit offenen Armen wieder aufgenommen wurde, überraschte und beschämte ihn fast ein wenig. Keine Vorwürfe, keine Fragen, die er zum jetzigen Zeitpunkt noch nicht beantworten konnte und wollte. Das einfache und ehrliche „Schön, dass du wieder zu unserem Kreis gehörst – wir haben dich sehr vermisst" tat überaus gut. Aus anfänglich noch sporadischen Kontakten waren wieder regelmäßige gemeinsame Unternehmungen und sogar Urlaubspläne entstanden. Ohne jeden Zwang und Druck für den Einzelnen. Man freute sich einfach über das wieder neue entstandene Miteinander. Jeder sollte dabei die notwendige Freiheit haben, die er brauchte.

Und doch war es immer wieder erstaunlich, wie schnell der überschaubare Kreis sich auf gemeinsame Interessen einigen konnte. Ganz sicher auch, weil man einander mochte und vertraute, und deshalb auch bereit war, immer wieder die eigenen Wünsche und Vorstellungen hintenan zu stellen.

So war auch dieser gemeinsame Urlaub an der Ostsee entstanden.

Anfang Februar hatte man sich bei Babsi und Dieter getroffen. Das gemütliche Haus der beiden am Stadtrand und die stets offene Tür für die Freunde hatte das Domizil zum Mittelpunkt des Freundeskreises werden lassen. Babsi war es auch, die durch ein fröhliches „Hallo, wie geht's euch denn" per Telefon alle paar Wochen die Runde zu neuem Leben erweckte. Bei einem guten Glas Wein, den stets Ole aus seinem großen Fundus beisteuerte („Das Zeug muss weg, sonst verdirbt es am Schluss noch..."), Schweizer Bergkäse und Bauernbrot von einem der letzten richtigen Bauern aus der dörflichen Nachbarschaft, begannen sie bei diesem Treffen Pläne für das „angebrochene" Jahr zu schmieden.

Zwar hatte jeder schon seine ganz persönlichen Termine und Urlaubsvorstellungen. Aber erstaunlich schnell war man sich einig, dass wenigstens eine gemeinsame Woche noch drin sein müsste neben all den anderen Vorhaben. „Ich bin zwar schon randvoll, was Termine betrifft, aber lieber lass ich in meiner Firma einiges schleifen als auf Euch, meine Lieben, zu verzichten" – so oder ähnlich lautete der häufig wiederkehrende und etwas gönnerhaft wirkende Spruch von Ole, wenn sie etwas gemeinsam planten und er wieder einmal sorgenvoll seinen Terminkalender konsultierte.

„Ostsee wäre mal wieder dran", meinte Babsi. „Ostsee tut immer gut" pflichtete Ole bei.

Nach gründlichen Recherchen wurde noch am gleichen Abend per Telefon ein Hotel gebucht. Nicht eines der großen vier oder fünf Sterne-Kästen, sondern ein kleineres, das statt Sterne von der Beschreibung her vor allem eines bot: Persönliche Atmosphäre.

Und die Wahl hatte sich als nicht schlecht erwiesen. Ab und zu gab es offensichtlich doch noch Vermieter, die unter der Rubrik „Geheimtipp" zu verbuchen waren. Die lieferten, was sie versprachen und mehr dazu.

Ein ungeschriebenes Gesetz der Urlaube im Freundeskreis war, dass neben gemeinsamen Unternehmungen jeder auch nach Lust und Laune seinen Neigungen frönen konnte. Babsi und Dieter liebten die langen Nachmittage am Strand, viel Sonne und ab und zu Wasser, wenn die Ostsee gerade mal nicht zu kühl und die Quallen nicht zu aktiv waren. Ole war immer wieder gerne allein mit seiner Kamera unterwegs und brachte oft erstaunliche Ergebnisse mit nach Hause. An denen die anderen dann auch intensiv teilhaben durften, ob sie nun wollten oder nicht. Das war ja, wie Ole meinte, das Großartige an der neuen Digitaltechnik, dass die „Kunstwerke" sofort sichtbar waren und von den anderen bestaunt werden konnten, wie gesagt - ob sie nun wollten oder nicht.

Johannes dagegen vergrub sich am liebsten in seine Bücher, mal am Strand, mal auf der tagsüber recht ruhigen Terrasse des Hotels oder auch auf dem Bett seines gemütlichen Hotelzimmers, wo er sich so richtig ausbreiten konnte. Die Spanne seines Lesevergnügens ging von guten Krimis über aktuelle politische Literatur bis hin zur Theologie. Hier hatten es ihm ganz besonders einige Bereiche und Aspekte der neueren und älteren Kirchengeschichte angetan, was die anderen des Öfteren mit spöttischen Lächeln und Kopfschütteln quittierten. Aber auch so etwas erträgt man unter Freunden.

*

Bei dieser von allen so geschätzten Form des „gemeinsamem Individual-Tourismus" war es Babsi, die immer wieder dafür sorgte, dass sich nicht jeder zu sehr in seinem „Loch" verkroch. Und alle waren ihr dankbar, wenn sie in regelmäßigen Abständen wieder mal zu gemeinsamen Unternehmungen trommelte.

So waren sie auch jetzt zum wiederholten Male in dem kleinen Strand-Café gelandet, das von seiner Besitzerin liebevoll und mit viel Phantasie eingerichtet worden war und wo man den mit Abstand besten Himbeerkuchen der ganzen Gegend bekam. Das Gespräch plätscherte so dahin, im Moment keine tiefgreifenden Themen. Dass Ole einmal wieder seine neuesten fotografischen Errungenschaften präsentierte, war man gewohnt und ertrug es mit Fassung und manchmal etwas sehr gespieltem Interesse.

Manches, was er mit seiner sündhaft teuren Kamera einfing („Wenn schon kein Profi, dann wenigstens professionelles Material") fand allgemeine Beachtung und Anerkennung in der Runde. Jedoch manchmal war es auch einfach zu viel des Guten. Und so war es kein Desinteresse oder gar Unhöflichkeit, dass Johannes eben in diesen Augenblicken mit seinen Gedanken bei ganz anderen Dingen war und nur halbherzig auf den Monitor der Kamera blickte, die Ole jedem, auch unaufgefordert, unter die Nase hielt.

Ole hatte eine Serie von Aufnahmen an der wunderschönen Landungsbrücke gemacht, die mit ihrer Bäderarchitektur an längst vergangene prächtige Zeiten erinnerte. - Plötzlich jedoch war Johannes hellwach und aufgeregt, wie ihn die anderen kaum kannten. „Zeig bitte nochmals das vorletzte Bild", bat er Ole in einer merkwürdigen und für ihn ungewöhnlichen Nervosität.

Ole hatte, von den betroffenen Personen möglichst unbemerkt, Menschen des Strandlebens aufs Korn genommen. Meist Leute, die der Berliner Milieumaler Zille nicht besser hätte karikieren können. Ganz am Rand eines solchen Bildes konnte man zwei junge Frauen erkennen, die sich jedoch ganz offensichtlich nicht im Interessensbereich von Ole bewegt hatten.

Johannes aber starrte eine davon fast entgeistert an. Das Einzige, was er zur Erklärung gegenüber den fragenden und erstaunten Gesichtern der Freunde herausbrachte, war der Satz: „Die Frau kenne ich …".

Kapitel 2 Advent in Zwickau

Der Zug nannte sich zwar Regional-Express. Aber zumindest vom zweiten Teil der nicht gerade phantasievollen Bezeichnung war nicht allzu viel zu spüren. Johannes war auf einer sogenannten Dienstreise, auf dem Weg von Stuttgart nach Zwickau.

Auch fast zwei Jahre nach der Wiedervereinigung der beiden vierzig Jahre getrennten Teile Deutschlands war es noch gewöhnungsbedürftig, einfach so eine Fahrkarte in eine ostdeutsche Stadt zu lösen und sich ohne jede Formalitäten auf den Weg dorthin zu machen. Johannes hatte noch andere Zeiten und Umstände erlebt und war deshalb von Herzen dankbar, dass das Zurückliegende hoffentlich endgültig Geschichte war. - Es war ein trüber Novembertag kurz vor dem ersten Advent. Schneefall war angesagt, besonders im Osten. Deshalb hatte er lieber auf das Auto verzichtet und sich wieder einmal der Bahn anvertraut.

Eigentlich liebte er es, mit dem Zug unterwegs zu sein. Man konnte die Reisezeit wesentlich besser nutzen und häufig war es auch entspannter, als meist mit weit über hundert Stundenkilometern über die Autobahn zu „brettern" um dann irgendwo im Stau zu stehen. - Ja, eigentlich liebte er das Bahnfahren, wenn da nicht so manche Unvollkommenheiten gewesen wären, die sich in letzter Zeit häuften. Über den großen und teuren Schnellverbindungen hatte es die Bahn sträflich versäumt, auch in die „Zubringer" zu investieren. Schmuddeliges, abgefahrenes Wagenmaterial, dauernde Verspätungen und häufig nicht gerade freundliches Zugpersonal waren nur einige der Dinge, die von vielen Fahrgästen bedauert wurden.

So saß auch Johannes jetzt in einem alten „Silberling", wie dieser Eilzugwagentyp in Fachkreisen genannt wurde, auf dem Weg Richtung Nürnberg. Vermutlich Anfang der sechziger Jahre gebaut, hatte der Wagen schon vieles über sich ergehen lassen müssen, was auch eine notdürftige Aufarbeitung nicht verdecken konnte. Alles klapperte und quietschte. Die Heizung kannte nur zwei Einstellungen: Voll auf oder ganz zu. Musste bei einem der vielen Halte die Türe betätigt werden, war jeder aus- oder einsteigende Reisende dankbar für die Mithilfe der anderen. Die völlig veraltete Türtechnik war von einer Person kaum zu bewältigen, besonders nicht von älteren Menschen oder Kindern.

Da der Zug auf manchen Streckenabschnitten sehr voll war, kam Johannes kaum zum Lesen oder Arbeiten. Gerne hätte er die Zeit genützt, um nochmals sein Manuskript durchzugehen und die eine oder andere Anmerkung zu machen. Aber einige unterwegs zugestiegene Jugendliche hatten es sich zur Aufgabe gemacht, den kompletten Wagen mit lautstarker Unterhaltung und „coolen" Zurufen aufzumischen. Der verhaltene Protest anderer Mitreisender ermunterte sie nur, in der Lautstärke noch einiges draufzulegen und sich über die alten „Schnarchsäcke" zu monieren, da einige Mitreisende lieber die Augen schlossen, anstatt das unangenehme Treiben sehend mitzuerleben. – Johannes enthielt sich jeglichen verbalen Kommentars und wunderte sich nur im Stillen, wie weit er von dieser Art der „Jugendkultur" schon entfernt war...

*

Dass überhaupt die Anfrage an ihn ergangen war, vor einem größeren Kreis von Kollegen seiner Kirche und darüber hinaus die Referate einer Fortbildungstagung zu übernehmen, war alles andere als selbstverständlich. Vor ungefähr einem Jahr hatte es im beruflichen Werdegang von Johannes einen scharfen Knick nach unten gegeben. Manchmal konnte er selbst noch nicht ganz begreifen, was sich da alles über ihm zusammengebraut hatte. Angefangen hatte es mit einem sozialen Vorstadtprojekt für Straßenkinder, das Johannes mit einer Schar von hochmotivierten Mitstreitern ins Leben rufen wollte. Bei ihrem Eifer und ihrer Begeisterung für die Sache hatte die Gruppe es jedoch versäumt, rechtzeitig den Gemeindevorstand mit ins Boot zu holen. Die Mehrheit der Kirchengemeinderäte war zwar nicht grundsätzlich gegen das Projekt. Aber die Art und Weise, wie die Initiativgruppe vorgeprescht war, stieß manchen sauer auf.

Auch bei der bereits angelaufenen Finanzierung hatte es gewisse Unregelmäßigkeiten gegeben, nicht dramatisch, keine großen Summen, aber immerhin. Sicher war der Grund dafür vor allem Unerfahrenheit in diesem Bereich und niemand hatte sich persönlich bereichert. Aber die Kirche kannte bei solchen Projekten, aus guten Gründen, nur klare und strenge Regeln und möglichst keine Ausnahmen davon.

Man konnte es nun drehen und wenden wie man wollte, Johannes hatte als Pfarrer und Vorsitzender die Hauptverantwortung für die Sache. Und vielleicht wäre er mit einem blauen Auge aus dieser unschönen Erfahrung wieder herausgekommen. Wären da nicht einige Leute im Hintergrund gewesen, die ihre Chance witterten. Längst hatte ihnen die allzu forsche Art missfallen, mit der der junge Pfarrer immer wieder Veränderungen in der Gemeinde anstieß. Dass er damit auch noch Erfolg hatte, wenn auch noch in bescheidenem Rahmen, machte für sie die Sache nur noch bedenklicher.

Schritte vorwärts an verschiedenen Stellen der Gemeindearbeit wurden zwar deutlich, nachdem die Gemeinde viele Jahre nur noch Rückschritte zu verzeichnen hatte. Aber Veränderungen erzeugen bei gewissen Leuten eben auch Angst, besonders vor dem Verlust der eigenen Macht. - „Vor allem zwei Dinge sind es, die auch den besten Pfarrer zu Fall bringen können, das Geld und das Verhältnis zum anderen Geschlecht", so hatte es ein etwas altväterlicher Kollege Johannes am Anfang seiner Laufbahn mit auf den Weg gegeben.

Er hatte dies damals als unerbetene Einmischung in seine Angelegenheiten empfunden und deshalb in den Wind geschlagen. Zumindest über die zweite „Gefahr" fühlte er sich, besonders in seiner jetzigen Situation, weit erhaben. Sein Interesse an der Weiblichkeit in seiner Gemeinde war auf allerniedrigstem Niveau angesiedelt. Zum einen hatte er seine eigene gescheiterte Beziehung längst noch nicht verarbeitet und von daher Frauen gegenüber eher eine ablehnende Haltung. Zum anderen achtete er peinlich genau darauf, dass die Kontakte zu den jüngeren und nicht mehr ganz so jungen Frauen in seiner Gemeinde sowohl im dienstlichen wie im seelsorgerlichen Bereich die notwendige Distanz nicht überschritten.

Aber gerade diese Distanz schien die Phantasie einiger Damen seiner Gemeinde besonders anzustacheln. Ganz speziell mit einer jüngeren Frau, geringfügig älter als Johannes, ging dieselbe etwas durch. Da ihre Annährungsversuche nicht erwidert wurden, versuchte sie den Angriff von anderer Seite. Freundinnen und auch anderen Leuten gegenüber streute sie immer wieder nebulöse Andeutungen über ein angeblich tieferes Verhältnis zwischen ihr und Johannes. Die Phantasie der braven Kirchenleute tat ihr Übriges. Bald kursierten die wildesten Gerüchte bis hin zu Bettgeschichten zwischen dem Pfarrer und der besagten Dame. Natürlich alles unter dem Mantel der Verschwiegenheit, denn Genaues wusste man ja nicht.

Genau diese angebliche Verschwiegenheit machte es Johannes dann auch so schwer, gegen diese Gerüchteküche anzugehen, die ihm natürlich nicht verborgen blieb. Wohlmeinende Gemeindeglieder, zumindest nach ihrer Ansicht, warnten ihn immer wieder: „Man sagt…, Viele sind der Meinung…". Wer dieser „Man" oder die „Vielen" aber dann wirklich waren, wurde nie konkretisiert. Namen wurden nicht genannt, weil es sie meist auch gar nicht gab und die Informanten mit an Wahrscheinlichkeit grenzender Sicherheit sich selbst zum Sprecher einer in Wirklichkeit nicht vorhandener Gruppe machten.

Vor allem die Kritiker in der Gemeinde, die ewig Gestrigen, die um ihre angestammten Positionen und ihre Macht fürchteten, nahmen die Vorwürfe gegen Johannes nur allzu gerne und dankbar auf. Hinter verschlossenen Türen und dem Rücken des Pfarrers wurde getagt. Im Schneeballsystem entstanden aus Lappalien schwerwiegende Vorwürfe. Die Beweise waren zwar dürftig, umso heftiger die Emotionen. Berater aus dem Raum der Kirche wurden hinzugezogen, darunter der ehemalige Schwiegervater von Johannes, Ferdinand M. Scheurer.

Der nahm den Auftrag nur allzu gerne an. Hatte er doch schon länger auf eine Gelegenheit gewartet, dem Ex-Schwiegersohn in irgendeiner Weise eines auszuwischen. Er hatte es längst noch nicht verwunden, dass dieser sich so mir nichts dir nichts in das nach seiner Meinung bis dahin wohlgeordnete Leben der Familie Scheurer hineingedrängt hatte. Und mit den damit zusammenhängenden Ereignissen dem sorgsam gepflegten Image und Karrierestreben von Ferdinand M. Scheurer einige unschöne Blessuren versetzt hatte. Welche sich unter anderem darin ausdrückten, dass seine Tochter nun eine geschiedene und aus der engen Sicht von Pfarrer Scheurer mindestens teilweise gescheiterte Frau war. Hinzugekommen war, dass Doro inzwischen aus einer flüchtigen Verbindung mit einem Mitstudenten eine süßes kleines Töchterchen hatte, das Opa Scheurer jedoch gar nicht als so süß empfand. Zumal es das weitere Fortkommen von Doro vorläufig infrage stellte und auf die Großeltern Scheurer neue Aufgaben zukamen, die sie sich selbst nie ausgesucht hätten. „Und alles nur wegen diesem Kerl..." vermerkte Scheurer des Öfteren voll Zorn. Obwohl Johannes, wenn überhaupt, nur eine geringe Teilschuld traf.

Zudem war Scheurer auch im dienstlichen Bereich hin und wieder auf die beschriebenen Aktivitäten und Vorgehensweisen seines Ex-Schwiegersohns in dessen Gemeinde angesprochen worden, was ihm überhaupt nicht behagte und was er auch umgehend weit von sich wies. Seine Antipathie gegen Johannes erhöhte dies jedoch enorm. Diese schon fast krankhafte Abneigung gegen den Ex-Schwiegersohn hatte jedoch noch eine andere „geheime" Quelle, von der Johannes zu diesem Zeitpunkt noch nichts ahnen konnte.

*

Mit haarsträubenden Behauptungen, Unterstellungen und Halbwahrheiten brachte es der Geheimbund der

21

unzufriedenen Kirchengemeinderäte und Frommen unter Führung von Pfarrer Scheurer schließlich soweit, dass Johannes vor einem kirchlichen Schiedsgericht zu erscheinen hatte. Das Ergebnis war eine vorläufige Beurlaubung. „Zur Klärung der persönlichen Situation und der dienstlichen Vorkommnisse", wie es im schönsten Amtsdeutsch hieß. In der Praxis bedeutete dies die vorläufige Suspendierung vom Dienst.

Eine schlimme Zeit brach für Johannes an. Statt lebendiger Gemeindearbeit und beruflicher Perspektiven war er froh, wenn ihn noch einige wenige wohlmeinende Kollegen zu Vertretungsdiensten einluden. Des Weiteren gestand man ihm zu, Religionsunterricht zu erteilen. Allerdings nur an Schulen und in Klassen, die von den anderen Pfarrern lieber gemieden wurden. Und das meist aus gutem Grund. Hauptschulklassen und Berufsschulen, an denen aus Sicht der Schüler und teilweise auch des Lehrkörpers Religion längst zum Auslaufmodell gehörte. Trotzdem er sich ehrlich bemühte, das Desinteresse und der Frust seiner Schüler waren ihm stets sicher.

Um nicht zu sehr dem Seelentröster Alkohol zu frönen oder total ins Grübeln zu geraten, widmete sich Johannes in dieser Zeit immer intensiver einer seiner „beruflichen Leidenschaften", der Kirchengeschichte. Für viele seiner Bekannten war es unverständlich, dass man in dieser Disziplin Leidenschaft entwickeln konnte. Viele verstanden unter Kirchengeschichte nichts anderes als eine staubtrockene Konservierung der Vergangenheit.

Bei einem kurzen Studienaufenthalt in USA hatte Johannes eine Art der Betrachtung dieser Geschichte kennengelernt, die es in Deutschland seines Wissens so noch gar nicht gab. Die Amerikaner nannten sie „Angewandte" oder auch „Analytische" Kirchengeschichte. Nicht nur die vergangenen Fakten zählten dabei. Sondern vor allem auch die Frage, was daraus für die heutige Zeit abzuleiten und zu lernen sei. Oder wie man Kirchengeschichte in richtiger Weise fortschreiben könne, ohne immer wieder in die alten Denkmuster und damit

Fehler zu verfallen, die sich in steter Regelmäßigkeit alle ein- bis zweihundert Jahre wiederholten, manchmal auch schon in wesentlich kürzeren Abständen. In Deutschland wurde nach wie vor, wie seit Jahrzehnten oder gar Jahrhunderten, die „Dokumentierende" Kirchengeschichte gelehrt. In allen Details wurde seziert, was irgendwann einmal geschehen war, ohne daraus weiterreichende Schlüsse zu ziehen.

Als Johannes seinen Professoren voll Begeisterung von der neuen Sicht- und Denkweise berichtete, die er in Amerika kennengelernt hatte, lehnten die diese neue und damit ungewohnte Art der Betrachtung der Historie rundum ab – so richtig von oben her mit dem leider unausrottbaren akademischen Dünkel. „Neumodischer Firlefanz, der vor der wissenschaftlichen Tradition nie und nimmer Bestand haben wird" lautete ihre allwissende und herablassende Begründung, bevor sie sich überhaupt die Mühe gemacht hatten, sich gründlicher mit der Sache zu beschäftigen. Sie fürchteten um ihre vergilbten Manuskripte, mit denen sie seit Generationen ihre Vorlesungen bestritten und die Studenten langweilten.

In einigen wenigen kirchlichen Kreisen waren die Studien von Johannes dennoch bekannt geworden und stießen auf verhaltenes Interesse. Ein Konvent in Sachsen hatte den Mut, den verfemten Kollegen als Hauptreferent zu einer Fortbildungstagung unter dem Titel „Kirche im Wandel der Zeit und Systeme" einzuladen. In einer kirchlichen Einrichtung in Zwickau sollte die Tagung stattfinden. „Für Verpflegung und Unterkunft ist gesorgt. Die Fahrtkosten werden ihnen selbstverständlich erstattet", hieß es in der Einladung. Ein großartiges Honorar war also nicht zu erwarten. Aber Johannes konnte nicht wählerisch sein.

*

Es war inzwischen schon dunkel geworden und Schneeflocken tanzten in immer dichterer Formation vor dem Fenster des Zugabteils, in dem Johannes auf seiner Fahrt nach Zwickau saß. Mit kreischenden Bremsen fuhr der Zug in den Hauptbahnhof von Hof ein, noch vor einigen Jahren trotz

23

der wenigen Interzonenzüge durch die Teilung des Landes fast zur Bedeutungslosigkeit verkommen, seit der Wende jedoch wieder mit erstaunlich viel Leben erfüllt. Ein großer Teil der Fahrgäste hatte offensichtlich sein Ziel erreicht und stieg aus. Aber die wartende Menge auf dem Bahnsteig ließ erahnen, dass der Platz im Zug knapp werden würde.

Schon nahm eine quirlige Mitdreißigerin auf der Sitzbank gegenüber Platz, dunkler Hosenanzug, Aktentasche und die neuste überregionale Zeitung unterm Arm; Businessfrau durch und durch, aber nett und freundlich. „Sie sitzen eigentlich auf meinem Platz, ich habe reserviert", eröffnete sie das Gespräch. „Aber macht nichts, noch hat's genügend Sitzplätze und wenn niemand meinen jetzigen beansprucht, ist alles im grünen Bereich".

Johannes hatte gar nicht bemerkt, dass der Zug reservierte Plätze hatte, war aber dankbar für die lockere Gesprächseröffnung, die jetzt auch mit den anderen hinzugekommenen Fahrgästen hin und her ging. Den letzten Platz in ihrer Vierergruppe nahm eine junge Frau ein, die Haare etwas zerzaust vom Schneesturm und die Nase rot vor Kälte. „Gerade noch geschafft...", meinte sie freundlich und leicht errötend zu Johannes und setzte sich, nach der flüchtig hingeworfenen Frage „Noch frei?", auf den Platz ihm gegenüber.

Nachdem der Zug sich vollends bis zum letzten Sitzplatz und darüber hinaus gefüllt hatte und langsam und behäbig Fahrt aufnahm, bezog die Businessfrau auch die neu Hinzugekommenen ins Gespräch mit ein. So erfuhr Johannes beiläufig, dass das Fahrtziel der jungen Frau ihm gegenüber Zwickau war, genauso wie seines. Er hielt zwar immer noch Buch und Manuskript seiner bevorstehenden Vorträge auf den Knien. Aber an konzentriertes Arbeiten war bei der inzwischen entstandenen Geräuschkulisse im vollbesetzten Zug nicht mehr zu denken.

Und merkwürdigerweise hatte er im Moment auch keinerlei Bedürfnis dazu. Für ihn fast unerklärlich freute er sich richtig, als die junge Frau ihm gegenüber nach der genauen Urzeit fragte. Und ganz offensichtlich war sie nicht abgeneigt, eine kleine Plauderei mit ihm zu beginnen, nachdem sich die anderen Fahrgäste mehr und mehr hinter ihren Zeitungen verschanzt hatten oder mit geschlossenen Augen vor sich hin dösten. Unauffällig wagte Johannes, in solchen Dingen immer noch etwas schüchtern, seine Gesprächspartnerin genauer ins Visier zu nehmen. Freundliche, offene Augen, eine nette Stupsnase, ein gewinnendes, ungekünsteltes Lächeln. Die inzwischen wieder etwas geordneten Haare hatten einen kurzen, adretten Schnitt, der gut zu ihrem Typ passte. Nicht ganz unsympathisch, musste Johannes sich eingestehen.

„Sie sind beruflich unterwegs?" Für ihn kam die Frage etwas überraschend. Wie sollte er einem wildfremden Menschen seine bevorstehende Aufgabe in Zwickau erklären? Aber seine Gesprächspartnerin verstand es locker und geschickt, ihn zum Erzählen zu bewegen. Dabei signalisierten ihre Fragen echtes, ungekünsteltes Interesse an dem, was Johannes in Zwickau bevorstand.

„Sie müssen entschuldigen, wenn ich etwas ungeschickt frage. Aber von der Sache, über die sie, vor wem auch immer, referieren sollen, verstehe ich absolut nichts. Ich bin nach guter oder weniger guter DDR-Tradition atheistisch, oder wie man das immer nennt, also ohne jeden Bezug zur Kirche, erzogen worden. Bei uns war das eben so. Das bedeutet jedoch nicht, dass ich religiösen Themen absolut ablehnend gegenüber stehe" gab sie nach einer nachdenklichen Pause erstaunlich offen zu.

Dies wiederum ermutigte nun Johannes, mit möglichst einfachen Worten ihr zu erklären, um was es in seinen Vorträgen bei der kommenden Tagung gehen würde. Und warum er sich überhaupt als noch relativ junger Mensch mit kirchengeschichtlichen Themen beschäftigte, die auf den ersten Blick wenig mit der Gegenwart zu tun hatten, aber eben nur auf den ersten Blick.

Lange schon hatte er keine so aufmerksame Zuhörerin mehr gehabt. Kurze, eingestreute Verständnisfragen ihrerseits machten deutlich, dass es sich nicht nur um vorgespieltes Interesse handelte.

Irgendwann hielt er jedoch in seinem Redefluss inne. Er war fast unbemerkt ins Dozieren geraten. „Jetzt habe ich viel zu viel von mir und meinen Dingen geredet. Und von dir weiß ich überhaupt nichts…".

Gewohnt von Diskussionsrunden mit Studenten und jungen Leuten aus seiner früheren Gemeinde war er unversehens ins vertrauliche „Du" geraten. In solchen Kreisen ging man damit locker um und sah das steife „Sie" eher als Gesprächshindernis an. Umgehend wollte er sich dafür entschuldigen. „Macht nichts, privat halte ich das auch am liebsten so" bog sie lächelnd seine verlegene Entschuldigung ab. „Ich heiße Ines, Ines Dornmann" fügte sie etwas leiser den Nachnamen hinzu. „Johannes mit dem familiären Zusatz Kanter" erwiderte er nun lachend.

„Meinen Namen kennst du jetzt, aber ansonsten gibt es von mir bei weitem nicht so interessante Dinge zu berichten wie von dir. Ursprünglich habe ich in der DDR Ingenieurwissenschaften studiert. Aber seit der Wende ist dieser Berufszweig mit unseren damaligen Ausbildungsgängen nicht mehr sehr gefragt. Ich hätte mich nun auch auf das Jammern verlegen können, wie leider viele meiner Landsleute. Aber das liegt mir nicht, das geht mir schon bei den anderen ausreichend auf die Nerven. Ich habe deshalb nochmals ganz von vorne angefangen. Hotelfachfrau. Und du wirst es nicht glauben, es macht Spaß…". Nun hatte sie sich so richtig in Fahrt geredet und als sie eine kleinere Pause machte, war das zarte Rot in ihrem Gesicht wieder zu erkennen, als ob es ihr ein wenig peinlich sei, was sie da alles von sich gegeben hatte.

„Nicht so interessant? Dieser Behauptung kann ich nun absolut nicht zustimmen" griff Johannes den Gesprächsfaden auf. „Ich habe dir nur von meinen Studien und

Gedankengängen erzählt und du von deinem wirklichen Leben. Diese Seite gibt es bei mir so ganz beiläufig natürlich auch noch. Ohne sich in Einzelheiten zu ergehen, erzählte er von seinem Studium, Ausbildung zum Pfarrer und deutete auch grob seine jetzige Situation an.

Auch jetzt hatte sie aufmerksam zugehört. Sie hatte eine gute Art, andere zum Reden zu bewegen, ohne dass sich das Gegenüber in falscher Weise herausgefordert fühlte. – Nachdenklich nahm sie den Gesprächsfaden auf: „Eigentlich wieder mal zwei typisch unterschiedliche Biographien, West und Ost. Mal gespannt, wie lange es dauern wird, bis sich die beiden einander soweit angenähert haben, dass die Unterschiede, zumindest im gesellschaftlichen Leben, nicht mehr wirklich bedeutend sind".

Johannes wusste nicht ganz genau, welche Unterschiede sie damit gemeint hatte. Nur die der Biographien oder die Situation nach der sogenannten „Wende" in Deutschland insgesamt. Er wollte sich im Moment auch auf keine Grundsatzdiskussion darüber einlassen. Eine andere Frage interessierte ihn mehr: „Dein Vorname ‚Ines‘ ist wohl auch nicht typisch für die ehemalige DDR, wenn ich recht informiert bin" warf er ein.

„Es gibt ihn, meines Wissens, schon einige Male. Aber häufig war er nicht, das stimmt. Dass man ihn mir verpasst hat, lag daran, dass meine Mutter mehr „westorientiert" war. Sie stammte ursprünglich aus dem Rheinland und konnte ihre Heimat bis zur Wende nie mehr wiedersehen. Auch eine Sehnsucht nach den nordischen Ländern, die meine Mutter nur aus Büchern und Erzählungen kannte, spiegelt sich in meinem Namen wieder. Zu gerne hätte sie einmal Länder wie Schweden oder Finnland besucht. Aber solche Reisen waren ja in der DDR, wie du sicher weißt, nur hohen und zuverlässigen politischen Kadern vorbehalten. Zu denen zwar mein Vater in gewisser Weise gehörte. Aber er teilte die „Westphantasien" meiner Mutter, wie er es nannte, absolut nicht. Oft gab es deswegen Spannungen Zuhause."

Johannes hatte sich eigentlich auf eine langweilige und mehr als einstündige Fahrt im vollbesetzten Zug durch die winterliche Dunkelheit eingestellt. Als durch die knackenden Lautsprecher die Durchsage kam, man werde in wenigen Minuten in den Zwickauer Hauptbahnhof einfahren, war er fast ein wenig enttäuscht. In der jetzigen Situation hätte die Fahrt gerne noch eine Weile fortgesetzt...

„Eine letzte Frage noch: Wo wirst du wohnen während deines Aufenthalts in Zwickau? Falls du frei wählen kannst, würde ich dir den Zwickauer Hof empfehlen, der zu der Hotel-Kette gehört, bei der ich jetzt arbeite. Vielleicht würden wir uns dort sogar mal treffen, da ich ab und zu auch hier in Zwickau im Einsatz bin".

„Die Auswahl meines Quartiers haben sich meine Gastgeber vorbehalten. Und wie ich meine kirchlichen Kreise kenne, übertreffen die sich nicht gerade in Großzügigkeit, besonders wenn es um kirchliche Insider wie mich geht. Aber unabhängig davon würde ich mich über ein Wiedersehen freuen", brachte er etwas verlegen heraus und wurde dabei sogar ein wenig rot.

Längst waren sie ausgestiegen und die Menschenmenge spülte sie dem Ausgang zu. Johannes gelang es gerade noch, ihr die Nummer seines Handys zuzustecken, das er erst kurz vor dieser Fahrt erworben hatte. „Melde dich mal, wenn du Lust dazu hast" fügte er hinzu. „Mal sehen, was sich machen lässt", meinte sie mit einem verschmitzten Lächeln. „Also, tschüss dann, es war nett, dich kennengelernt zu haben". Und schon war sie in der Menge der Menschen untergetaucht.

Nachdenklich stand Johannes auf dem verschneiten Bahnhofsvorplatz. Seine Augen suchten sie unter den nun weniger werdenden Menschen, aber von Ines war nichts mehr zu sehen.

War sie wirklich nur eine flüchtige Zugbekanntschaft? So verrückt es klang - Johannes musste sich eingestehen und das verwirrte ihn etwas: Für ihn war sie mehr...

Ein schon etwas zerknitterter Zettel aus seiner Manteltasche brachte ihn in die Wirklichkeit zurück. Auf ihm hatte er sich Zugverbindungen, Adresse und Straßenbahnlinie zum Tagungsort notiert. Die nicht gerade üppigen Informationen auf den Anschlagtafeln der Bus- und Straßenbahn-Haltestellen waren mehr verwirrend als hilfreich. Es half nichts, er musste einen der Passanten um Hilfe bitten, die durch Kälte und Schneetreiben nicht gerade sehr gesprächig waren.

Beim ersten Angesprochenen, einem Mann in Arbeitsklamotten und tief herabgezogener Russenmütze, trafen seine Befürchtungen dann auch voll zu. Ein ruppiges „Weiß nicht" war das einzige, was aus ihm herauszubringen war. Ganz anders jedoch eine ältere Dame. Im schönsten Zwickauer Akzent musste sie zuerst einmal die näheren Umstände erkunden.

„Na junger Mann, wo kommen wir denn her?". Nachdem dies geklärt und sie dem Fremden gegenüber ihre Freude darüber ausgedrückt hatte, dass West und Ost doch nun wieder viel leichter zusammenkommen könnten, wie sich das ja auch gehöre, kam sie zur Sache. „Ecke Leipziger- Lessingstrasse, da kommen sie auf verschiedene Weise hin". Nach mehreren Möglichkeiten, die sich eher nach einer Stadtrundfahrt als dem direkten Weg anhörten, konnte sie sich dann doch auf die Linie 4 der Straßenbahn beschränken. Später war Johannes dankbar, dass sie ihm noch ausführlich einige unverwechselbare Kennzeichen beschrieben hatte, damit er ja auch an der richtigen Haltestelle aussteigen würde. Im spärlich erleuchteten Zwickau, mit den noch rußgeschwärzten Häuserfronten im sozialistischen Einheitsgrau, hätte er sich sonst sehr schwer getan. - Gerne hätte ihm seine Gesprächspartnerin noch einige weitere Einzelheiten und Geschichten mitgeteilt, aber Johannes wollte die eben rumpelnd und quietschend einfahrende Linie 4 erreichen und verabschiedete sich mit einem freundlichen „Danke, sie haben mir sehr geholfen..".

Die Schaffnerin in der nicht allzu vollbesetzten Straßenbahn hatte wohl einen Berufswechsel hinter sich. Ihr unfreundlicher Kommandoton und ihr Aussehen erinnerten unangenehm an gewisse Gefängniswärterinnen, die Johannes in einem Dokumentarfilm über Gefängnisse mit politischen Gefangenen in der ehemaligen DDR gesehen hatte. Bei solchen Leuten war man dankbar, wenn die Kommunikation sich auf das Allernotwendigste beschränkte.

Nach gefühlten zwanzig Minuten Fahrt hatte die Straßenbahn das Ziel erreicht: Ecke Leipziger- Lessing-Straße. Von dort sollte es noch ca. 200 Meter zu Fuß gehen. Also noch ein kurzer Spaziergang mit Koffer und Aktentasche, von den wenigen Passanten neugierig beäugt. Und schon stand er vor einer Kirche aus den zwanziger Jahren mit angebauten Tagungsräumen. Eine ganze Batterie von Trabis und etwas weniger Westwagen älteren Baujahrs machte deutlich, dass die Mehrzahl der Teilnehmer offensichtlich bereits eingetroffen war.

Kaum hatte Johannes die Eingangstüre hinter sich gelassen, wurde er auch schon von freundlichen Menschen empfangen, die eine ehrliche Herzlichkeit ausstrahlten. Man war gerade dabei, sich zum gemeinsamen Abendessen zu versammeln und Johannes wurde ganz selbstverständlich in den Kreis mit aufgenommen. Die Freude über den Referenten aus dem Westen war nicht gespielt, sondern ehrlich. Rasch kam man miteinander ins Gespräch. Nach längerer Zeit fühlte Johannes sich endlich einmal wieder angenommen und als vollwertiges Mitglied im Kollegenkreis.

Nach dem Abendessen wurden nur noch einige geschäftliche Dinge verhandelt. Die eigentliche Tagung sollte erst am folgenden Tag nach dem Frühstück beginnen.

Johannes war gespannt auf sein Quartier. Einige Kollegen nahmen ihn im Auto mit, da sie, wie sie ihm mitteilten, in derselben Unterkunft untergebracht waren. Die Fahrt ging an den Stadtrand in ein neu entstehendes Industriegebiet. Nichts mit Zwickauer Hof im Stadtinnern. Das Hotel war einer jener

Containerbauten, die schnell irgendwo errichtet werden konnten, wo Hotelbetten, vor allem für Geschäftsreisende, benötigt wurden. Innen war das Ganze jedoch angenehmer, als der erste Eindruck hatte vermuten lassen. Das Einzelzimmer war ganz auf den Zweck hin ausgerichtet im Einheits-Plastiklook, aber alles war vorhanden, was man benötigte und alles topsauber. Auch der Frühstücksraum am nächsten Morgen hatte den umwerfenden Charme einer Werkskantine. Aber das Frühstück war gut und die Stimmung unter den Kollegen, Monteuren, Vertretern und anderen „Werktätigen" war locker und freundlich.

Johannes war's zufrieden, wenn ihm auch der Zwickauer Hof nicht aus dem Sinn ging.

Das änderte sich schnell, als er wieder zurück im Tagungslokal war. Nach einer etwas ausführlicheren Vorstellung und Einführung durch den Tagungsleiter und Superintendenten namens Georgi war Johannes mit seinem ersten Referat dran. Mit gerafften Informationen und einer Overhead-Folie gab er zuerst einmal einen Überblick über die Einheiten, die er mit den Teilnehmern der Tagung behandeln wollte.

„Kirche im Wandel der Zeit und Systeme" – das Thema klang mehr nach Tagespolitik als nach Kirchengeschichte. Hatte doch die Kirche in der ehemaligen DDR gerade diesen Zeit- und Systemwandel hinter sich. Oder, wie sich später in den erstaunlich offenen Gesprächen und Diskussionen herausstellte, man war noch mitten drin. Es erforderte daher von Johannes einiges an Geschick, Takt- und Einfühlungsvermögen, nicht von oben her Umstände und Entwicklungen zu beurteilen, die eigentlich nur die Insider richtig überblicken konnten. Deshalb war es von ihm ein geschickter Schachzug, gleich zu Beginn deutlich zu machen, dass er nicht nur der Lehrende sondern auch der Lernende sein wolle.
„Ich wünsche mir von euch die Ergänzung und Erweiterung meiner Denkergebnisse aufgrund eures Erfahrungs-hintergrunds". Damit war ihm die Offenheit seiner Zuhörer

sicher und er entging der Gefahr, gleich als „Besserwessi" abgestempelt zu werden. „Lokalkolorit" bekam sein erstes Referat auch dadurch, dass er mit dem wohl größten Wandel in der Geschichte der Kirche, der Reformation Martin Luthers, einsetzte. Über einen hoch interessanten und in Hinblick auf die heutige Situation aufschlussreichen Teilbereich dieser Reformationsgeschichte, den sogenannten „Zwickauer Propheten", war bis jetzt relativ wenig geforscht worden.

Ursprünglich von dem Gedanken und Ideen Martin Luthers begeistert und geprägt, hatte sich diese Gruppe verselbstständigt. Sie wurde vor allem getragen von dem schwärmerisch-sozialrevolutionär eingestellten Tuchmacher Nikolaus Storch und Thomas Drechsel sowie dem Studenten Markus Thomae. Nach Niederschlagung des von ihnen angestachelten und mitgetragenen Aufstands der Tuchknappen in Zwickau, trieben sie in Wittenberg mit Anhängern von Thomas Münzer ihr Unwesen, bis Martin Luther mit seiner berühmten „Invocavit-Predigt" diesen Umtrieben Einhalt gebot.

„Veränderungen, die nur von Emotionen getragen und kurzfristige Ergebnisse im Blick haben, werden immer mehr Schaden hervorrufen als hilfreich zu sein. Was wir brauchen sind klar durchdachte Strukturen, die am Bestehenden anknüpfen und dieses in besserer Weise weiterführen. Solche Veränderungen wirken nachhaltiger als die Strohfeuer, die wir leider im Moment auch im Raum der Kirche erleben, sowohl in West wie in Ost".

Dankbar und mit einer großen Offenheit spürten seine Zuhörer immer wieder das Bemühen von Johannes, auf ihre Situation einzugehen, um nicht über die Köpfe hinweg zu reden. Der Lohn für diese Art des Vortrags war, dass die Zuhörer mit großer Aufmerksamkeit und innerer Anteilnahme den Ausführungen folgten. Johannes hatte es fertig gebracht, seine Zuhörer für sich und sein Anliegen zu gewinnen, was er seinerseits dankbar registrierte.

*

Nach einem arbeitsintensiven und reich gefüllten Tag boten einige nette Kollegen an, mit ihm noch einen Stadtbummel durch das verschneite Zwickau zu unternehmen. Freudig und mit großem Interesse nahm Johannes das Angebot an. Jetzt wirkte die spärliche Straßenbeleuchtung der Altstadt eher romantisch, das Einheitsgrau der Häuser trat zurück hinter die teilweise schon adventlich beleuchteten Fenster. Auf dem Hauptmarkt waren bereits Stände für einen kommenden Weihnachtsmarkt aufgebaut. Was Johannes besonders faszinierte, war der dort installierte riesige Schwipp-Bogen, dieser typisch adventlichen Lichterbogen, der eigentlich aus dem Erzgebirge stammte und den man so im westlichen Teil Deutschlands, aus dem Johannes ja kam, bis dahin selten gekannt hatte.

Eigene Kindheitserinnerungen tauchten plötzlich in ihm auf, als er vor einer Bäckerei mit dem Flair der fünfziger Jahre stand, die Weihnachtsgebäck und den typischen Weihnachtsstollen in der Auslage anbot. Verwandte aus der damaligen DDR hatten früher ab und zu einen solchen Stollen als Dankeschön für die Päckchen geschickt, die alljährlich zu Weihnachten nach „Drüben" gingen. Als das begehrte Weihnachtsgebäck jedoch dann, der Einfachheit halber, immer häufiger aus der VEB-Großproduktion stammte, lies die Freude darüber spürbar nach. Immer öfter landeten die Reste davon im Mülleimer, da nach Ostern niemand mehr so richtig Lust auf „Fabrik- Stollen" hatte.

*

Die Zeit der Tagung verging wie im Flug. Noch einige Male hatte Johannes in den Pausen sich die Zeit genommen, um durch die Straßen von Zwickau zu schlendern, oder besser gesagt, zu hasten, denn die Zeit zwischen den Veranstaltungen war knapp bemessen. Viel Interessantes hatte er trotzdem entdeckt, was er sich unbedingt zu einem späteren Zeitpunkt etwas gründlicher anschauen wollte. Auch vor dem Zwickauer Hof war er gestanden, sogar bis ins Foyer hatte er sich vorgewagt. Von Ines jedoch keine Spur. Und nach ihr zu fragen hatte er nicht gewagt.

Nach drei arbeitsintensiven Tagen ging am Donnerstag die Tagung ihrem Ende entgegen. Am Vormittag nochmals eine zusammenfassende Gesprächsrunde, in der die Teilnehmer das Gehörte mit sehr persönlichen Eindrücken und aktuellen Erfahrungen ergänzten. Johannes war erfreut und auch ein stückweit befriedigt. Sein Ziel, die Umsetzung der Geschichte als Denkanstoß für die Gegenwart hatte er weitgehend erreicht.

Ursprünglich wollte er den allernächsten Zug, der nach dem noch anberaumten Mittagessen in Richtung Stuttgart ging, erreichen. Er wollte nicht allzu spät nach Hause kommen, da eigentlich am nächsten Tag bereits andere Termine anstanden. Einer der Kollegen hatte ihm sogar freundlicherweise angeboten, ihn zum Bahnhof zu fahren – ganz stilecht im Trabbi. „Damit du noch ein klein wenig unser sozialistisches Lebensgefühl nachempfinden kannst" meinte er mit spöttisch-sarkastischem Lächeln. Johannes war es fast peinlich, aber er schlug die freundliche Einladung zur Mitfahrt aus. Seine Begründung klang etwas dürftig, aber etwas Besseres fiel ihm im Moment nicht ein. „Wer weiß, wann ich wieder einmal hierher komme! Ich möchte wenigstens noch ein klein wenig von Zwickau sehen und erleben. Und wenn's mir nicht mehr reicht – zwei Stunden später fährt auch noch ein weiterer Zug in meine Richtung!"

Johannes wunderte sich über sich selbst, aber tief in seinem Inneren kannte er den Grund der Verzögerung. Er nahm auch den Zug zwei Stunden später nicht. „Kurz vor 18 Uhr fährt auch noch einer, dann wird es zwar in Stuttgart schwierig mit den Anschlüssen, aber irgendwie werde ich das schon schaffen", redete er sich ein.

Eigentlich war das gar nicht die Art von ihm. Trotzdem er in seiner Schul- und Studentenzeit nicht gerade zu den allerpünktlichsten und Angepassten gehörte, war er anderseits auch nicht der Typ, der es gerne unnötig auf Abenteuer ankommen ließ. Er liebte vielmehr klare Planungen und Vorgaben. „Nur auf dieser Grundlage kann man auf die Unwägbarkeiten des Lebens richtig reagieren", war sein

Credo. In einem Bistro in der Nähe des Bahnhofs, etwas provisorisch und lieblos auf Weststandard gebracht, trank er nun schon seine dritte Tasse Kaffee. In der Zeitung, die er sich im Bahnhofskiosk erstanden hatte, blätterte er zerstreut und unkonzentriert.

Immer wieder ging sein Blick hinaus auf den Bahnhofsvorplatz. Und immer wieder schalt er sich selbst einen Phantasten und Träumer. Sie hat dich ganz sicher schon längst vergessen. Es wäre wirklich zu viel der Zufälle, wenn du sie hier unter den vielen Menschen nochmals treffen würdest.

Gnadenlos rückte der Zeiger der Uhr auf zehn Minuten vor der Abfahrtszeit. „Ich muss zum Bahnsteig, sonst versäume ich auch noch die letzte Gelegenheit". - Als er nach kurzem Suchen den richtigen Bahnsteig gefunden hatte und ihn gerade ein Stück entlang gegangen war, immer noch mit suchendem Blick über der Menge der Reisenden, fuhr auch schon der Zug ein.

„Nun denn, ade du schöne Hoffnung", sagte er etwas sarkastisch und doch enttäuscht zu sich selbst und ging am Zug entlang, um ein halbwegs leeres Abteil zu finden. Er stellte sich in der kleinen Schlange an, die sich vor der Wagentüre gebildet hatte, um nach den anderen Reisenden in das Innere des Zuges zu gelangen.

„Johannes!".

Wie ein Blitz traf ihn die Stimme, die aus der Menge hinter ihm kam. Erst wagte er es nicht einmal, sich umzusehen, aus der Angst, alles sei nur Einbildung. War es schon so weit, dass seine Sinne ihm einen Streich spielten?

Erst als die anderen Reisenden drängelten und ihn ungeduldig zum Weitergehen aufforderten, drehte er sich um. Und da stand sie. Etwas verlegen, mit einem hübschen Strickkäppi, roter Nase und Fausthandschuhen. Ines, wie er sie sich in Gedanken in den letzten Tagen so oft und sehnsuchtsvoll

35

vorgestellt hatte. Nach einer kurzen, etwas linkischen und doch freudigen Begrüßung meinte sie, noch ganz außer Atem: „Ich hatte mehrmals versucht, dich auf dem Handy zu erreichen".

Das Handy – Johannes hatte es während der Vorträge und Seminarzeiten auf „Stumm" geschaltet und dann total vergessen. Nach eingegangenen Gesprächen zu schauen, war ihm nicht in den Sinn gekommen. Er war eben doch noch ein Handy-Anfänger, wie er sich vor Freunden und Bekannten selbst titulierte.

„Und nun habe ich meine Schicht auf der Arbeit mit einer Kollegin getauscht, ohne allzu große Hoffnung, dich nochmals wiederzusehen. Ich wusste von dir nur, dass du am Donnerstagnachmittag zurückfährst und jetzt ist Abend. Es ging einfach nicht früher". „Ich habe auf dich gewartet" brachte Johannes nur stockend und etwas verlegen heraus und hätte sie am liebsten in den Arm genommen.

„Dein Zug". Eben hob der Schaffner die Kelle um das Abfahrtssignal zu geben. Fragend schaute er den einen noch auf dem Bahnsteig stehenden Reisenden an nach dem Motto: „Jetzt aber rein". „Lass ihn abfahren", sagte Johannes nun mit einem befreienden Lachen und nickte dem Schaffner freundlich zu, der achselzuckend sein Werk vollendete und den Zug auf die Reise schickte.

Langsam schlenderten sie wieder zurück auf den immer noch verschneiten Bahnhofsvorplatz. „Und jetzt?" Mit ihren großen, freundlichen Augen schaute sie Johannes an. „Eigentlich kennen wir uns ja gar nicht, und machen hier so einen Aufstand", meinte sie augenzwinkernd. „Ich habe den Eindruck, diesen Zustand sollten wir dringend ändern", konterte Johannes trocken. Planlos liefen sie ein wenig durch die Straßen und erzählten sich das Wichtigste der vergangenen Tage. Vor allem Ines wollte haarklein wissen, wie es Johannes ergangen war. Mit einem Blick auf Koffer und Aktentasche, die Johannes immer noch mit sich herumschleppte, meinte sie lachend: „Im Zwickauer Hof warst du aber nicht!".

Johannes erzählte vom Containerhotel und dass es so schlecht gar nicht gewesen war. „Ich habe von diesen Dingern gehört. Sie werden wohl gebraucht, um kurzfristig den Bedarf an Betten abzudecken, denn in Zeiten der DDR wurde nicht viel gereist. Und wenn schon, dann hatten die Herbergen oft einen „Charme", vor dem es einem heute grauen und mit dem kein Mensch mehr zufrieden sein würde. Aber ich hoffe, dass auch die Container nur eine Übergangslösung sind. Du weißt, ich vertrete inzwischen eine andere Kultur..". - „Die für mich zu teuer wäre", konterte Johannes. Aus Ines sprach die Hotelfachfrau. Die ihn mit ihren Ausführungen aber auch daran erinnerte, dass er jetzt nochmals eine Bleibe in Zwickau suchen musste. Auf eine Nacht im Wartesaal des Bahnhofs, soweit der überhaupt die ganze Nacht geöffnet war, hatte er keine gesteigerte Lust.

Ines schien seine Gedanken zu erraten. „Ich muss morgen früh um 6.45 Uhr nach Hof zurückfahren. Vielleicht könnten wir gemeinsam...? Bevor wir unsere Zugbekanntschaft jedoch fortsetzen, brauchst du aber eine Bleibe. Muss es dein Containerhotel sein oder bist du auch mit anderem zufrieden?" „Leider habe ich meinen Schlafsack nicht dabei, deshalb kommen Brückenbögen und Hauseingänge nur bedingt in Frage", witzelte Johannes.

„Eine Stufe höher dürften wir vielleicht schaffen". Ines nestelte ihr Handy heraus und rief einige Nummern an. Bei der dritten wurde sie fündig. „Hallo Marion, ich habe da einen gestrandeten jungen Mann aufgegabelt." Nach offensichtlich etwas kritischen Rückfragen: „Keine Angst, gute Manieren und auch sonst durch und durch in Ordnung. Deine Tante Renate vermietet doch ab und zu ein Zimmer..".

Johannes bedankte sich lächelnd für die Empfehlung und Klassifizierung „durch und durch in Ordnung". Nach einem kurzen Weg standen sie vor dem Mietshaus, in dem Tante Renate im vierten Stock wohnte. Nachdem sie die knarrenden und nach Bohnerwachs riechenden Treppen hinaufgestiegen waren, klingelnden sie an der Flur-Türe. Tante Renate war bereits informiert und begrüßte sie freundlich. Eine, wie Johannes einschätzte, typische Sächsin, so ungefähr um die Siebzig. Noch erstaunlich wendig und fit. Auch als es darum ging, die Umstände im Zusammenhang mit dem überraschenden Gast zu klären. Da sie ganz offensichtlich Ines gut kannte, war sie mit wenigen Informationen zufrieden.

„Einen Schlüssel bekommen sie, Frühstück morgen um sechs Uhr", lauteten die kurzen und sachdienlichen Informationen, nachdem sie Johannes das einfache, aber saubere Zimmer und das Bad gezeigt hatte. Auch das Finanzielle wurde noch rasch im Voraus geregelt. Johannes war fast etwas verlegen wegen des niedrigen Zimmerpreises, den sie nannte und stockte darum freiwillig etwas auf, was sie auch dankbar annahm.

Und dann standen sie wieder auf der Straße. Starkes Schneetreiben hatte inzwischen eingesetzt und die Luft war schneidend kalt. „Ein nettes warmes Plätzchen in einem gemütlichen Lokal wäre jetzt wahrscheinlich das Angebrachteste", meinte Johannes. „Gibt es so etwas in Zwickau?" „Und ob", gab Ines zurück. „Alles verändert sich zwar momentan, aber gemütliche Lokale als Geheimtipp gab es schon zu DDR-Zeiten. Man musste nur wissen wo und seine Beziehungen haben..".

Das kleine Lokal war nur schwach besetzt, aber im Vergleich zu manchem anderem, was Johannes inzwischen gesehen hatte, wirklich gemütlich. Sie setzten sich in eine Ecke etwas abseits von den anderen Gästen. Nach kurzer Zeit kam die Wirtin und fragte nach ihren Wünschen. Ines machte deutlich, dass sie bereits zu Hause gegessen habe und darum, wenn überhaupt, nur auf eine Kleinigkeit Lust hätte. Johannes hatte zwar einerseits einen Bärenhunger, andererseits hatten ihm jedoch die Ereignisse der letzten Tage und vor allem die neuerliche Begegnung mit Ines etwas auf den Magen geschlagen. „Fast schlimmer wie in früheren Zeiten, als ich in der Schule zum ersten Mal in ein Mädchen aus der

Parallelklasse verliebt war", dachte er belustigt und ein wenig verwirrt.

Viel zu schnell verging die gemeinsame Zeit. Nach anfänglich manchmal etwas verlegenem Stocken wurde ihr Gespräch immer offener und vertrauter. Vorsichtig tastete man sich mit Worten ab, um mehr über den anderen zu erfahren, aber ihn auch nicht in Verlegenheit zu bringen. Es ging schon fast auf Mitternacht zu, als sie das Lokal verließen. Die adventliche Beleuchtung war inzwischen meist erloschen und einer trüben Straßenbeleuchtung gewichen. Trotzdem hatte keiner von beiden so richtig Lust, sich auf den Heimweg zu machen. Es schien, als wollten beide noch jeden nur möglichen Augenblick auskosten, der ihnen von diesem Abend blieb. Als Ines ein wenig fröstelte, legte Johannes vorsichtig den Arm um sie. Sie ließ es geschehen.

Er hätte noch endlos weitergehen können, aber in einer Seitenstraße deutete Ines auf einen dort geparkten Wartburg. „Unsere Familienkutsche, zu mehr hat's noch nicht gereicht" meinte sie lächelnd. „Wir wohnen am Stadtrand, aber davon ein andermal mehr. Ich muss jetzt echt heim, sonst kann ich mich morgen nicht mehr auf den Beinen halten".

Nachdem sie das Auto aufgeschlossen hatte, kam noch ein kurzer Abschied. Und ein flüchtiger Kuss auf die Wange von Johannes. Der ihm in diesem Moment mehr bedeutete als alles, was er in dieser Beziehung je erlebt hatte. Trotz der Kälte stand er noch lange da und schaute dem Wartburg nach, der im Schneetreiben verschwand.

Am nächsten Morgen bekam er kaum einen Bissen runter. Nur um Tante Renate nicht zu enttäuschen, nahm er etwas von dem Frühstück zu sich, das sie ihm schon in aller Frühe bereitet hatte. Der dampfende Kaffee weckte die Lebensgeister. Die Zeit drängte jedoch und auf keinen Fall wollte er nicht rechtzeitig am Zug sein.

Das Quartier war tatsächlich nur zehn Minuten vom Bahnhof entfernt. Von Ines war noch nichts zu sehen. Fünf Minuten vor der Abfahrt tauchte sie mit einem freudigen Lachen und einem „Guten Morgen, ich hoffe, du hast gut geschlafen" auf. Johannes zögerte mit der Antwort. „Wenn ich ehrlich bin, ich hab fast gar nicht geschlafen". „Ich auch nicht, und der Grund bist vermutlich du". So viel entwaffnende Offenheit machte Johannes verlegen.

Sie fanden einen Platz in einem nicht allzu voll besetzten Abteil und die Fortsetzung ihrer Zugbekanntschaft konnte beginnen. Die Stunde bis Hof verging wieder einmal viel zu schnell.

„Hören wir voneinander?" fragte Johannes fast ein wenig ängstlich. „Wenn du es willst, auf jeden Fall!" meinte sie verschmitzt und in der Art, die Johannes inzwischen so an ihr mochte. Rasch tauschte man noch Adressen und Telefonnummern aus. „Wenn du mich anrufst, bitte nur auf dem Handy oder im Geschäft, nicht zu Hause" fügte Ines etwas nachdenklich hinzu. „Warum erkläre ich dir vielleicht später".

Mit quietschenden Bremsen fuhr der Zug in den Bahnhof von Hof ein. Noch ein letzter Abschied und diesmal wagten beide einen vorsichtigen Kuss auf die Wange des anderen. Und schon stand Ines winkend auf dem Bahnsteig, während Johannes weiter in Richtung Nürnberg fuhr.

Kapitel 3 Zurück in die Zukunft

Nachdenklich schloss er die Wohnungstüre zu seiner Altbau-Zweizimmerwohnung auf, die er seit seiner Suspendierung vom Dienst bewohnte. Komfortabel war sie nicht, aber seinen momentanen Lebensbedingungen angemessen.

Als er vor einigen Tagen sich auf den Weg nach Zwickau gemacht hatte, war es eine gewisse Vorfreude und Spannung auf das Kommende, die ihn antrieb. So ganz konnten diese jedoch seine resignative Grundstimmung nicht übertünchen, die ihn in den letzten Wochen und Monaten mal mehr, mal weniger begleitet hatte. Jetzt aber spürte Johannes deutlich: Es hatte sich etwas geändert. Er hatte wieder Lust zu kämpfen. Für seine Zukunft und wenn es denn sein sollte, auch um dieses Mädchen aus Zwickau, um Ines.

Nachdem er ausgepackt, seine Post sortiert und einige längst anstehende Telefongespräche erledigt hatte, machte er einen Plan. Eine Reihe von Terminen waren vorgegeben, Vertretungsdienste und der lästige Religionsunterricht, aber Johannes wollte wieder mehr. Was wie ein unüberwindbares Hindernis auf seinem Weg in die Zukunft stand, war seine immer noch bestehende Suspendierung vom Dienst. Für voraussichtlich ein Jahr, hatte es ursprünglich geheißen. So schwer es ihm schon damals gefallen war, diesen Umstand zu akzeptieren – jetzt wollte er sich absolut nicht mehr damit abfinden.

Bereits am nächsten Tag schrieb er darum einen Brief an seine vorgesetzte Kirchenbehörde. Mit der Bitte um Akteneinsicht. Er wollte endlich einmal einen Blick in seine Personalakte werfen, um konkret zu wissen, was man ihm da nun eigentlich vorwarf. Und ob eine weitere Klärung mit den angeblich Betroffenen erfolgt war.

Das Warten war wieder einmal ätzend und bedrückend. Nach mehr als einer Woche hatte er immer noch keine Antwort von der Kirchenbehörde. Hätte ihn nicht zwischendurch ein kurzes Telefongespräch mit Ines aufgemuntert, er wäre wieder in

41

seine alte Stumpfsinnigkeit zurückgefallen. Jetzt aber griff er entschlossen zum Telefonhörer. Als er der Dame bei der kirchlichen Personalabteilung sein Anliegen nannte, war die Antwort kurz und bestimmt. Eine Akteneinsicht in der Form, wie Johannes sie begehrte, sei so nicht vorgesehen. Sie ließ sich immerhin dazu herab, über notwendige Anträge, Wartefristen und Zuständigkeiten zu referieren.

Johannes hörte nur mit halbem Ohr zu und musste an sich halten, um nicht unhöflich zu werden, was ihm ganz sicher wieder neue Minuspunkte bei dieser und anderen Stellen eingebracht hätte. Sehr bestimmt machte er der Dame jedoch deutlich, dass es bei seinem Anruf nicht um irgendeine allgemeine Belanglosigkeit handelte. „Es geht um meine Existenz und berufliche Zukunft. Ich habe mich jetzt lange genug mit unkonkreten Auskünften abspeisen lassen. Ich weiß, dass ich das Recht habe, meine Personalakte einzusehen, und zwar umgehend. Morgen um 9.00 Uhr werde ich bei Ihnen sein". Die Zuhörerin am anderen Ende der Leitung wollte gerade Luft holen, um Johannes für seine Ungebührlichkeit zurecht zu weisen, aber da hatte er schon aufgelegt.

Den sehr kurzfristigen Termin seiner Akteneinsicht hatte er bewusst gewählt. Von anderen Kollegen in ähnlichen Situationen hatte er nämlich erfahren, dass die Personalstelle gerne recht lange Fristen bis zur Akteneinsicht anberaumte, um die Akte entsprechend zu „säubern". Und genau das wollte er verhindern.

Punkt neun am nächsten Vormittag meldete er sich im Sekretariat der kirchlichen Personalstelle an. Der sehr unterkühlte Empfang der Sekretärin, einer Dame in schwer einschätzbarem Alter, die in ihrem Outfit einer Modezeitung der 60iger Jahre entsprungen schien, lies nichts Gutes ahnen. „Ich werde sie Frau Dr. Grünsporn melden", war die kurze Auskunft. Und damit ließ sie Johannes im Vorzimmer sitzen. Auf dem Tischchen in der Mitte des Zimmers war die komplette Palette der kirchlichen Zeitschriften der letzten Monate ausgebreitet. Johannes war viel zu aufgeregt und auch absolut nicht in der richtigen Verfassung, um einen Blick hineinzuwerfen.

Nach ungefähr zwanzig Minuten Wartezeit wurde er vorgelassen. In einem geschmackvoll eingerichteten Büro erhob sich hinter ihrem Schreibtisch Frau Dr. Grünsporn, eine Frau mittleren Alters. Typisch kirchliche Karrierefrau, schoss es Johannes durch den Kopf. Im Gegensatz zu ihrer Sekretärin dezent modern, aber nicht modisch gekleidet, kurze, graue Haare, fast randlose Brille. Ihr Lächeln war verhalten, als sie Johannes mit Handschlag begrüßte. Seine Personalakte lag bereits auf ihrem Schreibtisch und ganz offensichtlich hatte sie sich auch schon damit beschäftigt.

„Eigentlich läuft das so nicht, wie sie sich die Einsicht in ihre Akte erzwungen haben", eröffnete sie das Gespräch mit einem etwas vorwurfsvollen Unterton. „Aber nachdem ich mir ein wenige Einblick verschafft habe, soweit das in der Kürze der Zeit möglich war, verstehe ich zumindest, dass das für sie eine äußerst missliche Situation ist". „Und inzwischen unerträglich", fügte Johannes leicht aufgebracht hinzu. Dabei war er dankbar, dass die Personalreferentin wenigstens ein Stück weit Verständnis signalisierte.

„Ich gebe Ihnen jetzt eine halbe Stunde Zeit. In einem Nebenraum können sie sich mit ihrer Akte beschäftigen. Danach werden wir miteinander reden". Die nächste halbe Stunde wurde für Johannes ein Wechselbad der Gefühle. Zwar wurde er den Verdacht nicht los, dass die Akte bereits „präpariert" war, aber das noch Übriggebliebene reichte voll und ganz aus, um seine lange gehegten Befürchtungen zu bestätigen.

Im ersten Teil die üblichen Dinge: Lebenslauf, Zeugnisse, Beurteilungen, dienstlicher Schriftwechsel und Bewerbungen.

Ein gesonderter Teil enthielt die Unterlagen zu seinen „Dienstvergehen" und die Begründung zu seiner Beurlaubung vom Dienst. Vieles davon war Johannes bereits bekannt. Es waren vor allem Protokolle von den Gesprächen mit den Leuten, die über ihn zu Gericht gesessen waren.

Allerdings enthielten bereits diese Protokolle Zusätze, die nicht statthaft waren und den Inhalt verfälschten. Zur Untermauerung der Behauptungen waren Briefe der Johannes nicht gut gesonnen Kirchengemeinderäte und des beratenden Pfarrers Scheurer beigefügt, die ihm die Zornesröte ins Gesicht trieben. In einem fies-frommen Ton abgefasst, strotzten diese vor Übertreibungen, unhaltbaren Behauptungen und sogar infamen Lügen. Wenn es ihrer Sache diente und sie damit jemand, der bei ihnen in Ungnade gefallen war, fertig machen konnten, nahmen es auch die Kirchenleute ganz offensichtlich mit der Wahrheit nicht allzu genau.

„In mindestens acht Punkten kann ich Ihnen beweisen, dass die Dinge so nicht gelaufen sind wie sie da stehen. In weitaus mehr Punkten handelt es sich um maßlose Übertreibungen". Johannes musste an sich halten, um im Gespräch mit der Personalreferentin sachlich zu bleiben. Nach einer nachdenklichen Pause antwortete Frau Grünsporn: „Um ehrlich zu sein, habe ich mich auch über einige Dinge gewundert, die hier dokumentiert sind; vor allem, dass der zuständige Dekan in einer so heiklen Sache nicht den üblichen Dienstweg beschritten hat. Das müsste in einer späteren Verhandlung auf jeden Fall nochmals zur Sprache kommen".

„Sie werden mich vielleicht verstehen oder auch nicht: Ich will keine spätere Verhandlung. Ich will überhaupt keine Verhandlung mehr, vor allem nicht mit diesen Leuten. Was ich möchte: Dass hier und heute die Akte geschlossen wird mit dem Vermerk, dass die Anschuldigungen in ihrer Substanz größtenteils haltlos sind. Ich möchte endlich wieder meine Rückkehr in den vollen kirchlichen Dienst, und zwar umgehend. Andernfalls würde ich mich genötigt sehen, eine Verleumdungsklage gegen die betroffenen Personen anzustrengen".

Johannes hatte sich nun doch in Rage geredet. Seine Gesprächspartnerin blieb ruhig, freundlich und gelassen. „Ihren Erpressungsversuch eben, falls es ein solcher hätte sein sollen, habe ich überhört. Aber ich verstehe ihre Erregung und Empörung. Aus meiner Sicht gibt es auch keinen wirklichen Grund, sie länger auf der Wartebank zu lassen. Ich werde heute noch mit den verantwortlichen Stellen telefonieren. Können sie sich ausnahmsweise bis morgen gedulden?"

Johannes meinte ein verschmitztes Zwinkern im Augenwinkel der hochamtlichen Dame erkannt zu haben. Das war mehr, als er mit seinem doch recht gewagten Vorstoß erhofft hatte. Er vertraute Frau Grünsporn und hatte nicht das Gefühl, ein weiteres Mal hinters Licht geführt zu werden.

Pünktlich am nächsten Morgen meldete sich die kirchliche Personalstelle. Selbst die Sekretärin klang um Welten freundlicher, als sie ihn an die Personalreferentin weiterleitete. Nach einem freundlichen „Guten Morgen" kam diese umgehend zur Sache: „In ihrer Personalakte ist inzwischen vermerkt, dass die Anschuldigungen gegen sie in dieser Form unhaltbar sind und teilweise nicht der Wahrheit entsprechen. Außerdem, dass das ganze Verfahren gegen sie unkorrekt war und deshalb hinfällig ist. Die Mitteilung mit diesem Wortlaut geht auch an die anderen beteiligten Personen. Genügt ihnen das fürs Erste?"

Johannes fiel der sprichwörtliche Stein vom Herzen. „Des Weiteren habe ich die Personalplanungsstelle angewiesen, ihnen umgehend eine vakante Stelle zuzuweisen. Teilen sie uns bitte mit, in welchem Zeitraum sie ihre jetzigen Aufgaben abschließen und ihre neue Stelle antreten können". Johannes glaubte fast zu träumen. Eine solch rasche Wendung der Dinge hätte er sich nie im Leben erhofft.

Seine jetzigen Aufgaben waren relativ rasch abzuschließen. Einige zugesagte Vertretungsdienste mussten rückgängig gemacht werden – er hoffte auf das Verständnis der Kollegen. Und den Religionsunterricht hatte er eh nur kommissarisch übernommen. Nun mussten eben die Leute, die ihre ungeliebten Aufgaben auf ihn abgeschoben hatten, selbst sehen, wie sie damit zurechtkamen.

Über all diese sich nun fast überstürzenden Ereignisse schrieb er an Ines einen langen Brief. In dem er ihr auch einige andere grundlegende Dinge von sich und seinem Leben mitteilte. Er spürte einerseits, wie gut es tat, nach langer Zeit sich wieder einem Menschen anzuvertrauen, der ihm nahe stand. Anderseits begleitete ihn beim Schreiben immer wieder die unterschwellige Sorge: Kennen wir uns nach einer Begegnung und einigen Telefongesprächen wirklich gut genug? Kann ich so einfach diese Ines, die bis vor kurzem für mich noch eine unbekannte junge Frau war, in meine intimsten Gedanken und Probleme mit einbeziehen?

Seine Sorge war unberechtigt. Zwar antwortete sie nicht mit einem Brief. „Mit dem Schreiben habe ich es momentan nicht so. Zum einen ist meine Zeit sehr knapp, zum anderen ist uns in der alten DDR das Schreiben so ziemlich vergangen. Man wusste ja nie, wer da alles mitliest und aus den harmlosesten Bemerkungen die unmöglichsten Schlüsse zieht. Darum bin ich froh, dass wir jetzt, hoffentlich unbeschwert, miteinander telefonieren können". Und das taten sie ausführlich. Mehr als eine Stunde ging das Gespräch hin und her. Ines machte deutlich, wie sehr sie sich über die Offenheit von Johannes gefreut hatte. Und wie gut sie seine Gefühle in Bezug auf das Vergangene und die vor ihm liegende Zukunft verstehen konnte.

„Miteinander am Telefon reden ist schön, aber ich würde dich so gerne wiedersehen", meinte sie, als sich das Gespräch dem Ende zuneigte. Ihre Arbeit und anstehende Termine drängten. „Sobald ich meine Dinge hier halbwegs geregelt habe, komme ich wieder nach Zwickau", versprach Johannes.

*

Man wies ihm eine kleinere Dorfgemeinde auf der schwäbischen Alb zu. Der Ort nannte sich Glaubingen, ein

Name, der ihm nie zuvor untergekommen war. Erst nach längerem Suchen auf der Landkarte war er sich sicher, dass es diesen Ort auch wirklich gab. Die Stelle in dieser Dreitausend-Seelen-Gemeinde war sicher kein Traumjob, aber um wieder in seinem Beruf und andern Dingen Fuß zu fassen, gerade richtig.

Die ersten Begegnungen mit seinen zukünftigen Gemeindegliedern verliefen dann jedoch sehr verhalten. Die Älbler hatten das Herz nicht gerade auf der Zunge. Und zudem war, besonders bei den Älteren, die Verständigung durch den sehr ausgeprägten Dialekt anfänglich schwierig und darum auf das Notwendigste beschränkt. Seitens der Gemeinde waren die Erwartungen an ihn nicht allzu hoch. Nach mehreren Vakanzen und Pfarrern, die die Gemeinde nur als Zwischenstation genutzt hatten bis sich etwas Besseres anbot, war man bescheiden geworden. Wenn die geistliche Grundversorgung stimme, die wichtigsten Gottesdienste, Schul- und Konfirmandenunterricht gehalten würden, sei man schon zufrieden, wurde ihm mitgeteilt. „Wir sind eh keine großen Kirchgänger, und der Herrgott wird mit uns schon zufrieden sein, so wie wir sind", legten sie ihm ihre recht schlichte Auffassung von Frömmigkeit dar.

Seine Vorstellungen von moderner, zukunftsorientierter Gemeindearbeit waren ziemlich anders. Aber im Grunde war ihm die jetzige Situation gerade recht. Er musste erst einmal wieder zu sich selbst finden und vieles neu überdenken. Die zurückliegenden Wochen und Monate hatten so viel in ihm aufgewühlt, dass er nicht so einfach darüber hinweg gehen konnte. Die Fehler und Boshaftigkeiten der Anderen waren relativ klar. Aber hatte er nicht selbst auch Fehler gemacht, in manchen Situationen falsch reagiert? Und dann war da die Frage, wie es grundsätzlich weiter gehen sollte. Wenn er ehrlich war, hätte er sich gerne eine Zukunft zusammen mit Ines vorgestellt. Aber war der Gedanke daran zum jetzigen Zeitpunkt nicht verfrüht und etwas fern jeglicher Realität? Im Moment wusste Johannes darauf keine Antwort.

*

Die nicht allzu hohen Anforderungen seiner neuen Stelle ließen bei ihm nebenbei auch die Hoffnung aufkeimen, wieder etwas mehr Zeit für sein „berufliches Hobby", seine kirchengeschichtlichen Studien, zu haben. Nie hatte er je mit jemandem ausführlicher darüber gesprochen, aber der Traum einer akademischen Laufbahn im Zusammenhang mit der Kirchengeschichte war immer wieder in ihm aufgetaucht. Vielleicht sogar in den Vereinigten Staaten, wo er mehr Verständnis für sein spezielles wissenschaftliches Anliegen erhoffen konnte als hier. Aber im Moment war dies alles weit, weit weg, Träume eben... Jetzt musste zuerst einmal das Naheliegende bewältigt werden, seine Investitur, die Amtseinführung in die Gemeinde und so manches andere, was damit zusammenhing.

In einer schlichten gottesdienstlichen Feier wurde er durch den zuständigen Dekan in sein Amt eingesetzt und willkommen geheißen. Die Kirche war bis zum letzten Platz gefüllt, was ganz offensichtlich nicht das Übliche war. Die Zuhörer lauschten seiner Predigt aufmerksam. Aus den Gesichtern konnte er jedoch weder Zustimmung noch Ablehnung ablesen. Nach dem Gottesdienst verabschiedeten sich die Besucher ohne großes Aufheben. Als Johannes es trotzdem wagte, den Küster, auch einen recht wortkargen Mann, nach seiner Meinung zu fragen, antwortete dieser nur: „S' wird scho recht gwese sei" (Es wird schon recht gewesen sein).

Am darauffolgenden Sonntag war die Gemeinde ungefähr auf ein Fünftel geschrumpft, ein normaler Sonntag eben. Zum Erstaunen von Johannes nahm einen Sonntag später jedoch die Besucherzahl wieder zu, ebenso an den weiteren Sonntagen. „Die Leute scheinen sie gern zu hören", lautete der wiederum sehr kurze Kommentar des Küsters. Johannes nahm das verhaltene Lob dankbar an.

*

Den Mittelpunkt des Dorfes bildeten die Kirche und ein recht stattliches Pfarrhaus. Die Häuser darum herum, selbst das Rathaus, nahmen sich dagegen bescheiden aus. Man sah ihnen deutlich das einfache Leben und die Armut an, die die Bevölkerung der Schwäbischen Alb auch hier am Ort über Jahrhunderte geprägt hatte. Johannes hatte seine Wohnung jedoch nicht im Pfarrhaus. Einer seiner Vorgänger hatte darauf bestanden, in ein neueres Haus einziehen zu dürfen, da so ein würdiges altes Pfarrhaus aus dem Jahre 1792 auch seine Tücken und Mängel aufwies und in manchen Bereichen nicht mehr ganz zeitgemäß war. Zumal an Reparaturen und Renovierungen in den letzten Jahrzehnten nur das allernotwendigste eingebracht worden war.

Das alte Pfarrhaus war inzwischen neuen Zwecken zugeführt worden und gefüllt mit Gemeinderäumen, dem Pfarrbüro, einem Archiv und unzähligen Abstellräumen, vollgepfropft mit allem möglichen kirchlichen Gerümpel, das vermutlich niemand je noch brauchte. Johannes wurde ein kleines Reihenhaus aus den sechziger Jahren am Ortsrand zugewiesen, nicht schön, aber zweckmäßig. Man legte ihm ans Herz, die Renovierungen, soweit sie denn notwendig seien, selbst in die Hand zu nehmen. Aber das musste warten. Die Idee eines besonders sparsamen Mitglieds des Kirchengemeinderats, man könnte das Haus doch auch zusätzlich noch untervermieten (dem alleinstehenden Pfarrer würde ein Zimmer samt Küche voll und ganz genügen), lehnte Johannes ziemlich schroff ab. Und der Rest des Kirchengemeinderats nach kurzer Diskussion zum Glück auch.

Kapitel 4 Wieder Zwickau

Diesmal fuhr Johannes mit dem Auto, nicht mit der Bahn. Seinen nicht mehr ganz taufrischen Golf hatte er nach langer Zeit einmal wieder gründlich innen und außen gereinigt, um auf Ines einen besseren Eindruck zu machen. Er war dankbar, dass sie sich zwei Tage mitten in der Woche freinehmen konnte. Das passte auch für ihn sehr gut. Er musste keine Vertretung für den Sonntagsgottesdienst organisieren, was eh nicht leicht zu bewerkstelligen gewesen wäre und sich nach seiner relativ kurzen Zeit in der neuen Gemeinde auch nicht so gut gemacht hätte.

Mitten in der Nacht machte er sich auf den Weg, um am nächsten Morgen um zehn Uhr pünktlich in Zwickau zu sein. Die einsame Autobahnfahrt durch die Nacht, vorbei an unzähligen Lastwagen, die seit der Öffnung der Ostgrenzen die Ost-Westachse bevölkerten, war ermüdend. Aber der Gedanke an Ines machte ihn immer wieder hellwach. Natürlich freute er sich auf sie. Aber, wie in den letzten Tagen immer wieder, konnte er es nicht vermeiden, dass sich kritisch zweifelnde Fragen in seine Überlegungen und Gedanken an Ines einschlichen. Was wussten sie überhaupt voneinander? Ihre Gespräche am Telefon wurden zwar von Mal zu Mal vertrauter, aber wenn die Sprache auf sie persönlich, ihre Geschichte und Herkunft oder ähnliches kam, wurde sie einsilbig oder wich aus.

Deutlich wurde in diesen Gesprächen auch hin und wieder, dass beide von einer sehr unterschiedlichen Vergangenheit her kamen. Unter anderem, wenn er ganz selbstverständlich und oft von ihm selbst unbemerkt Argumente ins Gespräche einfließen ließ, die Ines vermutlich fremd waren. Wie er zum Beispiel aufgrund seines Berufs als Pfarrer und der damit verbundenen Weltanschauung Umstände und Sachverhalte bewertete und beurteilte. Nicht selten hatte er mitten im Gespräch plötzlich das Gefühl, dass Ines ihm nicht folgen konnte oder wollte, weil ihr diese Denkweise einfach fremd und damit für sie ungewohnt war. Umgekehrt ging es ihm ehrlicherweise manchmal genauso.

50

„Die Liebe wird mit solchen Dingen fertig", sagte er sich dann. Und dass er Ines sehr mochte und sie ihn auch, daran bestand für ihn kein Zweifel.

Er schaffte die weite und teilweise eintönige Strecke sogar eine halbe Stunde früher als vereinbart. Noch kurz eine Tasse Kaffee am Kiosk in dem ihm inzwischen fast vertrauten Zwickauer Bahnhof. Und ein wenig frisch machen in der Bahnhofstoilette, die nicht gerade vor Sauberkeit glänzte und dringend einer Renovierung bedurfte. Aber das alles war jetzt Nebensache. Sein Auto hatte er in der Nähe des Bahnhofs abgestellt. Als er sich auf den Weg zum vereinbarten Treffpunkt machte, kam Ines ihm schon entgegen. Ines, wie sie „leibte und lebte". Genauso, wie sie in seinen Erinnerungen und Träumen immer wieder vor ihm gestanden war. Nur noch viel anziehender und schöner. Sie strahlte ihn mit leuchtenden Augen an. Ihr Hallo ging fast unter in der diesmal von ganzem Herzen kommenden und festen Umarmung, ohne Scheu voreinander. Alles, was vorher Johannes durch den Kopf gegangen war, war in diesen Augenblicken wie weggeblasen. Hauptsache sie war jetzt da.

In einem kleinen Café in der Nähe beratschlagten sie, wie sie die wertvolle Zeit der vor ihnen liegenden zwei Tage am besten nutzen konnten. „Ich möchte dir viel von Zwickau zeigen, zum Beispiel einige meiner Lieblingsplätze. Zwickau ist zwar eine Industriestadt, aber sie hat auch ihre sehr schönen Seiten. Nur ist leider vieles immer noch in einem überaus desolaten Zustand. Es wird viele Jahre dauern, bis wir die vierzig Jahre Stillstand und Rückschritt wieder aufgeholt haben. So viele Jahre Miss- und Mangelwirtschaft sind kein Pappenstiel". Und nach einer kleinen Pause fügte sie nachdenklich hinzu: „Wenn mich jetzt mein Vater hören würde, wäre das schon wieder Anlass zum Streit".

Ihr erstes Ziel war der Hauptmarkt, den Johannes bei seinem früheren Besuch in der Dunkelheit in adventlich verschneiter Romantik erlebt hatte. Jetzt sah er etwas nüchterner aus, aber er hatte immer noch eine, wenn auch morbide, Schönheit. „Wusstest du, dass der Komponist Robert Schumann hier geboren wurde?" Andächtig standen sie vor dem Geburtshaus des Musikers und Tonkünstlers. Beiläufig und erfreut stellten sie fest, dass auch ihre Musikvorlieben mindestens zu einem erheblichen Teil in ganz ähnliche Richtungen gingen.

Vom Gwandhaus, dem Stadttheater über den Kornmarkt führte Ines ihn zum Dom St.Marien. „Hier war eine der Hauptzellen der friedlichen Revolution oder wie immer man die Umwälzungen bei uns nennen möchte", erklärte Ines beiläufig. Es war das erste Mal, dass sie dieses Thema überhaupt ansprach. Johannes hatte sonst den Eindruck, dass sie das Gespräch lieber in eine andere Richtung lenkte, wenn diese Ereignisse zur Sprache kamen. In der Nähe eines fast idyllischen Stadtteiches, des sogenannten „Schwanenteichs", setzen sie sich auf eine Bank. Die Frühlingssonne war schon stark genug, um sie nicht frieren zu lassen.

„Jedes Mal, wenn ich über Dich nachdenke wird mir deutlich, wie wenig ich eigentlich von dir weis" nahm Johannes den Gesprächsfaden vorsichtig wieder auf. „Pass nur auf, dass du dir bei all diesem Nachdenken nicht allzu sehr den Kopf über mich zerbrichst", meinte sie schelmisch. „Aber im Ernst: Was möchtest du wissen? Auch für mich gibt es Vieles, auf das du mir bis jetzt nur andeutungsweise Antwort gegeben hast".

Sie stiegen bei der gegenseitigen Erkundung ihrer Lebensumstände mit unverfänglichen Themen ein. Ines erzählte über ihre jetzige Tätigkeit und ihre weitere berufliche Entwicklung, wie sie diese für sich geplant hatte. „Ich möchte eine möglichst umfangreiche, solide Grundlage haben, egal was ich später dann damit anfange. Vieles ist für mich dabei neu und das meiste gab es in dieser Form in der DDR nicht. Der Tourismus, auch im Bereich der Wirtschaft und des Geschäftslebens, war ja, abgesehen von Leipzig und wenigen anderen Städten, total unterentwickelt. Und das ist noch vorsichtig ausgedrückt".

Johannes erzählte von seiner so ganz anderen Arbeit als Dorfpfarrer auf der Schwäbischen Alb.

„Das ist einer der Punkte, die meine Fantasie am meisten beschäftigen. Du als ernsthafter Dorfpfarrer im schwarzen Gewand – oder wie sagt ihr dazu: Talar? – das kann ich mir einfach nicht vorstellen. Ich glaub es erst, wenn ich es in Wirklichkeit gesehen habe.." unterbrach ihn Ines lachend. „Dann komm doch auch du einmal zu mir, ich würde mich von Herzen darüber freuen! - Ich staune manchmal selbst, wie schnell ich in meine Rolle hineingewachsen bin – und ich hoffe, ohne mich zu verbiegen", fügte er selbstkritisch hinzu. Und erzählte munter einige Anekdoten und Geschichten aus seinem Gemeindeleben, über die Ines teilweise erstaunt und lachend den Kopf schüttelte. Von was Johannes da berichtete, war für sie in weiten Bereichen eine Welt, von der sie reichlich wenig wusste und die sie, offen gestanden, auch kaum interessiert hatte.

Im Nu, viel zu schnell, ging dieser erste Tag des Wiedersehens zur Neige. „Ich habe dich nochmals bei Tante Renate einquartiert, wenn's dir recht ist." Renate war recht, aber Johannes wäre lieber noch eine Weile mit Ines zusammen gewesen. Fast jeder Augenblick war ihm wertvoll und wichtig. „Zu mir nach Hause ist schwierig. Das erkläre ich dir später mal", meinte sie beiläufig, aber mit einem ernsten Unterton, der Johannes nicht verborgen blieb.

Am nächsten Tag spielte das Wetter nicht so gut mit. Der Himmel war wolkenverhangen und zarter Regen nieselte herab. Die Stadt sah jetzt, mehr als an den anderen Tagen, alt und grau aus. Der Bergbau, die Industrie und die jahrzehntelang ohne Rücksicht auf Mensch und Natur hinausgeblasenen Abgase hatten ihre Visitenkarte hinterlassen. „Lass uns ein wenig an den Stadtrand fahren, da sieht's vielleicht etwas freundlicher aus. Am besten mit Bus und Straßenbahn, der Autoverkehr ist bei uns teilweise chaotisch". Johannes lies also seinen Golf stehen und nach ungefähr einer dreiviertel Stunde Fahrt und mehrmaligem Umsteigen waren sie am Stadtrand im Grünen, soweit dieses bereits das Wintergrau verdrängt hatte.

Trotzdem es auch hier nicht gerade gemütlich war, marschierten sie fast zwei Stunden auf Wegen, die Ines bereits seit ihrer Kindheit in- und auswendig kannte. Immer wieder erzählte sie von Erlebnissen, die sie als Heranwachsende und Jugendliche hier gemacht hatte. Es hörte sich fast nach einer schönen und unbeschwerten Zeit an, wäre da nicht immer wieder dieser gewisse Unterton gewesen, den Johannes nicht so richtig deuten konnte.

Auch von ihren beiden Geschwistern erzählte sie, einem Bruder und einer Schwester, die um einiges älter waren und längst ihre eigenen Familien hatten. Leider war der Kontakt zu ihnen nur noch dürftig.

Nach einem einfachen Mittagessen in einem Restaurant am Stadtrand, dem noch deutlich der Charme einer ehemaligen HO-Gaststätte anhaftete, machten sie sich wieder auf den Weg in die Innenstadt. Vor einem großen Gebäude in der Lessing-Straße blieb Ines unvermittelt stehen. Der Bau machte einen düsteren und abweisenden Eindruck. „Hier war die Stasizentrale und damit das Büro meines Vaters. Er war ein hoher Offizier beim MfS, also der sogenannten „Stasi", verantwortlich für ein Heer von IMs, inoffiziellen Mitarbeitern, die ihre Mitmenschen in jeder nur möglichen Lebenslage bespitzelten, anschmierten und damit in Teufels Küche brachten. Auch für vieles andere, was im Namen der Stasi hier und vor allem auch im Geheimen geschah, war er verantwortlich oder mitverantwortlich".

Johannes war im Moment etwas schockiert über die trotzige Selbstverständlichkeit, mit der Ines das alles erzählte. „Ich musste dir das sagen, bevor du es von irgendwo anders her erfährst. Viel zu viele Menschen hier kennen die Vergangenheit meines Vaters und damit auch unserer Familie nur zu genau".

Nachdem er sich nach einem viel zu langen Augenblick des überraschten und verlegenen Schweigens wieder etwas gefangen hatte, war das Einzige, was Johannes im Moment herausbrachte: „Und wie denkst du heute darüber?"

„Ha", lachte sie etwas bitter und gar nicht mehr so unbeschwert, „das ist nicht leicht zu sagen. Zum einen: Es war und ist meine Familie. Meine Mutter hat seit langem mehr unter dieser Tatsache gelitten, als ich geahnt hatte oder mir bewusst war. Als Kind und Jugendliche war es mir egal, was mein Vater wirklich machte. Er war ein hohes Tier in irgendeinem Apparat, und wir hatten unsere Vorteile davon. Im Vergleich zu vielen anderen ging es uns gut, ich konnte ohne Probleme jede Schule besuchen und bekam nach dem Abitur auch umgehend meinen Wunschstudienplatz. Dass auch wir von der Partei laufend gegängelt wurden und zu zig Schulungen und Pflichtveranstaltungen der jungen Pioniere, der FDJ und anderer Parteiorganisationen mussten, fand ich blöd. Aber man konnte damit leben. Je länger je mehr kam es mir allerdings merkwürdig vor, dass manche Leute, auch Eltern von Klassenkameraden und Freunden, uns, wenn irgend möglich, aus dem Weg gingen oder mit einer devoten Unterwürfigkeit behandelten – als ob sie Angst vor uns hätten, was sich im Nachhinein ja auch als richtig herausstellte".

„Erst im Studium kam ich mit ‚Oppositionellen Kräften' in Kontakt. Anfänglich vertrat ich dort noch die harte Parteilinie, denn etwas anderes hatte ich zuhause nie gehört. Westfernsehen war bei uns tabu und wenn, dann nur heimlich. Mein Bild vom Klassenfeind war klar umrissen. Aus heutiger Sicht war ich reichlich naiv. Aber zugegeben, es war auch so sehr bequem, zumindest zu gewissen Zeiten".

Immer wieder schaute Johannes sie von der Seite an. Ihr Blick war jetzt starr nach vorne gerichtet. Eine so erregte und aufgewühlte Ines hatte er vorher noch nie erlebt. Vorsichtig griff er nach ihrer Hand und sie ließ es geschehen. „Nach und nach konnte der ganze Schwindel jedoch nicht mehr verborgen bleiben. Was mich vor allem wütend machte war die Tatsache, wie sehr und bewusst man uns all die Jahre belogen hatte. Und dass manche Leute die Lügen vom Sieg des Sozialismus und all dem anderen Quatsch bis heute noch glauben, trotzdem die Wirklichkeit uns ein völlig anderes Bild zeigte und zeigt, ob es uns nun passt oder nicht. Kurz vor der Wende und der sogenannten friedlichen Revolution schloss ich mich einer der auch in Zwickau längst existierenden oppositionellen Gruppen an. Aus heutiger Sicht viel zu spät. Mein Vater tobte, als er davon erfuhr. Wenn es nach ihm gegangen wäre, wäre aus der friedlichen Revolution ein Blutbad geworden. Noch heute leben er und seine Freunde und engsten Vertrauten in der Illusion, dass mit Gewalt gegen die Aufmüpfigen die DDR hätte weiter existieren können. Für ihn lebt der Klassenfeind nach wie vor im Westen und leider nun auch mitten unter uns. - Mein Verhältnis zu meinem Vater ist seither kaputt und beschränkt sich auf das aller Notwendigste, trotzdem wir unter einem Dach leben".

„Jetzt weißt du auch, warum es so schwierig ist, dich zu mir nach Hause mitzunehmen" gab Ines dem Gespräch eine etwas andere Wendung. „Liebend gern würde ich dich wenigstens meiner Mutter vorstellen. Aber allein schon die Andeutung davon, dass es da jemand aus dem Westen gibt, und sogar noch einen Pfarrer, lässt meine Mutter nicht mehr schlafen. ‚Kind, ich habe Angst, dass das nicht gut geht', war ihr einziger Kommentar dazu. Und ich fürchte, sie weiß, von was sie spricht".

Johannes hätte jetzt gern so vieles zu Ines gesagt. Vor allem Sätze wie: „Das ist alles schlimm, furchtbar sogar, aber das kann doch uns nicht auseinander bringen. Ich liebe dich doch..", aber dies alles schien ihm viel zu banal.

In einer kleinen Gaststätte wollten sie noch etwas zu Abend essen. Aber irgendwie war ihnen der Appetit vergangen. Die Zeit verstrich viel zu schnell. Johannes musste sich wieder auf den weiten Weg nach Hause machen und auch auf Ines wartete am nächsten Morgen ein anstrengender Tag. Ines mit all dem Bedrückenden, von dem er jetzt wusste, einfach so zurückzulassen, lag wie eine schwere Last auf ihm. Eigentlich war es schon viel zu spät, als er sie bei ihrem Wartburg in der Innenstadt absetzte. Eine letzte, intensive Umarmung. „Du weißt, dass ich dich sehr mag, egal was war oder immer sein wird", war das Einzige, was er ihr gegenüber noch herausbrachte. Dann sah er die Tränen in ihren Augen, als sie in ihr Auto einstieg und kurze Zeit später von der Nacht verschluckt wurde.

Kapitel 5 Ankommen in der Wirklichkeit

Die Fahrt durch die Dunkelheit über die noch erstaunlich belebten Straßen und Autobahnen wurde diesmal furchtbar lang. Zumal Johannes hundert und mehr Gedanken durch den Kopf gingen. Dass Ines ein Kind der ehemaligen DDR war und in manchen Dingen aus einer völlig anderen Welt kam wie er, war ihm nun endgültig klar geworden. Aber die junge Frau, die er kennen und so sehr lieben gelernt hatte, war ihm stets wichtiger gewesen als alles andere. Dieses ‚andere' hatte er einfach ausgeblendet. Dass er durch Ines jedoch so massiv mit der DDR-Vergangenheit konfrontiert wurde, darauf war er nicht gefasst gewesen. War Ines nicht so sehr in dieser Vergangenheit gefangen, dass diese sie immer wieder einholen würde, egal wo und wie sie lebte?

Sicher, nach außen hin lehnte sie das Gewesene heute schroff ab, hatte eine ehrliche Wut im Bauch gegen ihren Vater und all seine Helfershelfer, die mitgeholfen hatten, ein Unrechtsregime so lange am Leben zu erhalten. Aber konnte man, was einen die entscheidenden Jahre des Lebens bewusst oder unbewusst geprägt hatte, so einfach abstreifen? Konnte es für sie beide eine tragfähige Brücke zueinander geben, oder würde die Vergangenheit und die Unterschiede in ihrem Denken nicht immer wie ein Schatten oder gar wie eine Mauer zwischen ihnen stehen?

*

Zuhause wartete wieder einmal eine Menge Arbeit auf ihn, und das war in diesem Fall auch gut so. Am liebsten hätte er sich zwar umgehend hingesetzt, um an Ines einen langen Brief zu schreiben, ihr zu erklären… - ja, was eigentlich? Dass er sie nach wie vor liebte, wusste sie hoffentlich, trotz allem. Aber über alles andere musste er erst einmal nachdenken.

Johannes musste sich innerlich einen Ruck geben, um in die Wirklichkeit zurückzukehren. Der Sonntagsgottesdienst und damit die Predigt kreisten zwar in seinen Gedanken, aber konkret auf dem Papier war noch nichts. Eine Sitzung des

Kirchengemeinderats stand an, die Pfarramtssekretärin hatte gleich eine ganze Reihe von Anliegen. Eine Menge Arbeit, aber von der Sache her fiel sie ihm entschieden leichter als am Anfang seines Dienstes hier in Glaubingen. Und diese Tatsache stimmte ihn immer wieder aufs Neue zuversichtlich und auch ein Stück weit dankbar.

Mehr und mehr spürte er auch bei den Menschen seiner Gemeinde und darüber hinaus die Bereitschaft, sich auf den neuen Pfarrer einzulassen. Im Dorf grüßte man sich freundlich und immer wieder wurde er angesprochen, sogar von Leuten, die er nie in seiner Kirche sah. Gab's bei den Vereinen etwas zu feiern, wurde häufiger auch er dazu eingeladen. Selbst der Bürgermeister, anfänglich sehr reserviert, legte des Öfteren Wert auf die Meinung des Herrn Pfarrers und informierte ihn regelmäßig über wichtige Ereignisse im Dorf.

Was er am Anfang nie zu glauben gewagt hatte, wurde nach und nach Wirklichkeit. Johannes begann sich wohl zu fühlen und seine Arbeit und die damit verbundenen Aufgaben anzunehmen, sogar ein Stück weit sie zu lieben. Genauso wie die ihm anvertrauten Menschen. Er spürte, dass hinter der rauhen Schale mehr war. Das wirkte sich unter anderem auch auf seine Behausung aus. Hatte er anfänglich nur das allernotwendigste an Kraft und Geld investiert, um das nüchterne Reihenhaus halbwegs bewohnbar zu machen, so sah er manches inzwischen mit anderen Augen. Je länger je mehr ging ihm das ungemütliche und kalte Heim auf die Nerven. Und manchmal ertappte er sich dabei, dass er durch die kahlen Räume ging mit dem Gedanken: „Wenn das Ines so sehen würde".

An einem der nächsten freien Tage machte er sich darum auf den Weg in die zwanzig Kilometer entfernte Kreisstadt. Sein erstes Ziel war ein Baumarkt. Vier Kübel Wandfarbe und das dazu gehörige Werkzeug mussten vorläufig reichen. Auf dem Rückweg kam er an einem großen Möbelhaus vorbei, dem berühmten schwedischen Kultmöbelhaus nicht unähnlich. Er konnte es sich nicht verkneifen, auch dort einen Halt einzulegen. Zum guten Schluss musste er mit offener

Heckklappe und einem restlos vollbepackten Golf zu „seinem" Dorf auf der Alb zurückschaukeln. Geplant war das so nicht gewesen, aber längst überfällig. Und er war sich inzwischen sicher, dass dies nur der Anfang einer größeren Aktion war.

Die Überraschung kam, als er seinen Golf rückwärts in Richtung Haustüre bugsierte, um besser ausladen zu können. Das hatte eine Weile gedauert, denn rückwärts einparken war noch nie seine Stärke gewesen. Plötzlich stand da, fast wie aus dem Nichts, Markus Kalm. Ein jüngerer Mann aus der Nachbarschaft, Johannes kannte ihn nur flüchtig. „Ich helfe ihnen dann mal reintragen", sagte er wie selbstverständlich. Und wie dieser Markus anpacken konnte. Er war von Beruf Schlosser, soviel wusste Johannes. Und das Zupacken ganz offensichtlich gewohnt.

Als das Meiste der Einkäufe auf die Zimmer verteilt war, schaute Markus sich unaufdringlich, aber aufmerksam um. „Da gibt's aber eine Menge zu tun", stellte er trocken und mit fachmännischem Blick fest. „Schaffen sie das alleine, oder haben sie Freunde oder so was...?" „In diesem Fall weder Freunde noch so was, aber irgendwie werde ich das schon hinbekommen", gab Johannes zurück, allerdings inzwischen doch ein wenig an seiner Zuversicht zweifelnd. Markus schien diese Antwort im Moment zu genügen. Er wünschte noch einen guten Abend und verschwand.

Am nächsten Tag um die Mittagszeit klingelte es. Vor der Tür stand wieder Markus, diesmal in voller Arbeitsmontur. Ohne große Umschweife begann er: „Ich habe mit meiner Frau gesprochen. Wenn sie wollen, helfen wir ihnen nach Feierabend. Wir können das, bei uns musste man eh alles selber machen. Und die Kinder kommen ein paar Abende auch ohne uns zurecht. Sollte das nicht der Fall sein, was ich jedoch nicht vermute - ihr Haus ist ja nicht weit von uns entfernt". Damit war von Markus Seite her alles umfassend geklärt. Er war nicht ein Mann großer Worte, sondern der Taten.

Am allernächsten Abend, an dem Johannes nicht durch Sitzungen und andere Termine belegt war, begann die große Renovierungsaktion. Zuerst wurden die Zimmer frei geräumt, die im Moment am wenigsten gebraucht wurden. Schnell zeigte sich, dass es mit den paar Kübeln Wandfarbe nicht getan war. Die Tapeten waren in einem so desolaten Zustand, dass sie alle runter mussten. Elektrische Anschlüsse waren teilweise laienhaft und nur notdürftig repariert worden. Fensterdichtungen, Bodenbeläge und vieles andere waren in einem Zustand, der schlimmer war „als bei uns in der früheren DDR".

Diese Bemerkung kam von Markus. Und damit wurde auch manches andere deutlicher, zum Beispiel der Satz: „Bei uns musste man eh alles selber machen", der Johannes erst etwas irritiert hatte. Auf der Suche nach einem neuen Arbeitsplatz waren Markus und seine Frau Karin mit ihren Kindern nach der ‚Wende' in den Westen gekommen. Nachdem die Treuhand und andere Glücksritter einen Betrieb nach dem anderen im Osten platt gemacht hatten, sahen sie keine Zukunft mehr für sich. Die Flucht, die keine mehr war und doch so vieles von der Flucht der zurückliegenden vierzig Jahre aus dem „sozialistischen Paradies" an sich hatte, war ihnen nicht leicht gefallen. Was sie zurückließen war die Heimat im Erzgebirge, Wurzeln, die in schwerer Zeit gewachsen waren und immer wieder hielten. Menschen, die Freunde waren, soweit sie nicht durch das politische Regime zu Feinden geworden waren.

In einer Zeitungsanzeige in einer Fachzeitschrift, die auch im Osten erschienen war, hatten sie davon erfahren, dass in einem Dorf auf der Schwäbischen Alb (wo war das doch gleich?) jemand einen Nachfolger für seine gut eingeführte Schlosserei suchte, die er aus Altersgründen aufgeben wollte. Ohne allzu große Hoffnungen hatte Markus Kalm sich auf die Anzeige beworben. Wilhelm Mager, der Besitzer der Schlosserei und seine Frau Frida hatten zwar andere Vorstellungen von den neuen Besitzern, besonders in finanzieller Hinsicht. Aber als die Kalms bei ihnen auftauchten, schlossen sie die Familie umgehend ins Herz. Sie hatten zwar

61

auch eigenen Kinder, aber die waren längst weit weg gezogen, hatten ihre eigenen Interessen und keine an der alten Schlosserei.

„Die hat uns der Himmel geschickt" seufzte Frida Mager manchmal zufrieden und aus ganzem Herzen. Und Wilhelm Mager, der wie seine Landsleute nicht zu Übertreibungen neigte, lies im Dorf ab und zu verlauten: „Einen Besseren für mein Geschäft hätte ich mir nicht wünschen können".

Markus Kalm also ging nun aufmerksam durch die Räume des tristen Reihenhauses und notierte. Ein Handwerker mit System. Als er seinen Rundgang beendet hatte, war eine lange Liste mit Dingen zusammengekommen, die unbedingt benötigt wurden, um eine halbwegs fachgerechte Renovierung in Angriff nehmen zu können. Sauber hatte er alles aufgegliedert in unbedingt nötig, nötig und unter Umständen notwendig. „Mit den ersten beiden Kategorien musst du zu deinem Kirchengemeinderat oder zum Bürgermeister gehen. Ich weiß nicht, wer da zuständig ist. Es kann ja wohl nicht angehen, dass du für die Schlamperei und Untätigkeit der letzten zwanzig Jahre bezahlen musst". Markus war irgendwann zum „Du" übergegangen und Johannes empfand es mehr als angebracht.

Stirnrunzelnd überflog der Vorsitzende des Kirchengemeinderats, Karl Boldner, die nicht gerade kurze Liste an Materialien für die Renovierung. „Ganz schön viel, was sie sich da ausgedacht haben. Ist das wirklich alles notwendig?" „Ich selbst kann das nur teilweise beurteilen. Markus Kalm, der Schlosser aus meiner Nachbarschaft, hat die Liste zusammengestellt. Er und seine Frau wollen mir beim Renovieren helfen" teilte Johannes ihm mit. „Markus Kalm, der Nachfolger vom alten Mager?" fragte Boldner nicht ohne Erstaunen zurück. „Wenn der das als notwendig ansieht, dann muss es wohl so stimmen. Der versteht nämlich von fast allem etwas. Ein Praktiker durch und durch".

Mit dieser versteckten Lobeshymne waren zugleich auch die Ausgaben genehmigt. Zumindest vorläufig, wie Karl Boldner noch vorsichtshalber betonte. Aber in solchen Dingen galt im Kirchengemeinderat sein Wort. Die endgültige Zustimmung war also nur noch Formsache.

In jeder freien und möglichen Stunde der kommenden vierzehn Tage wurde gewerkelt, gehämmert und gestrichen, was das Zeug hielt. Weitere freiwillige Helfer boten sich an. Einige Frauen vom Dorf ließen es sich nicht nehmen, mit kräftigem Vesper den Arbeitseinsatz zu unterstützen. Das Haus war zwar zur Großbaustelle geworden, aber man konnte erahnen, was aus der ganzen Sache einmal werden sollte.

Nach vierzehn Tagen war das triste Reihenhaus, zumindest von innen, nicht mehr wiederzuerkennen. Freundliche, helle Zimmer, Elektro- und Sanitärinstallation auf dem aktuellen Stand, eine halbwegs komplette Einrichtung. Wie erahnt, hatte Johannes noch des Öfteren den Weg zum Baumarkt und Möbelhaus unter die Räder genommen. Markus und Karin bauten mit Leidenschaft die Selbstbaumöbel zusammen und waren bei jedem fertigen Stück so stolz, als ob es ihr eigenes wäre. Kurz vor Fertigstellung der Renovierung stellte sich in Person von Karl Boldner noch eine ganz besondere Überraschung ein.

Er ließ es sich nicht nehmen, die fast fertigen Arbeiten selbst zu begutachten. Ganz offensichtlich war er tief beeindruckt von den Ergebnissen – mit Ausnahme der Küche. „Dieses alte Klumpp passt nun wirklich nicht mehr zu all dem Anderen", war sein knapper Kommentar. Am nächsten Morgen teilte er Johannes in aller Kürze mit, ein guter Bekannter von ihm würde in vierzehn Tagen eine Musterküche einbauen, die er gerade vorrätig hätte. Und die, mit kleinen Abänderungen, exakt passen würde – wenn's denn recht sei. „Für die Kosten steh ich dann gerade", ergänzte er wie selbstverständlich die freudige Nachricht.

Die endgültige Fertigstellung und zugleich die Einweihung der neuen Küche feierte man mit einem fröhlichen Gulaschessen. „Meine besondere Spezialität, hatte Karin verkündet". Und zauberte in Johannes neuer Küche ein hervorragendes Essen für alle an der Renovierung Beteiligten. Johannes war von Herzen auch dafür dankbar, denn seine Kochkünste reichten knapp für den Hausgebrauch.

*

Die Gedanken von Johannes waren auch während der unruhigen Renovierungswochen oft bei Ines. Zweimal hatte er sie kurz am Telefon erreicht. Was sie sich mitteilen konnten, war wichtig und doch unbefriedigend zugleich. Irgendwie lagen die Fakten, die Ines ihm in Bezug auf ihre Familie und Vergangenheit offenbart hatte, wie ein Nebelschleier auf ihrer Verbindung. Dass dies alles seine Beziehung und Liebe zu ihr nicht beeinträchtigen konnte, war für ihn klar. Aber war es so auch für Ines? Lastete die „unbewältigte" Vergangenheit so sehr auf ihr, dass sie nicht frei sein konnte für eine Beziehung mit ihm - der eben doch aus einer ganz anderen Welt kam?

Auf eine ganz andere, für ihn ungeahnte Weise, rückte diese Ost-Vergangenheit ins Zentrum seines Denkens. Eines Tages lag im Briefkasten unter Rechnungen, verschiedener Werbung und all der anderen Post ein Brief des Oberkirchenrats, seiner höchsten Dienststelle. Johannes ahnte nichts Gutes. So sehr hatte er gehofft, die ganze alte Problematik mit Suspendierung und all dem anderen Belastenden hinter sich lassen zu können. Fing der ganze „Mist" nun wieder von vorne an? Hatten sich die feigen Ankläger nochmals zusammengerafft, weil sie es damals nicht geschafft hatten, ihn fertig zu machen?

Gedanken über Gedanken gingen ihm durch den Kopf, so dass er es längere Zeit nicht wagte, den Brief zu öffnen und ihn immer wieder von einer zur anderen Ecke seines Schreibtisches schob. Aber irgendwann musste es dann doch sein. Zu seiner großen Überraschung und Erleichterung waren all seine Ängste und Sorgen völlig umsonst.

In freundlichem Ton schrieb ein Referatsleiter des Oberkirchenrats, dass man mit großem Interesse von seinen Vorträgen bei der Fortbildungstagung in Zwickau gehört habe.

64

Die Kollegen dort hätten ihn als kompetent und sehr vertrauenswürdig empfunden. Und deshalb empfohlen, ihn in eine Kommission zu entsenden mit der nicht leichten Aufgabe, die Kirchengeschichte der DDR in den letzten vierzig Jahren und die daraus entstandenen Verwicklungen im Osten, aber auch zwischen Ost und West aufzuarbeiten. Im Brief war angedeutet, dass es sich hierbei um eine wichtige und längerfristige Tätigkeit handle, vorläufig nebenamtlich, und die Mitgliedschaft in dieser Kommission ganz sicher eine Empfehlung für seine zukünftige Karriere sei. Bis auf die Karriere, die ihm im Moment nicht sonderlich am Herzen lag, war diese Sache eigentlich genau das, was Johannes brennend interessierte und ihm längst unter den Nägeln brannte. Nach der ersten Freude über diese neue und spannende Aufgabe meldeten sich jedoch Bedenken.

War er in dieser Angelegenheit nicht längst schon befangen durch die Beziehung zu Ines? Würde diese Tätigkeit ihr Verhältnis zusätzlich belasten oder gar unmöglich machen, wenn auch er zu denjenigen gehörte, die Kraft Amtes in der Vergangenheit rührten? Er musste unbedingt mit Ines darüber reden. Auf keinen Fall wollte er etwas tun, was ihr Miteinander gefährdete. Eines wusste er genau: So kurz die Zeit auch war, in der sie beide sich kannten, so vieles auch noch ungeklärt und offen schien – Ines war ihm wichtiger als jede Kommission und Karriere.

Kapitel 6   Zwickau zum Dritten

Diesmal war es nur ein einziger Tag, den sie sich frei nehmen konnten, um einander zu treffen.

Ines war etwas überrascht und verunsichert, als Johannes sie so dringend und unbedingt besuchen wollte. Am Telefon war es eine etwas merkwürdige Mischung von Aufgeregtheit und Anspannung, die sie bei Johannes so bis jetzt noch nicht erlebt hatte. War es vielleicht doch zu viel, was sie ihm zugemutet hatte mit der schonungslosen Wahrheit über ihre Familie und Vergangenheit? Wie musste dies alles jemand wie er empfinden, der aus der Sicht von Ines in einer heilen und intakten Welt aufgewachsen war und die Verstrickungen und Niedertracht des alten DDR-Regimes bestenfalls vom Hören Sagen kannte? Bedeutete die Offenlegung ihrer Vergangenheit vielleicht sogar das „Aus" ihrer Beziehung? - „Sie konnten zusammen nicht finden, denn das Wasser war viel zu tief..." – dieses alte Kinderlied von den Königskindern, das ihre Mutter ihr manchmal zum Einschlafen gesungen hatte, kam ihr spontan in den Sinn. Damals, als sie noch ein kleines Kind war und alleine in der Dunkelheit häufig Angst hatte.

Wieder einmal war Johannes die halbe Nacht durchgefahren, um wenigstens diesen einen Tag ganz mit Ines zusammen sein zu können. Wie inzwischen schon gewohnt, mussten sie sich an einem abgesprochenen Ort in der Stadt treffen. Denn dass ein Besuch bei Ines zuhause unmöglich war und vermutlich auch in Zukunft kaum möglich sein würde, hatte Johannes inzwischen begriffen.

Ihr Wiedersehen war herzlich, aber auch etwas verhalten.

Ein wenig schien es fast, als ob sie sich gegenseitig belauern würden. War das Vertrauen und die Offenheit noch da nach all dem, was Johannes nun wusste? Aber zum Glück dauerte es nicht allzu lange, bis die Freude über das Wiedersehen und damit auch die alte Lockerheit wieder die Oberhand gewannen.

„Ich weiß zwar nicht, warum das jetzt so dringend sein musste, unser heutiges Treffen. Aber natürlich freue ich mich von ganzem Herzen, dass du wieder da bist. Mir wäre jeder Grund recht, um irgendwo und irgendwie bei dir sein zu können". Da war sie wieder, die „alte" Ines, offen und liebenswürdig. Johannes konnte nicht anders, als sie ganz fest in den Arm zu nehmen. Am liebsten hätte er sie nie mehr losgelassen.

„Du, erdrück mich nicht! Also, jetzt mal raus mit der Sprache, was gibt oder gab es denn so Wichtiges, dass es dich nicht mehr auf deiner Schwäbischen Alb gehalten hat". Es fiel Johannes leichter, zuerst mal von weniger Wichtigem zu erzählen. Von der gelungenen Wohnungsrenovierung und den neuen Freunden, die er dadurch gewonnen hatte. Denn mit Markus und Karin, seinen Nachbarn, verband ihn inzwischen weit mehr als nur ein „Renovierungskollektiv", wie Markus es spaßhalber genannt hatte. Trotzdem die neuen Freunde und Johannes in vielen Dingen sicher sehr unterschiedlich waren und dachten, spürte Johannes instinktiv: Auf die beiden war Verlass. Ihr Kontakt zueinander brauchte nicht viel Worte und Erklärungen. Da waren einfach ein Draht zu einander und ein Vertrauen, das nur schwer mit Worten zu umschreiben ist. Außerdem war Johannes ihnen natürlich für ihre selbstverständliche Hilfe unendlich dankbar.

„Das war die andere Seite der DDR", meinte Ines dazu. „Was man nicht hatte, versuchte man durch gegenseitige Hilfe auszugleichen. In vielen Bereichen zumindest. Leider hat sich das seit der Wende auch grundlegend verändert. Fast jeder denkt nur noch an seinen Vorteil und versucht, möglichst schnell noch mehr zu haben als die anderen. Aber umso schöner ist es, dass es auch noch Leute wie Markus und Karin gibt. Gerne würde ich sie mal kennen lernen. Aber deshalb bist du doch sicher nicht nach Zwickau geeilt, um mir von Markus und Karin zu erzählen. Was ist los, was treibt dich um?" Wieder einmal die etwas ungeduldige Ines, die gerne möglichst rasch zum entscheidenden Punkt kam.

Johannes erzählte von dem Brief seiner vorgesetzten Behörde. Und von der Aufgabe, zu der man ihn aufgefordert hatte. Ehrlich gab er zu, wie sehr ihn die Sache interessierte. Nicht, um über andere zu urteilen. Das war nicht sein Stil und widersprach auch seiner inneren Einstellung. Aber um die Wahrheit zu finden und mitzuhelfen, dass so bedrückende und furchtbare Dinge, wie sie geschehen waren, nie mehr geschehen konnten. Und zwar sowohl in Bezug auf die ehemalige DDR als auch der Vorgängerdiktatur, dem Dritten Reich. Und auch im Hinblick auf die Zukunft. Denn davon war er inzwischen überzeugt: Wer wirklich ehrlich und ohne ideologische Brille den Ablauf der Vorgänge in den beiden so dunklen Epochen von Deutschland betrachtete, für den waren die Parallelen in vielen Bereichen bedrückend deutlich und unübersehbar.

Die Antwort von Ines auf das, was Johannes ihr so ausführlich und engagiert dargelegt hatte, ließ eine ganze Zeit lang auf sich warten. Deutlich sah man ihr an, dass ihr vieles durch den Kopf ging und es ihr nicht leicht fiel, umgehend auf das Gehörte einzugehen. Endlich unterbrach sie ihr nachdenkliches Schweigen: „Irgendjemand muss es ja machen. Nur den Mantel des Schweigens über alles zu decken, wie viele von uns das gerne hätten und propagieren, bringt absolut nichts. So bequem das für manche Leute im Moment ganz sicher auch wäre. Ganz im Gegenteil: Ich möchte behaupten, dieses Vertuschen und Schönreden ist in höchstem Maße gefährlich. Denn was nicht aufgearbeitet und beim Namen genannt wird, gärt im Untergrund weiter. Und gerade davor habe ich große Angst. Nicht etwa vor den Leuten, die offen zu ihrer Vergangenheit stehen und zugeben: „Auch ich war dabei, habe Mist gebaut". Das haben wir vermutlich alle, wenn wir ehrlich sind. Solchen Leuten kann man zutrauen, dass sie lernfähig sind, ja, ich möchte sogar sagen, diesen Leuten kann man wieder vertrauen, trotz allem was geschehen ist. Nicht jedoch den Wendehälsen und „Teppichkehrern", die möglichst rasch alles unter den berühmten Teppich der Zeitgeschichte schieben wollen, damit das „Wohnzimmer" wieder sauber erscheint und sie so weitermachen können wie bisher. Nur eben unter anderen

68

Vorzeichen. Ehrlich: vor denen fürchte ich mich. Denn die haben nichts dazugelernt und werden vor nichts zurückschrecken, wenn es um ihre Interessen geht – heute genauso wie damals! Wie habe ich erst vor kurzem bei Trude Marx gelesen, einer engagierten Kommunistin und späteren Bürgermeisterin von Neuruppin: ‚Die über Nacht sich umgestellt, die sich zu jedem Staat bekennen, das sind die Praktiker der Welt. Man könnte sie auch Lumpen nennen…'."

Johannes spürte: Hinter ihren, von persönlicher Betroffenheit geprägten Worten stand mehr, als sie direkt zu sagen vermochte. Denn schon drängte es weiter aus ihr heraus: „Mir ist es lieber, wenn Leute wie du sich dieser Dinge annehmen, als die inzwischen hinlänglich bekannten Schönredner aus Politik, Wirtschaft, den Kirchen und anderen Verbänden. Je länger je mehr werde ich den Eindruck nicht los, dass da in vielen Bereichen schon wieder eine Riesenkungelei im Gange ist, die mehr vertuscht als aufdeckt. Sei mir nicht böse, Johannes, aber wenn wir eines in der Vergangenheit gründlich gelernt haben, dann ist es Misstrauen. Es war notwendig, um überleben zu können – und ich fürchte, daran hat sich nicht allzu viel geändert. Natürlich sind wir jetzt nach außen hin frei, und dafür bin ich von Herzen dankbar. Aber auch die anderen, die Falschen, sind frei, um ihr Unwesen in veränderter Form weiter treiben zu können. Und ich fürchte, sie werden auch diese neue Freiheit missbrauchen".

Johannes war im Augenblick noch nicht ganz klar, wen sie mit „Den Anderen oder den Falschen" meinte. Ihm wurde nur mehr und mehr deutlich, dass es noch lange Zeit dauern würde, bis Ines mit dem bedrückenden Wissen und den damit verbundenen Erfahrungen fertig werden konnte, die offensichtlich mehr auf ihr lasteten, als er und vielleicht auch sie selbst geahnt hatte. „Ja, ich denke es ist wichtig, dass du in dieser Kommission oder Arbeitsgruppe oder was immer es auch ist, mitarbeitest," fuhr sie fort. „Aber ich befürchte, was du da erfährst, wird nicht angenehm, sondern vermutlich mehr bedrückend und belastend sein, als dir lieb ist. Ich bin mir sicher, es wird ein langer und steiniger Weg werden, bis Licht in die ganzen Umstände und Beziehungen kommt. Und vielleicht sogar ein gefährlicher. - Aber es ist notwendig, dass er gegangen wird", fügte sie nachdenklich hinzu. „Und vor allem von den richtigen Leuten".

Den Rest des Tages brachten sie mit angenehmeren Dingen zu. Sie fuhren aus der Stadt hinaus ins Grüne. Ines kannte in der Nähe eines der umliegenden Dörfer eine kleine Dorfgaststätte, von deren Umstände und Geschichte sie näheres wusste. Zur Zeit der DDR war die Gaststätte enteignet und in einen volkseigenen Betrieb umgewandelt worden. Lieblos und ohne großes Engagement geführt, war sie zuletzt total heruntergewirtschaftet und hatte einen schlechten Ruf. Nach der Wende klagte der ehemalige Besitzer und bekam nach mehreren Anläufen das Objekt in erbärmlichem Zustand zurück.

Er selber war zu alt, um noch einmal etwas Neues zu wagen. Aber ein Neffe von ihm zusammen mit seiner Ehefrau war bereit, diesen Neuanfang zu riskieren. Was nun eben dieses junge Ehepaar in den zurückliegenden zwei Jahren geschaffen hatte, war mehr als erstaunlich. Das Ambiente war sauber und gemütlich, das Essen mit Liebe und Phantasie zubereitet, schmackhaft und gut. Dazu kam, dass sich glücklicherweise auch so ein Wandel rasch in der Bevölkerung und sogar unter den Fremden, die zufällig in der Gegend weilten, herumsprach. Inzwischen musste man Glück haben, um die Mittagszeit oder am Abend noch einen freien Tisch zu bekommen.

Als Ines und Johannes in der Gaststätte ankamen, war es bereits nach vierzehn Uhr. Die meisten Mittagsgäste hatten sich längst wieder auf den Weg gemacht und die Hoffnung, noch eine warme Mahlzeit zu bekommen, war nicht allzu groß.

Der etwas verhaltenen Begrüßung nach zu schließen schien auch die Wirtin zunächst nicht sonderlich begeistert zu sein über die verspäteten Mittagsgäste. Aber dann kam sie doch recht freundlich an den Tisch, an dem Ines und Johannes Platz genommen hatten. „Die komplette Karte können wir ihnen um diese Zeit leider nicht mehr anbieten". Dafür hatten die beiden auch vollstes Verständnis. „Aber das Tagesessen von heute - dafür könnte ich meinen Mann in der Küche vielleicht noch einmal überreden". Nach etwas mehr als zwanzig Minuten stand ein leckeres Menü auf dem Tisch, bestehend aus einer Suppe, Zürcher Geschnetzeltem mit Reis und Salat und sogar einem kleinen Dessert. Sicher keine typisch sächsische Hausmannkost, aber hervorragend gekocht. Und das alles zu einem Preis, den es nicht einmal bei Johannes auf der Schwäbischen Alb gab.

Nach dem Essen kamen sie sogar mit der Wirtin noch ein wenig ins Gespräch. Auch die letzten Mittagsgäste hatten sich inzwischen verabschiedet und die Wirtin hatte nun Zeit und ganz offensichtlich auch Lust, mit den zwei Verbliebenen noch ein wenig zu plaudern. Sie erzählte vom Onkel ihres Mannes, dem ursprünglich das Gasthaus gehört hatte. Nach der Enteignung durch das DDR-Regime hatte er „rüber gemacht", war also in den Westen geflüchtet. Das Leben hier war für ihn zur Hölle geworden. Er hatte sich gegen die Enteignung und das damit verbundene Unrecht gewehrt und musste darum immer weitere und gemeinere Repressalien befürchten. Er hatte Angst, dem allem nicht mehr standhalten zu können und hatte darum, nicht leichten Herzens, seine Heimat verlassen.

Nach der Wende hatte er einen Antrag auf Rückübertragung gestellt. Aber da waren bereits wieder die falschen Leute an den Schaltstellen. Antragsteller, die in Wirklichkeit früher nichts oder nur wenig hatten, aber die entsprechenden Beziehungen, wurden auf einmal mit erstaunlichen Summen entschädigt. Andere, denen diese Beziehungen fehlten, gingen leer aus. Man hatte dem Onkel und auch ihnen in zynischer Weise empfohlen, doch den Klageweg zu beschreiten. Wohl wissend, dass dies ein sehr langwieriger Weg war, der nur selten zum Erfolg führte. „Zuletzt war es uns zu dumm, uns mit den Behörden zu streiten, die ja zu einem großen Teil schon wieder mit den alten Kadern durchsetzt waren, die natürlich ihre Leute bevorzugten".

„Wir haben die Gaststätte dann im Grunde zurückgekauft. Zugegeben, zu einem äußerst günstigen Preis, aber alles war ja derart heruntergewirtschaftet, dass auch der vermutlich noch zu hoch war. Das aus heutiger Sicht Positive an dieser Situation war, dass wir äußerst günstige Förderdarlehen bekamen, mit denen wir die Renovierung wagen konnten. Und jetzt arbeiten wir, was unsere Kräfte hergeben, um so rasch wie möglich wieder das Geld zurückzubezahlen und die Gaststätte zu einer sicheren Existenzgrundlage zu machen. Einfach ist das nicht, aber wir hoffen, es gelingt."

Ines und Johannes waren beeindruckt. Noch eine Weile ging das Gespräch hin und her, bis sie dann bezahlten und sich von der Wirtin verabschiedeten, um noch eine kleine Wanderung in der näheren Umgebung zu machen.

*

Wie inzwischen schon fast gewohnt endete auch dieses Zusammensein zwischen Ines und Johannes wieder einmal damit, dass sie sich zu später Stunde vor der Haustüre des Wohnblocks verabschiedeten, in dem Tante Renate wohnte. Beide waren dankbar, dass diese viel Verständnis dafür hatte, dass ihre Wohnung lediglich als „Absteige" diente, während Johannes jeden Augenblick der wertvollen gemeinsamen Zeit mit Ines verbringen wollte. „Ich war auch mal jung…" pflegte sie hin und wieder zu bemerken, wenn Johannes beim flüchtig eingenommenen Frühstück schon wieder halb auf dem Sprung in Richtung Süden war.

Was den Abschied diesmal etwas erleichterte war die Tatsache, dass Ines andeutete, sie könne sich eventuell im kommenden Monat ein paar Tage frei nehmen. „Wenn du nichts dagegen hast und es in deine Pläne passt, komme ich mal zu dir in den Süden auf deine – wie heißt es doch gleich? Schwäbische Alb…". Und hätte es auch absolut nicht gepasst – Johannes hätte es garantiert passend gemacht, und wenn er die halbe Welt dafür in Bewegung hätte setzen müssen!

Kapitel 7 Unerwartete Begegnung

Bis jetzt hatte Johannes kaum Zeit gehabt, sich über seine kirchliche Tätigkeit hinaus mit dem örtlichen Geschehen gründlicher zu befassen. Seine Zeit war mit Gottesdiensten, Beerdigungen, Religionsunterricht, seelsorgerlichen Gesprächen, Hausbesuchen und vielem anderem ausgefüllt – mit all dem, was von einem Dorfpfarrer eben so erwartet wurde. Auch zwei kirchliche Trauungen waren bereits angefallen. „So schön und einfühlsam, wie sie das gemacht haben, da hätte man fast Lust, selbst noch mal zu heiraten", - ein dickes und doch ehrliches Lob des alten Messners, der inzwischen weitaus gesprächiger war als früher. Mit seinen über siebzig Jahren war er noch erstaunlich fit und versah seinen Dienst sehr gewissenhaft. Eigentlich wäre mit Mitte sechzig mit dieser Aufgabe Schluss gewesen, aber man hatte niemand gefunden, der zu dieser größtenteils ehrenamtlichen Aufgabe bereit gewesen wäre.

Und inzwischen hoffte nicht nur Johannes, dass Manfred Stauber, wie er mit vollem Namen hieß, von allen jedoch nur „Manne" oder der „alte Manne" genannt, seinen Messner-Dienst noch möglichst lange versehen konnte. „Wenn ich das Läuten zum ‚Vater unser' vergesse, dann wird's Zeit, aufzuhören", hatte er verschmitzt bemerkt. Bis jetzt hatte er noch nie etwas vergessen.

*

„Sie sind jetzt doch schon eine ganze Zeit lang im Dorf, und die Menschen hier einschließlich mir haben sie schätzen gelernt. Es wäre darum schön, wenn sie sich auch noch etwas mehr am kommunalen Leben beteiligen könnten, soweit es ihre Zeit zulässt". Mit diesen Worten begann ein Brief des Bürgermeisters, in dem er Johannes zu einem Arbeitskreis einlud, der sich mit Gedanken über die Ausgestaltung und die Zukunft des Dorfes beschäftigen sollte. „Zukunftswerkstatt" war der etwas hochtrabend angesetzte Titel dieser Veranstaltung. Trotzdem Johannes inzwischen nicht über Unterbeschäftigung klagen konnte, sah er ein, dass dieses

73

Engagement wichtig war und die Ziele seiner Arbeit nur unterstützen konnte.

Nachdem er für sich selbst überschlagen hatte, ob bei all den anderen Aufgaben noch genügend Zeit für sein Privatleben und auch die neue kirchliche Beauftragung bleiben würde, sagte er, zwar nicht leichten Herzens, aber doch zu. Er konnte damals noch nicht ahnen, wie wichtig gerade dieser Kreis mit dem harmlos klingenden Namen für ihn werden würde.

*

Nach einem nochmaligen intensiven und längeren Gespräch mit Ines am Telefon signalisierte Johannes beim Oberkirchenrat seine Bereitschaft, bei dem Arbeitskreis „Ost-Westkirchen", wie er ihn für sich nannte, mitzuarbeiten. Der offizielle Titel lautete: „Kirchliche Kommission zur Aufarbeitung der Rolle der Kirche in Ost und West während der Zeit der DDR".

Kurze Zeit später bekam er dann, neben einem Schreiben des zuständigen Referatsleiters, in dem dieser seine Freude über die zukünftige Zusammenarbeit ausdrückte, einen dicken Packen mit ersten Unterlagen. Fast durchweg waren diese mit dem Vermerk „Vertraulich, eine Weitergabe an Dritte ist nicht gestattet" versehen. Beim flüchtigen Durchblättern wurde Johannes erst wirklich klar, welche Aufgabe er da übernommen hatte. Ein streng abgegrenzter Kreis von kirchlichen Beauftragten und wenigen anderen Fachleuten hatte die heikle Aufgabe, die zurückliegenden vierzig Jahre im Geschehen der Kirche, vor allem in der DDR, zu durchleuchten, zu bewerten und den entsprechenden Kirchlichen Stellen notwendige Konsequenzen vorzuschlagen.

Dass hier eine Menge Konfliktpotenzial verborgen lag, wurde ohne tieferes „Schürfen" in den Akten deutlich. Auch ein erster Sitzungstermin der Kommission in einer Evangelischen Akademie in Thüringen war bereits anberaumt. Aber bis dahin waren noch einige Wochen Zeit.

Zunächst einmal wurde er schriftlich zu einem ersten Treffen der sogenannten „Zukunftswerkstatt" von Glaubingen eingeladen, die dem Bürgermeister so sehr am Herzen lag. Mit einiger Erwartung und Neugier nahm Johannes diesen Termin wahr. Vertreter aller Vereine und der verschiedenen Interessengruppen des Dorfes waren anwesend. Die meisten davon kannte Johannes bis jetzt nur vom Hören Sagen. Viele der Jüngeren und Neubürger brauchten die Kirche bestenfalls noch als Dienstleister, wenn eine Taufe, Konfirmation, Hochzeit oder gar eine Beerdigung anstand. Ansonsten war das rege Vereinsleben wichtiger.

Anfänglich kam sich Johannes darum auch fast wie ein „Exot" aus einer anderen Welt vor, der neben der Wirklichkeit der anderen zu leben und dort seine Aufgaben zu versehen hatte. Aber vielleicht war gerade deshalb auch dieser Kreis so wichtig, um über die wirklichen Bedürfnisse der Menschen Bescheid zu wissen und über die Fragen und Probleme, die sie bewegten. Schnell wurde in der Gesprächsrunde jedoch deutlich, dass es, zumindest bei dieser ersten Zusammenkunft, weniger um irgendwelche grundsätzliche Zukunftsfragen ging. Einige Anliegen aus diesem Bereich wurden zwar vom Bürgermeister in einer kurzen Einführung zur heutigen Tagesordnung gestreift und versprachen für geplante weitere Sitzungen interessanten Gesprächsstoff.

Diesmal ging es jedoch mehr um bereits bestehende Termine und Anliegen - und die Frage, in wieweit von den Vereinen und Gruppen kreative Unterstützung zu erwarten sei. Besonders das alljährliche Dorffest konnte, nach Aussagen des Bürgermeisters, einige neue Impulse dringend gebrauchen. Nachdem das Gespräch einige Zeit lang ohne große Geistesblitze und konkrete Anregungen hin und her gegangen war, wagte Johannes sich einzumischen.

Aus früheren Erfahrungen mit ähnlichen Veranstaltungen machte er einige Vorschläge, die mangels anderer Ideen der Anwesenden dankbar aufgenommen wurden. Dadurch ermutigt bot er unter anderem auch an, das Dorffest mit einem

Familiengottesdienst in ganz neuer Form zu beginnen und zu bereichern.

Zuerst erntete er damit verhaltenes Schweigen. Das lag weniger daran, dass man die Einmischung des Pfarrers mit einem so typisch kirchlichen Vorschlag als ungehörig empfand. Vielmehr war man es schlicht und einfach nicht gewohnt, dass ein Geistlicher des Dorfes sich in so konkreter und konstruktiver Weise einbrachte. Der letzte „ständige" Vorgänger von Johannes war ein Pfarrer über der Pensionierungsgrenze gewesen, dem in Wirklichkeit alles irgendwie zu viel war. Er hatte hier nur noch ein Jahr eine sogenannte „Ehrenrunde" gedreht, weil bezüglich seines anstehenden Ruhestandes einiges noch nicht abschließend geklärt war. Und mit den darauffolgenden Kurzzeitnachfolgern, die vor Johannes die Stelle innehatten, war es ähnlich gegangen. Ihr Interesse am Dorfgeschehen lag bei null. Dienst nach Vorschrift war noch das Höchste, was man von ihnen erwarten durfte.

Nachdem die Teilnehmer der Gesprächsrunde sich etwas von diesem Erstaunen erholt hatten, griffen einige von ihnen vorsichtig, aber doch mit einem freundlichen Unterton die Vorschläge des Pfarrers auf. Nur dem Vorsitzenden des Tennisvereins behagte der Gottesdienst nicht. „So viel ich informiert bin, hat man diesen vor einer ganzen Reihe von Jahren im Zusammenhang mit dem Dorffest abgeschafft. Die antiquierten frommen Rituale passen einfach nicht zu so einem Fest. Die Kirche muss nicht überall mitmischen und vornean stehen".

Arthur Nohl, wie der Tennismensch hieß, schien aus unerklärlichem Grund allem kirchlichen sehr ablehnend gegenüber zu stehen. Johannes kannte ihn nur sehr flüchtig. Ehepaar Nohl wohnte erst wenige Jahre am Ort und zählte damit zu den Neubürgern. Beide hatten von Anfang an versucht, sich möglichst rasch in verschiedene Vereine einzubringen und Arthur Nohl hatte es sogar bereits zum Vorsitzenden des Tennisvereins gebracht. Nicht allen war seine etwas großspurige Art geheuer, aber für den

Tennisverein, den er auch noch kräftig sponserte, passte dies allemal. Und im Übrigen war man ja froh, wenn überhaupt jemand im Dorf etwas bewegte.

Arthur Nohl wurde überstimmt und Johannes mit der Planung eines Familiengottesdienstes beauftragt. Nach der Sitzung traf man sich noch beim Bier oder einem Glas Wein im nahegelegenen Dorfgasthof. Um der Gemeinschaft willen unterzog sich Johannes auch dieser Prozedur, trotzdem lange Abende im Wirtshaus nicht sein Ding waren. Bei dieser feuchten Nachversammlung kam er auch mit Nohl näher in Kontakt. „Ich habe nichts gegen sie persönlich" begann der ohne große Umschweife das Gespräch. „Aber die Kirchen..". Es begann ein längerer Vortrag mit all den bekannten Klischees, was die Kirchen aus seiner Sicht angeblich oder tatsächlich alles falsch machen würden. Hinter der etwas schleimigen Freundlichkeit, die er jetzt an den Tag legte, spürte Johannes einen Wesenszug, der ihm überhaupt nicht behagte.

Umso herzlicher verabschiedete sich der Bürgermeister von Johannes, schon etwas weinselig, aber bestens gelaunt. Er dankte ihm für seine engagierten Beiträge und schüttelte ihm kräftig, vielleicht etwas zu kräftig die Hand mit den Worten: „Machen sie so weiter, Herr Pfarrer, dann wird noch was aus uns beiden". Was immer er damit auch meinte…

*

Einige Tage später war Johannes wieder einmal bei Karin und Markus zum Abendessen eingeladen. Er freute sich immer ganz besonders auf das Zusammensein mit den Beiden und auch diesmal auf einen netten und gemütlichen Abend. Kaum irgendwo anders konnte er so locker und offen sein. Und den Beiden ging es ganz offensichtlich mit ihm genauso. Man spürte das ohne große Worte. Ziemlich schnell kam das Gespräch auf die zurückliegende Reise nach Zwickau, von der sonst nur ein kleiner Personenkreis, zu dem eben auch Karin und Markus gehörte, wusste.

Für die Beiden waren die Berichte und Erzählungen ganz nebenbei auch immer noch Informationen aus der alten Heimat, an der sie nach wie vor hingen. Johannes erzählte jedoch nur sehr allgemein. Mit den Verwicklungen von Ines und ihrer Familie in der DDR-Vergangenheit wollte er Karin und Markus nicht belasten.

„Übernächste Woche hat Ines einige Tage frei. Sie hat mir versprochen, zum ersten Mal hierher zu Besuch zu kommen", sagte er unvermittelt und gab dadurch dem Gespräch eine andere Wendung. Kurz bevor er sich auf den Weg zu Karin und Markus gemacht hatte, war ein Anruf von ihr gekommen. Die Freude darüber, dass Ines ihn besuchen wollte, war für ihn wie eine Adrenalin-Spritze. Ines hier bei ihm. So vieles wollte er ihr zeigen und mit ihr besprechen. Endlich mal etwas mehr Zeit füreinander in einem Rahmen, der vor allem eines war: Entspannter und privater als ihre Treffen in Zwickau.

„Und wie war's bei der dörflichen Zukunftswerkstatt", wollte Markus noch kurz wissen, als Johannes zu vorgerückter Stunde schon den Heimweg antreten wollte. Schließlich gehörten Karin und Markus, zumindest ansatzweise, ja auch inzwischen zum engeren Kreis der Bevölkerung des Dorfes. Und als Geschäftsmann, wenn auch noch in bescheidenem Umfang, sollte man doch wissen, was im Dorf so abging. Johannes berichtete mit knappen Worten von den Gesprächsthemen und auch den Ideen, die er gerne in das Ortsgeschehen mit einbringen wollte. Auch das Gespräch mit Arthur Nohl und dessen Abneigung der Kirche gegenüber erwähnte er beiläufig. „Der Mann ist mir irgendwie unheimlich, aber als Pfarrer sollte ich nicht zu schnell den Stab über jemand brechen".

Zu seinem Erstaunen fiel ihm jedoch auf, dass das Gesicht von Markus von einem Augenblick zum andern sehr ernst und nachdenklich wurde. „Dein Gefühl trügt nicht. Ehepaar Nohl stammt auch aus der ehemaligen DDR, wie übrigens noch einige Menschen hier im Dorf. Kurz vor der Wende haben die Nohls angeblich „rüber gemacht". Übliche Biographie, über Ungarn und so... Aber über persönliche Kontakte nach drüben

78

weiß ich, dass da einiges nicht ganz so stimmt, wie die beiden es in ihren Kreisen auffallend ausführlich und dramatisch erzählen. Die Mär von den politisch Verfolgten glaube ich in ihrem Fall absolut nicht. Ich vermute eher, der Boden drüben ist ihnen zu heiß geworden, als sie befürchten mussten, dass andere Leute als ihre Gesinnungsgenossen ans Ruder kamen. Aber das alles sind nur meine Vermutungen und die Schlüsse, die ich aus den wenigen Informationen gezogen habe. Behalte sie bitte für dich. Ich habe mit Arthur Nohl und seiner Frau keinen Kontakt – und ich glaube, ich möchte ihn auch nicht."

*

Es war einer der freundlichen, sonnigen Tage, die fast jede Landschaft lieblich erscheinen lassen, als Johannes Ines vom Tübinger Bahnhof abholte. Sie hatte inständig darum gebeten, zuerst einen Abstecher in die berühmte und so unverwechselbare Innenstadt zu machen, in der Johannes den größten Teil seines Studiums verbracht hatte. Viel hatte Ines über Tübingen gelesen und freute sich nun darauf, alles mit eigenen Augen zu sehen.

Johannes hätte sie zwar lieber zuerst einmal zu sich nach Hause auf die Alb mitgenommen, aber er verstand auch, dass sie in den wenigen Tagen möglichst viel von dem ihr bis jetzt unbekannten Terrain erkunden wollte. „Ein paar Stunden für Tübingen sind zu wenig. Ich habe drei Jahre gebraucht, um neben meinem Studium die wichtigsten Ecken zu erkunden und bin überzeugt, ich kenne noch nicht alle. Aber wir können ja an einem der anderen Tage nochmals...". Gerne willigte Ines in den Vorschlag ein.

Hand in Hand schlenderten sie durch die engen Gassen der alten Universitätsstadt. Neben den geschichtsträchtigen Gebäuden und Fachwerkhäusern war Ines vor allem auch von den Geschäften und Geschäftchen fasziniert, in denen zig Dinge angeboten wurden, die sie immer wieder aufs Neue staunen ließen und begeisterten. Johannes wiederum schmunzelte innerlich über ihre fast kindliche Freude, die sie so ungekünstelt an den Tag legte. Auch am Evangelischen Stift, dem Studentenwohnheim der Evangelischen Kirche, kamen sie vorbei. Johannes hatte während der meisten Zeit seines Studiums ein Zimmer in diesem ehrwürdigen Gebäude bewohnt.

Mit Staunen hörte Ines, dass es sich hier um ein spezielles Wohnheim für angehende Pfarrer handelte. „Habt ihr dann dort wie Mönche gelebt?" Johannes musste schallend lachen ob dieser Frage. „Eher das Gegenteil war der Fall!". Gerade in seiner Zeit war das Leben im Stift sehr locker, zu locker aus Sicht mancher Kirchenleute.

Johannes konnte darum auch nicht umhin, einige Anekdoten zum Besten zu geben. Von seinem Zimmernachbar Hartmut zum Beispiel. Eines Nachts war Johannes daran aufgewacht, dass vor seiner Zimmertür merkwürdige Kratzgeräusche zu hören waren. Als er vorsichtig öffnete und das Flurlicht einschaltete, sah er Hartmut auf allen Vieren – ein Bild für die Götter! Er sah ziemlich mitgenommen aus. Ganz offensichtlich hatte er zu viel gefeiert und jetzt machten ihm die Folgen mehr zu schaffen, als ihm lieb war. Johannes brachte ihn gerade noch in den gemeinsamen Waschraum. Über dem Waschbecken erleichterte sich Hartmut auf dem falschen Weg von allem, was er in den letzten vierundzwanzig Stunden so zu sich genommen hatte. Es ging ihm hundeelend. Als er so über eine halbe Stunde über dem Waschbecken hing und Johannes versuchte, wenigstens die schlimmsten Spuren der Übergabe zu verwischen, drehte Hartmut mühsam seinen Kopf zu ihm hin. Aus dem trotz allem Ungemach breit grinsenden Mund kam der gewichtige Satz: „Aber schön war's doch!".

Das war seither ihre Erkennungsparole, wenn sie sich irgendwo wieder einmal trafen, die ehemaligen Studenten des Stifts und darüber hinaus: „Aber schön war's doch!" – Hartmut hatte übrigens irgendwann die Theologie an den Nagel gehängt und sich der Juristerei, also einem Jura-Studium zugewandt. Heute war er ein erfolgreicher Anwalt in Frankfurt.

Nach einer Stippvisite auf dem Marktplatz und dem steilen Aufstieg zum Schloss machten sie sich nun endlich auf den Weg nach Glaubingen, hinauf auf die Albhochfläche. Ines wurde unterwegs nicht müde, von ihren Eindrücken zu plaudern, die ihr in Tübingen wichtig geworden waren. Die Stadt hatte sie begeistert. „Hier studieren zu dürfen muss doch ein Vorrecht gewesen sein", meinte sei unvermittelt. Johannes gab ihr Recht, trotzdem ihm das in dieser Weise damals gar nie so richtig bewusst geworden war. Wahrscheinlich gewöhnte man sich an das Schöne viel zu schnell...

*

„Und das ist nun also dein Regierungsbezirk", meinte Ines leicht zynisch, als sie durch das bescheidene Albdorf Glaubingen, an der Kirche vorbei, zum Reihenhaus fuhren. Interessiert und aufmerksam ging sie durch die inzwischen gründlich renovierten Zimmer des Hauses. Nach dem ersten Rundgang meinte sie: „Wir hätten uns im Osten um so eine Wohnung gerissen".

„Schön, aber manches ist noch..." sie zögerte bei dem, was sie sagen wollte. „Manches ist noch ziemlich unpersönlich. Entschuldige, wenn ich so offen bin. Ich habe mir die Wohnung des Johannes, den ich bis jetzt kennengelernt habe, ein wenig anders vorgestellt".

Ihre Offenheit verblüffte ihn wieder einmal.

„Zum einen hatte ich mit dem jetzt Vorhandenen mehr als genug zu tun", versuchte er sich zu verteidigen. „Zum anderen wollte ich bewusst manches unfertig lassen in der Hoffnung...". – „In der Hoffnung, dass ich eines Tages dem ganzen meinen Stempel aufdrücke", ergänzte sie lachend und wieder mal errötend. Er konnte nicht anders, als den Arm um sie zu legen und ihr einen flüchtigen Kuss auf die Wange zu hauchen. Wie sehr liebte er doch diese Ines.

Bei einem gemütlichen Glas Wein ging das Gespräch und das Erzählen noch lange hin und her. Mitternacht war längst überschritten, als die Frage der Schlafstätten noch geklärt werden musste. „Ich habe dir mein Bett in meinem Schlafzimmer gerichtet, ich selbst werde auf einer Matratze im Wohnzimmer nächtigen. Die war lange Zeit meine einzige Schlafstätte und ist daher bestens erprobt. Ines schien es so recht zu sein und er wollte auch in dieser Beziehung nicht mit der Tür ins Haus fallen. Sie waren beide keine Typen für ein rasches Abenteuer – und das war auch gut so.

Als er kurz vor dem Einschlafen war, sah er die Umrisse von Ines im Türrahmen. Oder war es nur ein Traum im Halbschlaf? „Wäre es nicht schöner, wenn deine Matratze neben meinem Bett liegen würde?" Es war also nicht nur ein Traum und als sie später in einem Bett sich aneinander schmiegten, schien die Welt still zu stehen.

*

„Wenn es nicht zu aufdringlich ist, würde ich euch gerne ein gutes Abendessen kochen". Es war Karin, die am nächsten Morgen anrief. Sie brannte natürlich darauf, Ines kennen zu lernen. Beide, Johannes und Ines, saßen noch gemütlich am Frühstückstisch, als der Anruf kam. - Die Bäckersfrau im Dorf war recht erstaunt gewesen, als der Herr Pfarrer an diesem Morgen gleich mehrere Brötchen und auch sonst noch einiges einkaufte. Außer seinem wöchentlichen Brotlaib war Johannes sonst ein rarer Kunde. „So, haben wir Besuch", meinte sie leutselig und hätte liebend gern mehr erfahren. „Scheint so zu sein" lächelte Johannes, und weg war er.

„Die Alb lernt man am besten beim Wandern kennen". Da das Wetter es gut mit ihnen meinte, hatte Ines absolut nichts gegen einen längeren Fußmarsch einzuwenden. Immer wieder war sie begeistert von der herrlichen Landschaft, den schroffen Kalksteinfelsen und der ganz besonderen Vegetation. „Fast ein wenig wie bei uns im Elbsandsteingebirge, und doch wieder ganz anders".

Und dann war sie vollends fasziniert, als man in der Ferne die mächtige Anlage des Hohenzollern-Schlosses sah. Johannes konnte es sich nicht verkneifen, von den Wurzeln der deutschen Könige und Kaiser zu dozieren, die sich in dieser mächtigen und prächtigen Schlossanlage manifestierten. „Danke für den Geschichtsunterricht, was täte ich auch ohne dich und dein umfassendes Wissen.." spöttelte Ines und er nahm es gelassen hin.

Bei Karin und Markus fühlte sie sich auf Anhieb wohl. Johannes hatte nicht übertrieben, die Beiden musste man einfach mögen. Ihre schlichte, offene und ehrliche Art tat gut. Und so hatte Ines auch keine Hemmungen, nach dem hervorragenden Abendessen auf so manche Fragen einzugehen, die sie sonst lieber umgangen hätte. Johannes war erstaunt, wie offen und direkt auch Markus ihr gegenüber heikle Themen ansprach, die er wiederum sonst eher ausklammerte.

So ganz beiläufig erfuhr Johannes auf diese Weise, dass Karin und Markus in ihrer früheren Heimat schon seit Jahren im Visier der Stasi gestanden hatten. In ihrem engsten Bekanntenkreis hatten sie Bespitzelungen, Verrat und Schikanen erlebt, die ein Mitschwimmen in der allgemeinen Gleichgültigkeit nicht mehr möglich machten. Das „Verbrecherregime", wie Markus die alte DDR unumwunden und pauschal nannte, hatte einen seiner engsten Freunde ins Gefängnis gebracht. Ein Arbeitskollege, und wie im nach hinein bekannt wurde, IM und linientreuen Genosse, hatte den Freund verpfiffen. Er hatte bei ihm zuerst „auf Vertrauen gemacht", um ihn dann auf infame Weise auszuspionieren und anschließend mit Lügen und Verleumdungen bei der Stasi anzuschwärzen.

„Staatsfeindliche Hetze" lautete damals das Urteil. Ohne wirklich handfeste Beweise wurde der Freund zu 22 Monaten verschärfte Haft verurteilt. Die Behandlung im berüchtigten Gefängnis in Bautzen war so furchtbar gewesen, dass der Freund danach und bis heute psychisch und körperlich ein Wrack und zu einem normalen Leben nicht mehr in der Lage war. „Da noch etwas zu beschönigen, ist ein zusätzliches Verbrechen" meinte Markus in einer aufgebrachten Art, wie

Johannes ihn zuvor noch nie erlebt hatte. Aber nach diesen belastenden Erfahrungen und Erlebnissen war die immer noch kochende Wut in Markus nur zu verständlich.

„Ich wollte euch aber nicht den Abend verderben mit unserer längst noch nicht bewältigten Vergangenheit", meinte Markus später entschuldigend. „Tust du nicht, ich glaube eher, wir haben noch viel miteinander zu bereden, sobald genügend Zeit dazu ist" gab Ines zurück.

*

Sie ahnten noch nicht, wie knapp die Zeit in den nächsten Tagen werden würde. Am darauffolgenden Tag ging es schon auf die Mittagszeit zu, als Ines und Johannes vom Frühstückstisch aufstanden. Sie genossen es einfach, einander gegenüber zu sitzen und über so vieles zu plaudern, was sie beide bewegte und ihnen auf dem Herzen lag. An Gesprächsthemen war kein Mangel, ganz im Gegenteil... Tübingen sollte heute noch einmal auf dem Programm stehen und Ines war die Vorfreude auf diese ganz besondere Stadt, die sie so sehr ins Herz geschlossen hatte, voll anzumerken.

Als sie kurz vor Mittag endlich aufbrechen wollten, klingelte es an der Haustüre. Johannes stieg die Treppe hinab um zu öffnen, denn zu einer Haussprechanlage hatte der Renovierungsetat nicht mehr gereicht. Als er die Haustüre aufmachte, stand Doro mit ihrer kleinen Tochter Sophie vor ihm.

Johannes lief es eiskalt den Rücken hinab und er brachte zuerst einmal kein Wort heraus. Auch Doro lächelte anfangs verlegen, begann dann aber ohne Umschweife zu erklären: „Ich habe mich mit meinen Eltern längst verkracht und bin inzwischen alleinerziehende Mutter. Für einen schon lange überfälligen und dringenden medizinischen Eingriff muss ich für ein paar Tage ins Krankenhaus. Meine sonstigen Freunde und Bekannten sind in der Schnelle nicht greifbar. In meiner wirklich großen Not bist nur noch du mir eingefallen. Du hattest doch immer eine soziale Ader und eine gute Art, mit

84

Kindern umzugehen. Ich weiß, es ist mehr als ein Überfall, aber ich hoffe, du kannst mich ein klein wenig verstehen...".

Gar nichts konnte Johannes. In seiner Hilflosigkeit stammelte er etwas von „Besuch" und „jetzt total ungeschickt", bis er hinter sich die Stimme von Ines hörte. „Klar doch, gar kein Problem, kommt rein". Zwangsläufig hatte sie die Unterhaltung an der Haustüre mit angehört und auch sehr rasch begriffen, wer da vor der Türe stand. In ihrer unkomplizierten und zupackenden Art gab es für sie in solch einer Situation absolut keinen Grund zum Zögern.

„Ich bin die Ines, die Neue von deinem Ex", gab sie Doro lächelnd die Hand. Der konnte man die Erleichterung vom Gesicht ablesen. Trotzdem sie beide sehr unterschiedliche Typen waren, verstanden sich Doro und Ines auf Anhieb. Auch die kleine Sophie fasste schnell Zutrauen, vor allem zu Ines. Sie war in den letzten Monaten bei so vielen Leuten herumgereicht worden, dass sie dankbar spürte, wenn jemand es gut mit ihr meinte und ein Stück Geborgenheit gab. Doro schilderte kurz die Ereignisse der letzten zwei Jahre. Widerwillig hatten ihre Eltern, Ehepaar Scheurer, die Großelternrolle übernommen, die sie aus ihrer Sicht in ihrem Privatleben sehr einschränkte. Auch Sophie spürte, dass da wenig Liebe und Zuneigung vorhanden war. Wenn immer möglich, hatte Doro sie deshalb zu sich geholt.

Aber häufig gab es eben Situationen, in denen Beruf und Kind nicht auf eine Reihe gebracht werden konnten. Als sie wieder einmal überraschend Sophie bei den Großeltern abgeben musste und Vater Scheurer gereizt vom „unehelichen Balg" sprach, unter dem er und seine Frau jetzt zu leiden hätten, war Doro der Kragen geplatzt. „Komm du mir ja nie mehr mit deiner frommen Nummer, du Unmensch", war das Letzte, was sie ihrem Vater an den Kopf geworfen hatte. Seither war der Kontakt zu ihren Eltern abgebrochen.

Ganz praktische Dinge mussten jetzt in aller Schnelle geregelt werden. „Leider bin ich nur noch zwei Tage da, dann muss ich wieder zurück nach Zwickau. Gerne wäre ich sonst hier geblieben" meinte Ines und strich Sophie liebevoll über den Kopf. „Aber Karin und Markus werden sicher mithelfen, wie ich die beiden inzwischen kenne".

„Absolut kein Problem", meinte denn auch Karin, nachdem Ines ihr am Telefon kurz die überraschende Situation geschildert hatte. „Zu meinen Dreien kann jederzeit noch ein Viertes kommen". Beruhigt und sichtbar erleichtert machte Doro sich nach zwei Stunden des Wiedersehens und Kennenlernens wieder auf den Weg. Als sie unten an der Türe mit Johannes allein war und sich von ihm verabschiedete, meinte sie beiläufig: „Ich hätte dich manchmal gerne wieder zurück gehabt, ich hab's in vielen Situationen verbockt. Aber ich gönne dir die Ines von Herzen. Die ist in Ordnung". Und damit brauste sie auch schon davon.

Kapitel 8 Schlimmer als gedacht

Die Tage verliefen nun völlig anders, als Ines und Johannes es geplant hatten.

In einer völlig unkomplizierten Weise gewöhnte sich Sofie an ihre neue Umgebung. So waren die Drei völlig überraschend zur Mini-Familie geworden, ohne jede verwandtschaftliche Beziehung und doch einander näher wie so manches, was sich Verwandtschaft nannte. Und beide, Ines und Johannes, fanden diesen Zustand alles andere als störend. Wenn in der Betreuung von Sofie Fragen auftauchten, war Karin zu Stelle. Im Übrigen gestalteten Ines und Johannes ihre Ausflüge jetzt eben kindgerecht, was für beide ein völlig neuer Aspekt war. Und vor allem Ines ganz offensichtlich Spaß machte. In den zwei Tagen bis zur anstehenden Heimfahrt nach Zwickau waren sie und Sofie dicke Freunde geworden. Johannes war manchmal fast ein wenig eifersüchtig, aber eben nur fast.

Und so war es dann auch nicht erstaunlich, dass dicke Tränchen über das Gesicht von Sophie rollten, als sie sich von Ines verabschieden musste. Natürlich auch Johannes lies die Freundin nur ungern ziehen.

In ihrer selbstverständlichen Art half Karin in den nächsten Tagen aus, wo immer sie nur konnte. Und so war es kein Problem, die Zeit zu überbrücken, bis Doro wieder vor der Tür stand – noch etwas blass, aber unendlich dankbar. „Ich wusste, Johannes, auf dich ist Verlass. Und grüß mir die Ines. Vielleicht wird's doch noch mal was mit der Freundschaft, von der wir bei der Scheidung gesprochen haben" – meinte sie lachend. - „Ich hoffe, man hört wieder voneinander. Meine Adresse liegt auf deinem Esstisch. Und die deine kenne ich ja inzwischen auch. Und nochmals: Tausend Dank. Ihr habt mir mehr geholfen, als ihr ahnt!". Sprach's und machte sich winkend mit der kleinen Sophie wieder auf den Weg.

*

Die Gemeindearbeit und die vielen anderen Anforderungen, die ein Pfarramt und die Dinge darüber hinaus so mit sich bringen, ließen die Zeit wie im Flug vergehen. Der erste Termin der Kommissionssitzung in Thüringen kam näher. Johannes hatte neben seiner sonstigen Arbeit halbe Nächte mit Aktenstudium zugebracht.

Was er dort zu lesen bekam, war nicht dazu angetan, ihn in Hochstimmung zu versetzten. Er hatte geahnt, dass vieles, gerade auch im kirchlichen Bereich, in der ehemaligen DDR und den Beziehungen zwischen Ost- und Westkirchen nicht so gelaufen war, wie es eigentlich hätte laufen sollen. Sicher hatte es auch hin und wieder Protest und (heimlichen) Widerstand gegeben. Viele Menschen, gerade auch in der Kirche, waren mit den politischen Umständen und der Art und Weise, wie sie das öffentliche und auch private Leben bestimmten, absolut nicht einverstanden. Aber die wenigsten wagten, offen darüber zu reden. Was jedoch hier in den Unterlagen berichtet oder auch teilweise nur angedeutet wurde, hatte eine völlig andere Qualität und erschütterte ihn zutiefst.

So machte er sich mit einer gewissen Anspannung auf den Weg nach Thüringen. Er hatte wieder einmal die Fahrt mit der Bahn gewählt in der Hoffnung, diesmal dort ein wenig mehr Zeit und Ruhe zum Aktenstudium und Lesen zu finden. Fast fünf Stunden Zugfahrt lagen vor ihm und die Erinnerungen an seine Bahnreise im letzten Jahr nach Zwickau standen wieder lebendig vor ihm.

Wie viel hatte sich seither verändert. Sein Leben war durch die zurückliegenden Ereignisse komplett umgekrempelt worden. Und wenn er ehrlich war - er war alles andere als traurig darüber. In gewisser Weise spürte er sogar so etwas wie große Dankbarkeit. Lange hatte er solch ein Gefühl in Bezug auf sein Leben und die damit verbundenen Umstände nicht mehr gekannt.

*

Die Tagung fand an einem denkwürdigen Ort statt, der Evangelischen Akademie Thüringen in Neudietendorf. Die Akademie war 1947 gegründet worden und hatte eine wechselvolle Geschichte. Zu DDR-Zeiten war ihr Bestand immer wieder in Frage gestellt worden. Denn unter der damaligen Leitung des Historikers Waldemar Wucher hatte sich die Akademie zu einem offenen Gesprächsforum profiliert, was in dem sich entwickelnden politischen Umfeld ein gewagtes Unterfangen war. Wucher scheute nicht davor zurück, auch Tagungen zu heiklen politischen Themen zu organisieren - alles unter dem Oberthema „Moderne Gesellschaft und christlicher Glaube".

Seine Offenheit und vielfältige Kontakte ins Ausland waren dem Ministerium für Staatssicherheit je länger je mehr ein Dorn im Auge. 1961 wurde er darum unter fadenscheinigen Gründen verhaftet, später verurteilt und für mehrere Jahre ins Gefängnis geworfen. Damit endete dann auch, zumindest vorläufig, die Blütezeit der Evangelischen Akademie.

Um fortan ähnliche Konflikte mit staatlichen Stellen zu vermeiden, unterstützte die offizielle Amtskirche die Aktivitäten der Akademie nicht mehr weiter. Als „Akademie der Nische" wurde sie jedoch von unerschrockenen Leuten trotzdem und teilweise im Verborgenen weitergeführt. Ein bescheidenes Angebot an offiziellen und halboffiziellen Tagungen half denn auch, die Institution bis zum Zusammenbruch der DDR und in den darauf folgenden demokratischen Neuanfang herüberzuretten. Danach konnte sie mit öffentlichen und kirchlichen Mitteln wieder zu neuer Blüte und Bedeutung auferstehen. Gerade auch die neu hergerichteten und renovierten ursprünglichen Gebäude und ganz neue Bauvorhaben zeugten von Aufbruchsstimmung.

*

Die erste Sitzung der Kommission in Neudietendorf diente zunächst einmal dem Kennenlernen und „Abtasten", wie Johannes es für sich formulierte. Die Arbeitsgruppe hatte lediglich acht Mitglieder, sechs aus dem Osten und zwei aus dem Westen. Alle waren streng „handverlesen", wie Johannes schnell feststellte, also auf ihre Zuverlässigkeit, Kompetenz und Vergangenheit durchleuchtet, soweit dies eben möglich war. Johannes freute sich besonders, zwei Kollegen aus dem Teilnehmerkreis des Seminars in Zwickau im vergangen November wiederzusehen. Sie waren es ja offensichtlich auch gewesen, die ihn dem Oberkirchenrat als vertrauenswürdig empfohlen hatten. Sein Mitstreiter aus dem Westen war der Referatsleiter für Ost- Westbeziehungen der Kirche, Manfred Huber, ein freundlicher und zuvorkommender Mensch, der aber in der Sache unnachgiebig und konsequent sein konnte, wenn es denn sein musste. Johannes lernte ihn später bei den Gesprächen und Verhandlungen näher kennen und vor allem schätzen.

In einer Pause nach der Vorstellungsrunde und einführenden Gesprächen, in denen Vorgehensweise und Zielvorstellungen festgelegt wurden, bat Manfred Huber Johannes zu einem persönlichen Gespräch unter vier Augen. Sie setzten sich in eine Nische eines Nebenraumes an einen kleineren Tisch. Huber hatte eine Akte vor sich und öffnete diese nachdenklich. „Ich muss ihnen ehrlichkeitshalber gleich zu Anfang offenlegen, dass ihre Position hier von einem anderen Kollegen mit Nachdruck angestrebt wurde". Johannes war schon geneigt zu fragen, warum er dann überhaupt zum Zug gekommen sei, denn er hatte sich ja schließlich nicht in diese Aufgabe gedrängt, so sehr sie ihn auch interessierte. Aber er ließ zuerst einmal Manfred Huber weiterreden.

„Dieser Kollege ist in den Angelegenheiten, die uns zu beschäftigen haben, sehr erfahren. Er war zu DDR-Zeiten Kontaktperson des Oberkirchenrats im Nebenamt für Ost-Westbeziehungen. Deshalb war er auch der Meinung, der absolut richtige Mann für diese Aufgabe zu sein". Nach einer nachdenklichen Pause fuhr er fort und Johannes blieb eine gewisse Anspannung nicht verborgen. Er spürte Manfred Huber ab, dass das, was er jetzt zu sagen hatte, ihm nicht ganz leicht fiel.

„Was uns jedoch irritiert hat war das fast übersteigerte Interesse des Kollegen an dieser Aufgabe. Zeitenweise rief er beinahe jeden zweiten Tag in meinem Büro an, um sich nach dem Stand der Dinge zu erkundigen. Das machte uns natürlich stutzig und wir kamen nicht umhin, seine Vita und Aktivitäten gründlicher zu durchleuchten und vor allem unsere Ostkollegen sehr offen und direkt nach Art und Umfang seiner Tätigkeiten im Osten zu befragen. Dabei wurde zu unserem Erschrecken erst zögerlich, dann aber immer klarer deutlich, dass der Kollege ein IM, also ein informeller Mitarbeiter der Stasi war, die es ja leider auch hier im Westen gegeben hat – und vermutlich nicht wenige.

Zuerst einmal horchte er Kollegen und andere Kirchenleute aus dem Westen aus, von denen er wusste, dass sie Ostkontakte hatten. Bei regelmäßigen Reisen in die DDR zu Tagungen und Konferenzen erschlich er sich dann das Vertrauen der Ostkollegen und lieferte der Stasi Informationen über Ausreisewillige, oppositionelle Kreise und Bewegungen innerhalb der Kirche und Kirchenleuten, die dem Staat kritisch oder ablehnend gegenüberstanden.

Damit war für uns die Sache natürlich klar, vor allem, was seine Bewerbung betraf.

Wir sind uns sicher, dass besagter Kollege inzwischen ahnt, dass wir von seinen früheren Aktivitäten wissen. Vor allem, da wir für unsere Absage im Moment verständlicherweise keine nähere Begründung liefern konnten, was ihn jedoch über alle Maßen erzürnte. Zusätzlich, als er versehentlich von einer vorlauten Sekretärin den Namen des Kandidaten erfuhr, den der Oberkirchenrat für diese heikle Aufgabe bestimmt hatte, also den Ihrigen. Vor allem auch die Reaktion darauf war für uns zusätzlich unverständlich und bedarf einer besonderen Klärung.

Eigentlich müssen jedoch die Namen der Kommissionsmitglieder geheim bleiben, zumindest dürfen sie nicht „auf dem offenen Markt" gehandelt werden. – In diesem Fall muss und kann ich eine Ausnahme machen, da sie ja selbst „Geheimnisträger" sind. Der Name des abgelehnten Kollegen lautet Ferdinand Scheurer – ist der ihnen ein Begriff?

Johannes saß da wie vom Blitz getroffen. Als er sich wieder etwas gefangen hatte, war seine erste Reaktion: „Ich muss meine Aufgabe hier umgehend zurückgeben, bevor sie noch richtig begonnen hat".

Jetzt war es Manfred Huber, der Johannes erstaunt und fast entsetzt anschaute. „Warum das jetzt? Es wird nicht die letzte unangenehme Entdeckung sein, die wir in dieser Kommission machen werden. Wenn sie allerdings nicht die Nerven dazu haben…". „Darum geht es nicht", warf Johannes ein. „Ich bin zumindest in diesem Fall des abgelehnten Kollegen nicht neutral sondern befangen. Ferdinand Scheurer war einmal mein Schwiegervater. Ich habe zwar keinerlei Kontakt mehr zu ihm. Außer dass er immer wieder einmal versucht, mir durch kleinere und größere Nadelstiche und Schikanen zu schaden, wenn sie verstehen, was ich meine".

Manfred Huber schwieg lange Zeit und schien in Gedanken versunken. Plötzlich kam wieder Leben in ihn. „Da haben wir bei aller Umsicht etwas in ihrer Personalakte übersehen. Tut mir leid. Aber das ändert nichts an ihrer Person und dem Vertrauen, das wir in sie setzen. Sie müssen nun selber entscheiden, ob sie weitermachen wollen oder nicht. Ich würde ihr Ausscheiden sehr bedauern".

Für Johannes war das keine leichte Entscheidung. Aber nach gründlicher Abwägung aller Fakten siegten letztlich das Interesse an der Sache und auch die Verantwortung, die er deutlich zu spüren glaubte. Er wollte mithelfen, dass Dinge wie Lüge, Verrat und niederträchtige Intrigen in Zukunft möglichst nicht mehr menschliche Beziehungen unterlaufen und kaputt machen konnten – vor allem nicht in der Kirche, aber auch darüber hinaus. Und was ging ihn eigentlich Ferdinand Scheurer noch an? Wenn überhaupt, auf Doro musste er keine Rücksicht mehr nehmen, die hatte ja mit ihren Eltern gründlich gebrochen. Und nach der zumindest peinlichen Niederlage von Scheurer und seiner „Vertrauensleute" vor der kirchlichen Personalstelle in der Sache gegen ihn und seiner Dispensierung vom Dienst war es eher unwahrscheinlich, dass Ferdinand M. Scheurer ihm je noch einmal dienstlich oder persönlich zu nahe kommen konnte. Meinte Johannes zumindest.

Er erklärte also seine Bereitschaft, die überkommene Aufgabe mit aller Gewissenhaftigkeit weiterzuführen. So erlebte er noch drei Tage intensiver Arbeit in einer ermutigenden, herzlichen Gemeinschaft, die trotz der schwierigen Aufgabe erfrischend war und auch ihm gut tat. Allerdings konnte diese wohltuende Atmosphäre nur zeitweise überdecken, warum sie zusammen waren. Immer häufiger kamen sehr belastende Fakten ans Tageslicht, die man nicht so einfach abstreifen konnte und die einen auch über den Tag hinaus begleiteten.

*

Nach seiner Rückkehr auf die Alb und der Erledigung der wichtigsten Angelegenheiten, die sich auf seinem Schreibtisch angehäuft hatten, nahm er sich die Zeit, Ines einen langen Brief zu schreiben. Ausführlich berichtete er von der Tagung und den Erfahrungen, die er dort gemacht hatte. Bei Ines durfte er offen sein, da war er sich sicher. Außer Ferdinand Scheurer nannte er natürlich keine Namen und Fakten, die vertraulich weitergegeben worden waren und darum auch geheim bleiben mussten. Aber was er ihr berichten konnte, reichte auch so voll und ganz. Ein dunkler Berg türmte sich auf und daneben ein Sumpf, der tiefer war als er es je für möglich gehalten hätte.

Es dauerte diesmal einige Tage, bis Ines sich wieder einmal am Telefon meldete. Er war so beschäftigt gewesen, dass ihm gar nicht richtig bewusst geworden war, dass es fast schon wieder eine Woche her war seit seiner Rückkehr aus Thüringen. Wie immer freute er sich, die Stimme von Ines am Telefon zu hören. Munter erzählte sie, was sich an ihrer Arbeitsstelle alles tat und dass demnächst der nächste Fortbildungskurs anstand. „Management und Rechnungswesen im Hotelgewerbe" war er überschrieben.

Nicht gerade das, was in Johannes einen Sturm von Interesse und Begeisterung ausgelöst hätte. Aber Ines schien sich ehrlich darauf zu freuen. Angebote, die ihr halfen, beruflich weiterzukommen, nahm sie ernst und stürzte sich darauf.

Was Johannes jedoch im Stillen ein wenig verwunderte war die Tatsache, dass sie mit keinem Wort seinen Brief erwähnte. Nach dem allgemeinen Erzählen fragte er sie darum ganz direkt danach. „Ich habe keinen Brief von dir bekommen", meinte sie zuerst ein wenig empört und dann nachdenklich. Eine gewisse Beunruhigung in ihrer Stimme war unüberhörbar. - Wie sie miteinander vereinbart hatten, hatte er den Brief an die Adresse bei ihrer Arbeitsstelle geschickt. Nach Zuhause war ihr zu unsicher, ihr Vater sollte möglichst wenig von ihren Kontakten mitbekommen. Aber die Umleitung über die Arbeitsstelle hatte bis jetzt zuverlässig funktioniert.

„Auch die neue Post ist nicht immer die beste", versuchte Johannes die Sache etwas herabzuspielen. Aber er spürte, dass er damit das Misstrauen von Ines nicht beruhigen konnte, ganz im Gegenteil. Ehrlich gesagt war auch er ein wenig beunruhigt, dass ausgerechnet dieser Brief verschwunden war. „Sei in Zukunft noch vorsichtiger. Vielleicht ist es besser, die Post über Tante Renate laufen zu lassen. Auf die ist absolut Verlass". Sie gab ihm nochmals die genaue Adresse von ihr, die er eigentlich inzwischen ja auch selbst gut kannte
.

Grundsätzlich widerstrebte es Johannes zwar, soviel Umstände und Geheimniskrämerei wegen ein paar Briefen zu machen. „Wir sind doch nicht mehr in der alten DDR", hätte er fast etwas voreilig und genervt zu Ines gesagt. Aber er konnte sich gerade noch bremsen. Was wusste denn er schon? Sie hatte in solchen Dingen ein feineres Gespür und vor allem mehr Erfahrung.

Kapitel 9   Dorfgeschehen

Das Läuten des Telefons auf seinem Schreibtisch schreckte Johannes auf und er nahm den Hörer ab. Am anderen Ende war der Bürgermeister. „Herr Kanter" – es war neu, dass er Johannes mit seinem Familiennamen ansprach, bis jetzt war er immer beim dienstlichen ‚Herr Pfarrer' geblieben – „Herr Kanter, es gibt da eine Reihe von Dingen im Dorf, die ich gerne einmal mit ihnen persönlich besprochen hätte. Hätten sie irgendwann eine Stunde Zeit für mich?" Johannes war erstaunt und fühlte sich, ehrlich gesagt, auch ein wenig geschmeichelt, dass der Bürgermeister ihn um eine persönliche Unterredung bat.

Bis jetzt hatte Johannes sich, mit wenigen Ausnahmen, an den Grundsatz gehalten, dass Kirche und Politik, auch vor Ort, sich nicht vermischen sollten. Das Gekungele in der großen Politik wie auch auf den niedrigeren Ebenen mochte er gar nicht. Die Kirche machte sich mit diesem Andienen bei den Mächtigen abhängig. Und damit für die Aufgabe des Schiedsrichters, als den er seine Institution nun einmal sah, untüchtig. Der Unparteiische, der pfiff, wenn einmal wieder falsch gespielt wurde, so sollte es eigentlich sein. Und dieses Falschspiel geschah ja oft genug in diesen Zeiten, besonders auch im Rahmen der Politik, und zwar leider auf allen Ebenen.

Aber hier ging es offensichtlich nicht um fragwürdige Einmischung, sondern der Bürgermeister wollte seinen Rat. Und den sollte er allemal bekommen.

Ein Termin beim Dorfoberhaupt war an einem Vormittag gefunden worden. Johannes hatte an diesem Tag keinen Religionsunterricht an der Schule zu halten. Und einige bereits vereinbarte Hausbesuche mussten eben warten. Kaffee und Gebäck machten die Gesprächsatmosphäre lockerer. Zuerst sprach der Bürgermeister nochmals die in der „Zukunftswerkstatt" festgelegten Termine und vor allem das Dorffest an. „Auf ihren Familiengottesdienst bin ich sehr gespannt". Johannes musste sich im Stillen eingestehen, dass außer der Idee noch nicht viel Konkretes vorhanden war.

95

Auch nach dem persönlichen Ergehen erkundigte der Bürgermeister sich im Plauderton und ob Johannes sich denn am Ort wohl fühle. Johannes war fast gerührt ob so viel Fürsorge. „Um ehrlich zu sein, so ein Gespräch wie jetzt mit ihnen habe ich früher noch nie mit einem ihrer Kollegen geführt. Ich hatte immer den Eindruck, die wollten möglichst in Ruhe gelassen werden. Hie Kirche und da Ortsgemeinde. Was zu einem gewissen Grad ja auch so in Ordnung ist. Ich mag beileibe keine Pfarrer, die neben dem Bürgermeister Politik machen und sich zur Daueropposition berufen fühlen. Sowas gibt's ja auch, dieser Umstand dürfte auch ihnen zur Genüge bekannt sein, vermute ich mal. Und doch sind sie und ihre Kirchengemeinde ein wichtiger Teil von uns hier am Ort. Ein gutes Miteinander ist darum wichtig und allemal besser als ein gleichgültiges Nebeneinander". Dem konnte Johannes nur aus ganzem Herzen zustimmen.

Neben diesem Grundsätzlichen kam der Bürgermeister nun zu seinem wirklichen Anliegen.

„Es gibt in unserem Dorf Gruppierungen, die mir gar nicht behagen", leitete er diesen Teil des Gesprächs etwas umständlich ein. „Wir haben zwar wenig Industrie und andere Anreize, und trotzdem kommen immer mehr Fremde auch zu uns hier ins Dorf. Nach der sogenannten „Wende" waren es Leute aus Ostdeutschland, aus Russland, Asylbewerber und sonstige ausländische Mitbürger. Unsere Leute sind das nicht so gewohnt. Seit Jahrhunderten ist niemand freiwillig auf die Alb gezogen. Höchstens nach dem zweiten Weltkrieg gab es einige wenige Zuzüge. Aus Angst vor den Fremden ganz allgemein, nicht einmal so sehr in Bezug auf bestimmte Personen, hat sich im Dorf eine fremdenfeindliche Tendenz entwickelt. Das führt bereits dazu, dass die verschiedenen Gruppierungen sich abschotten. Man spricht nicht miteinander, nur übereinander. Und da werden dann leicht auch Schauermärchen über die anderen erzählt. Das macht mir große Sorgen.

„Ein Patentrezept hierfür, wie man dieses Problem lösen könnte, weiß ich aber auch nicht", gab Johannes nach einigem Überlegen offen zu. „Einige grundlegende Erfahrungen in dieser Beziehung habe ich jedoch bereits gemacht. „Multikulti", wie es so schön auf Neudeutsch heißt, hilft nicht wirklich weiter. Da ein Fest zur angeblichen Verständigung und dort ein Kaffeekränzchen, um sich besser kennen zu lernen sind zwar gut gemeint, aber verschleiern oft nur die Probleme". „Aber was dann?" warf der Bürgermeister fast etwas ungeduldig ein.

„Man muss die Leute zum offenen Reden über ihre Anliegen und Wünsche bringen. Sie müssen sich klar und deutlich darüber äußern, wie sie sich ihr Leben hier bei uns vorstellen. Und dann muss ihnen aber auch klipp und klar gesagt werden, was bei uns geht und was nicht. Und warum das so ist. Nichts ist schlimmer als sogenannte Parallelgesellschaften. Da kocht dann etwas im Untergrund, verselbstständigt sich und verhindert jede gesunde Integration."

„Klingt doch schon mal recht konkret" meinte der Bürgermeister, der aufmerksam zugehört hatte. „Und wie stellen sie sich das in der Praxis vor?"

Johannes dachte kurz nach. Dann kam ihm eine Idee. „Landauf landab gibt es inzwischen ja die sogenannten „Runden Tische" – angeblich erfunden am Ende der DDR, aber auf jeden Fall keine schlechte Idee. Mit deutlichen Zielvorstellungen und ganz klaren Gesprächsregeln alle Gruppierungen am Ort zum Gespräch einladen – nicht nur unverbindlich, sondern ruhig ein wenig fordernd. So nach dem Motto: „Wenn ihr euch nicht am Gespräch beteiligt, könnt ihr auch nichts von uns erwarten…" – Ich denke, so etwas könnte doch auch uns hier weiterbringen…"

Der Bürgermeister war erst einmal skeptisch. Nach einigem Nachdenken meinte er jedoch: „Könnten sie so etwas moderieren? Ich habe da keine Erfahrung und vermutlich auch zu wenig Geduld." Nach kurzem Zögern sagte Johannes zu. „Um ehrlich zu sein, auch ich kenne speziell diese Art der

Gesprächsführung nur aus der Theorie. Aber ein Versuch wäre es allemal wert. Eine Erfolgsgarantie kann ich allerdings nicht geben." „Das kann vermutlich niemand", meinte der Bürgermeister, und damit war die Sache beschlossen.

*

Erstaunlich Viele kamen zum ersten Runden Tisch im Dorf. Die Mehrzahl vermutlich vor allem aus Neugier, denn diese Art von Veranstaltung war ja nun etwas völlig Neues hier am Ort. Zu allererst waren die Vertreter der Vereine und verschiedenen Gruppierungen eingeladen worden, aber danach auch gezielt „Betroffene", die mehr am Rand des Dorfgeschehens standen. Dies hatte sich nicht als ganz einfach erwiesen, war aber unbedingt notwendig, um dem Ganzen einen Sinn zu geben. In der für diesen Zweck umgeräumten Turn- und Festhalle saß man hinter einer großen Runde aus Tischen, allerdings in drei und teilweise sogar mehr Reihen hintereinander, da bei weitem nicht alle Teilnehmer am vorderen Rondell Platz gefunden hätten.

In einer kurzen Einführungsrede machte Johannes Sinn und Zweck dieser Veranstaltung deutlich und gab klare Gesprächsregeln aus. Dann gab er das Gespräch frei. Nach einem verhaltenen Anfang schlug das Ganze jedoch rasch ins Gegenteil um. Jeder wollte zuerst reden und sich lautstark Gehör verschaffen. Das Chaos war perfekt. Der Bürgermeister schielte schon ganz ängstlich zu Johannes herüber. Er sah bereits seine Befürchtung bestätigt, dass die Veranstaltung aus dem Ruder laufen würde.

Johannes jedoch blieb ruhig und verschaffte sich energisch Gehör. In einem Ton, der ihm sonst nicht so zu Eigen war.

Aber offensichtlich waren nur so manche Leute zur Räson zu bringen. Noch einmal machte er deutlich, dass nur reden durfte, wer sich zuvor ordentlich zu Wort gemeldet hatte. Beim wiederholten Ignorieren dieser Regel bekam er oder sie Redeverbot für diesen Abend. Nur so kam langsam aber sicher die notwendige Ordnung und eine erfreuliche

Bewegung und Lebendigkeit in das Gespräch. Die verschiedenen Gruppierungen sprachen offen über Anliegen, Forderungen und Wünsche, aber auch über Befürchtungen und Ängste. Alles wurde sorgfältig protokolliert, als Gedankenstütze für die Beteiligten und als Grundlage für weitere Gesprächsrunden.

Die meisten hielten sich jetzt auch wirklich an die Regeln, weil sie begriffen hatten, dass so ihre Anliegen besser zur Geltung kommen würden. Als jedoch einige Jugendliche einen neuen Bolzplatz forderten, weil sie den bestehenden nicht mit den anderen „Kanaken" teilen wollten, verbat sich Johannes eine solche Ausdrucksweise. Erfreulicherweise wurde dies von den restlichen Anwesenden mit zustimmendem Gemurmel und Beifall unterstützt. Eine Gruppe mit Dauerunzufrieden, zu deren Sprecher sich Arthur Nohl ernannt hatte, störte immer wieder den Gesprächsverlauf durch unterschwellige Einwürfe und Getuschel. „Es müsste mehr getan werden", war sein gebetsmühlenhaft wiederholter Einwand. Was jedoch wirklich getan werden müsste, machte er nie so richtig deutlich.

Im Großen und Ganzen war die Veranstaltung ein Erfolg. Man hatte die meisten Gruppen und Strömungen an einen Tisch bekommen und so Manches war zur Sprache gekommen, was bis jetzt nur andeutungsweise oder gar nicht bekannt war. Der Runde Tisch musste eine Fortsetzung haben, darin waren sich die meisten Teilnehmer nach dem offiziellen Schluss der Veranstaltung einig. Auch der Bürgermeister war sichtlich zufrieden und erleichtert. Später meinte er dann noch, der Abend habe vor allem auch für den Gemeinderat viele neue Anregungen und Diskussionsstoff erbracht. - „Damit wir auch dort endlich wieder von den Dingen reden, die die Leute wirklich bewegen".

Veranstaltungen wie diese führten auch dazu, dass Johannes in der Öffentlichkeit immer bekannter und ganz nebenbei auch immer mehr geschätzt wurde. Das half ihm bei seiner Arbeit als Pfarrer enorm, denn nur der kleinste Teil der Dorfbewohner hatte ein direktes und persönliches Verhältnis Kirchengemeinde. Aber Johannes wollte für einen möglichst großen Kreis der Bevölkerung da sein, vor allem jedoch auch für die, die ihn wirklich brauchten. Egal, ob ihr Verhältnis zur Kirche eng oder eher locker war.

*

Des Öfteren jedoch fand der Kontakt zu den Menschen auch in Situationen statt, die Johannes lieber umgangen hätte, aber die eben auch und vielleicht sogar vor allem zu seinem Auftrag als Pfarrer gehörte. Eines Nachts um halb drei klingelte es an seiner Haustüre. Als er verschlafen öffnete, standen zwei Polizisten vor der Türe. Johannes ahnte nichts Gutes.

Die Polizeibeamten informierten ihn kurz und sachlich: Auf einer Verbindungsstraße ganz in der Nähe war auf der regennassen Straße ein Auto, vollbesetzt mit vier jungen Leuten, ins Schleudern geraten und auf einen entgegenkommenden Kleinlaster geprallt. Überhöhte Geschwindigkeit und Alkohol. Drei der jungen Leute im Auto des Unfallverursachers waren, wie durch ein Wunder, nur leicht verletzt. Der Unfallgegner jedoch lag mit lebensgefährlichen Verletzungen in einer nahen Klinik. Der Unfallverursacher und Fahrer, ein 22 jähriger junger Mann, war auf dem Transport ins Krankenhaus verstorben.

Nach der knappen und fast emotionslosen Schilderung der Polizisten kam die Frage: „Könnten sie...?". Ohne viel weitere Worte war Johannes klar, was dies zu bedeuteten hatte. Er sollte den Eltern oder Angehörigen die schreckliche Nachricht überbringen. Nachdem er sich notdürftig angekleidet und gerichtet hatte, bat er darum, dass nur einer der Polizisten ihn zu den Eltern begleiten sollte. Der geballte Auftritt von gleich drei Personen wäre nach seiner Erfahrung für die Betroffenen nicht hilfreich gewesen.

Mit zitterndem Herzen stand er vor der Haustüre, um zu klingeln. „Du da oben im Himmel, gib mir jetzt die richtigen Worte" betete er innerlich.

Nach mehrmaligem Klingeln hörten sie endlich Geräusche im Haus. Die Haustüre ging nur zögernd auf, schließlich konnte man nicht wissen, wer zu solcher Nachtstunde störte. Als die Eltern jedoch, beide im Nachtgewand, den Pfarrer und Polizisten sahen, brauchte es nicht mehr viele Worte. Nach wenigen Sätzen überließ Johannes es dem Polizeimeister, über die sachlichen Details zu informieren. Nach dem ersten Schock nahm Johannes die Eltern, die völlig unvorbereitet von diesem schrecklichem Leid getroffen wurden und beinahe daran zu zerbrechen drohten, einfach in den Arm. Und machte ihnen damit ohne viele Worte deutlich, wie sehr auch ihm die Nachricht nahe ging.

In einem Gespräch viel später, längst nach der Beerdigung, sagten ihm die Eltern des auf so schreckliche Weise ums Leben gekommenen jungen Mannes, dass es genau diese Geste war, die ihnen ungeheuer geholfen habe. „Eine Predigt oder irgendwelche frommen Floskeln hätte ich in dieser Situation nicht ertragen", gab der Vater freimütig zu. „Aber bei ihnen habe ich gespürt, dass sie in erster Linie ein Mensch sind, der mitfühlen und mitleiden kann. Und das tat gut".

Die Trauerfeier für den verunglückten Jugendlichen lastete trotzdem schwer auf Johannes. „Es hat Gott überhaupt nicht gefallen, Peter Manz zu sich zu holen". Johannes war froh, diese Anleihe bei dem Pfarrer und Theologen Kurt Marti machen zu können. Der übliche Text der Liturgie „Es hat Gott gefallen, den und jenen zu sich zu holen", war vielleicht für eine alte Frau, die mit 95 ihren Tod herbeisehnte, passend. Aber nicht für einen jungen Menschen, der mitten aus dem Leben gerissen wurde.

Mit einem Gott, der stoisch und gefühllos über Leben und Tod entschied, konnte Johannes schon lange nichts mehr anfangen.

Aus der Bibel, von seiner persönlichen Glaubensüberzeugung her und den Erfahrungen damit hatte er inzwischen ein anderes Gottesbild. Er war fest davon überzeugt, von einem Gott wissen zu dürfen, der eigentlich nur das Beste für seine

Menschen wollte. Der sicher auch zornig werden konnte, wenn manche Leute, auch fromme, vorgaben, alles besser zu wissen und damit ein heilloses Chaos in dieser Welt anrichteten. Der aber vor allem auch mit litt, wenn seine Kreatur darunter leiden musste. „Ich bin dein Gott, der dich liebt", - dies war für ihn einer der wichtigsten Sätze der Bibel überhaupt. Und der kam dort so häufig direkt oder indirekt dort vor, dass es für ihn keinen Zweifel gab: So ist dieser Gott.

Über solche Fragen hatte er mit Karin und Markus noch nie gesprochen. Bis Markus eines Tages ganz direkt fragte: „Stört es dich eigentlich, dass du Pfarrer bist, und wir, deine Freunde, nichts von deiner Kirche wissen wollen?" Johannes war etwas überrascht. Zuerst einmal freute er sich darüber, dass Markus so selbstverständlich das Wort „Freunde" in den Mund nahm. Ja, es stimmte, sie waren in den Wochen und Monaten nach der Renovierung echte Freunde geworden, denen man vertrauen und mit denen man über alles reden konnte.

Zumindest über fast alles. Zum Beispiel diese Themen wie Kirche und Glauben waren bis jetzt ausgespart worden.

Johannes wollte Menschen zum Glauben an Gott einladen, aber niemand seine Überzeugung aufdrängen. Und im Übrigen lebten Karin und Markus vieles von dem in ihrem Alltag ganz selbstverständlich, was für Johannes unbedingt zu einem wirklichen Christsein gehörte. Und was er bei so vielen sogenannten Christen, die vor allem mit frommen Worten ihren Glauben vor sich her trugen, schmerzlich vermisste.

„Stören ist sicher der falsche Ausdruck. Ich mag euch so, wie ihr seid und hoffe, dass nie unterschiedliche Ansichten, die es immer geben wird, unsere Freundschaft zu sehr belasten. Mir ist mein Glaube und mein Beruf sehr wichtig, das wisst ihr. Aber es gibt Dinge, die mir in gewisser Weise genauso wichtig sind, zum Beispiel die Freundschaft zu euch. Wenn jemand in früheren Zeiten versucht hätte, mich zum Glauben an Gott zu überreden oder gar zu zwingen, wäre ich unter Garantie nicht fromm. Deshalb habt ihr von dieser Seite her von mir nichts zu befürchten. Ich bin schon dankbar, wenn ihr es ertragt, dass ich ab und zu unbeabsichtigt von Dingen rede, die nicht so eure Welt sind.."

„Das war eine schöne Predigt, Herr Pfarrer", lachte Markus erleichtert. „Wie sagt man bei euch danach: Amen!" Alle stimmten in das Lachen mit ein. Irgendwie hatten sie alle das Gefühl, dass nachdem auch dieser Sachverhalt geklärt war, man über die anderen Dinge, die sie betrafen, umso offener und ungezwungener reden konnte. Markus war es dann auch, der ganz locker von ihrer Vergangenheit zu erzählen begann. Bis jetzt war auch dieses Thema, bis auf wenige allgemeine Bemerkungen, tabu gewesen.

„Wie du inzwischen weißt, stammen wir aus dem Erzgebirge. Und im Erzgebirge sind alle fromm. Jedes noch so kleine Dorf hat mindestens eine, oft auch zwei und mehr Kirchen. Auch Karin und ich stammen aus solch gläubigen Familien. In unserer Kindheit erlebten wir ein bodenständige, aber manchmal auch sehr enge Frömmigkeit, die angeblich auf alles eine Antwort hatte und nie Fragen zuließ. - Ob du es glaubst oder nicht: Gerade diese „fraglose" Frömmigkeit war ein hervorragender Nährboden für die neue Ideologie, den Sozialismus. Auch da waren ja bekanntlich Fragen, vor allem kritische, nicht erwünscht. Als junge Pioniere und in der FDJ wurden wir dann gründlich umgepolt. „Religion ist Opium fürs Volk", dieser wohl bekannteste Satz von Karl Marx ging uns in Fleisch und Blut über."

„Dabei war dieses Gerede vom realen Sozialismus doch nichts anderes als eine Ersatzreligion, nur eben mit anderen Vorzeichen. Ich denke heute noch mit Schaudern daran, wie uns nach und nach in all den Jahren dieses „neue Opium" die Köpfe vernebelte. Was die Partei sagte, war richtig, und wenn es der größte Quatsch war. Mich schüttelt es immer wieder, welchen Unsinn wir oft als Realität akzeptiert haben, nur weil es oft und laut genug behauptet wurde. Als wir dann doch skeptisch wurden und nach und nach von diesem Rausch erwacht sind, war es schon fast zu spät."

„Karin und ich gehörten zu einer der ersten Oppositionsgruppen im Erzgebirge, die sich ganz im Geheimen formierten, immer in der Angst, von Spitzeln verraten zu werden, die ja allgegenwärtig waren. Wir hatten es einfach satt, von diesen Leuten belogen und gegängelt zu werden, die außer Fiesigkeit und Niedertracht nichts im Kopf hatten. Ihren eigenen Vorteil natürlich ausgenommen. Das hat sich ja dann nach der Wende überdeutlich gezeigt. Aus den Vorzeigesozialisten wurden ganz schnell die Superkapitalisten. Die berühmten „Wendehälse" eben".

„Habt ihr dann nach der Wende in eurer Heimat keinen Fuß mehr auf den Boden bekommen?" fragte Johannes vorsichtig.

„Doch, wir haben uns mit aller Kraft ins Zeug gelegt, um aus den Scherben des Sozialismus wieder etwas Brauchbares zu schaffen. Ursprünglich hat's ja auch ganz gut ausgesehen. Neue Möglichkeiten, neue Freiheiten, neues Geld. Aber sehr früh bekamen wir zu spüren, dass man auf verfaulten und kaputten Fundamenten kein neues Haus bauen kann.

Die verfaulten Fundamente waren vor allem die alten Seilschaften, aber auch die Treuhand und all diejenigen, die nur in den Osten kamen, um eine schnelle Mark zu machen. Die haben vollends ruiniert, was nicht eh schon kaputt war. Diejenigen, die mit allen Tricks und Schlichen sich Fördermittel angelten, konnten noch überleben. Aber zu denen haben wir eben nicht gehört. Heute sage ich es allerdings mit deinen Worten: Gott sei Dank, dass es so war. Denn unser Neustart hier im Westen war zwar hart, aber allemal das Beste, was wir tun konnten."

„Nur die Heimat fehlt uns manchmal…" fügte Karin hinzu und der Anflug von Heimweh und Traurigkeit in ihrer Stimme war nicht zu überhören.

Mit einer Flasche Wein, die Johannes im Vorübergehen noch schnell zuhause eingepackt hatte, stießen sie auf ihre Freundschaft an. Als die Uhr auf Mitternacht zuging, übermannte Markus die Müdigkeit. „Ein Tag in der Werkstatt und auf dem Bau macht vielleicht müder als einer am Schreibtisch" meinte er lächelnd zu Johannes. „Mag sein" meinte dieser nachsichtig und ebenfalls todmüde und verabschiedete sich herzlich von den Freunden.

Kapitel 10 Urlaubspläne

Schon zum wiederholten Male machte Johannes sich nun wieder auf den Weg nach Thüringen zu der kirchlichen Arbeitsgruppe mit dem heiklen Auftrag. Die Häufigkeit der Tagungen richtete sich unter anderem danach, in wieweit das zugesandte Material aufgearbeitet und man damit an den gewonnenen Erkenntnissen weiterarbeiten konnte. Jeder der Mitglieder der Gruppe hatte einen ganz bestimmten Bereich zugewiesen bekommen, den er zuhause durchforsten und bearbeiten musste. Um dann bei den Zusammenkünften über die gewonnenen Einsichten und Ergebnisse zu referieren und das Ganze für die anderen Teilnehmer zusammenzufassen. Ohne diese Aufteilung wäre die Arbeit fast unmöglich gewesen, denn die Menge der zu bearbeitenden Unterlagen war fast erdrückend.

Parallel dazu waren die entsprechenden kirchlichen Stellen angewiesen, ohne Einschränkung Informationen und Auskünfte bereitzustellen, wenn sie von den Kommissionsmitgliedern angefragt oder angefordert wurden, was in der Praxis oft nicht einfach war. Mehr als einmal hatte Johannes das deutliche Gefühl, dass an gewissen Stellen immer noch „gemauert" wurde.

Obwohl er sich inzwischen in Glaubingen, „seinem" Dorf auf der Schwäbischen Alb, immer heimischer fühlte, freute er sich auf Thüringen und die damit verbundene Abwechslung. Die Gegend um Neudietendorf und das besondere Flair der Herrnhuter Siedlung hatten es ihm angetan. Bei seinem letzten Besuch hatte er, trotz knapper Zeit, es sich nicht nehmen lassen, den Kirchsaal der Herrnhuter Brüdergemeine anzuschauen. „Kirchsaal" – so umschrieb diese Glaubensgemeinschaft ihre Kirchen, die teilweise recht stattliche Ausmaße hatten.

Johannes liebte bei dieser Art von Kirchen, vor allem die Anordnung der Bänke in einem Halbkreis längs des Kirchenraums. Nach seinem Gefühl vermittelte dieser Halbkreis mehr Gemeinschaft als die sonst üblichen

Bankreihen hintereinander in den anderen Kirchen. Zum andern genoss er die angenehme und freundliche Atmosphäre. Alle Herrnhuter Kirchen waren hell und lichtdurchflutet. Nichts von dem dumpfen und schweren vieler anderer Sakralgebäude. Was ihn jedoch und vor allem fasziniert hatte, war die Orgel der Neudietendorfer Kirche. Eine leibhaftige Walker-Orgel. Die Firma Friedrich Walker aus dem süddeutschen Ludwigsburg hatte 1901 diese romantische Orgel nach Thüringen geliefert, nachdem die alte Orgel aus dem Jahr 1781 wegen schwerer Schäden ersetzt werden musste. Johannes selbst hatte während dem Studium auf einer Walker-Orgel das Orgelspiel erlernt. Und liebte seither diese inzwischen leider sehr seltenen Instrumente wegen ihrer ganz besonderen warmen und ausdrucksvollen Klangfarbe.

*

Diesmal war er mit dem Auto unterwegs nach Thüringen. Auf dem Rückweg wollte er noch einen Tag in Zwickau Station machen. Nach seinem Gefühl war es schon wieder viel zu lange her, dass er Ines zum letzten Mal gesehen hatte.

Die Kommissionsmitglieder kannten sich inzwischen schon recht gut und aus diesem Grund war man auch, nach allgemeiner Zustimmung, zum vertraulichen „Du" übergegangen. Besonders herzlich wurde Johannes dieses Mal wieder von Manfred Huber, dem Kollegen aus dem Oberkirchenrat aus Süddeutschland, begrüßt.

„Was macht der Herr Dorfpfarrer außer Aktenstudium", fragte er in seiner freundlichen und offenen Art. Als Johannes ihm mit wenigen Worten einiges aus seiner Arbeit berichtete, antwortete Manfred nachdenklich: „Wenn ich das so höre, beneide ich dich fast ein wenig! An der Basis ist es offensichtlich doch meist wesentlich spannender als in den Elfenbeintürmen der kirchlichen Administration. Aber ich hab's ja selbst so gewollt. Vielleicht jedoch gehe ich eines Tages wieder zurück in den ganz normalen Pfarrdienst. Man soll sich nie zu einseitig und langfristig festlegen. Noch eine Runde von sechs bis acht Jahren in einer nicht allzu großen Kirchengemeinde könnte ich mir gut vorstellen".

Am Abend nach getaner Arbeit saß die ganze Runde noch gemütlich zusammen. Die Gespräche gingen zwar locker hin und her, aber immer wieder kam man von den Themen und Anliegen der Sitzungen nicht los. „Habt ihr vor kurzem im Fernsehen die Talkrunde des Moderators Hans Mahler gesehen? Und dort den Stellvertreter von Mielke, den einstigen Generalleutnant Schwanitz? Der riskiert doch schon wieder eine ganz große Lippe. Und behauptet ganz frech, so schlecht könne das ja alles nicht gewesen sein, was in der DDR gelaufen ist. Schließlich sei man ja, trotz anfänglicher anderer Propagandahetze, auch von den westdurchsetzten Gerichten nicht wirklich verurteilt worden. Die Bewährungsstrafen gegen die verdienten Genossen seien nichts anderes als ein verbrämtes Stück Siegerjustiz. Auch der ehemalige Klassenfeind habe jedoch mit diesen Urteilen zugegeben, dass die DDR in gewisser Weise ein Rechtstaat gewesen sei, dem sie, die Genossen, in Treue und Loyalität dienten".

Es war ein Kollege aus Chemnitz, zu DDR-Zeiten Karl-Marx-Stadt, der sich ausführlich an jene Talkrunde erinnerte. Einige andere im Kreis hatten die Sendung ebenfalls gesehen und waren im Nachhinein noch empört über die Unverfrorenheit des Stasi-Oberst. Martin Georgi, den Johannes schon aus Zwickau kannte, nahm nach einer Weile des Hin und Her eben diesen Gesprächsfaden auf und brachte ihn auf folgenden Punkt: „Leute, ob es uns passt oder nicht, da sind wir mitten in den Problemfeldern unserer Arbeit. Gehen wir in einer konsequenten Weise vor, wie es von der Sache her dringend geboten wäre, höre ich heute schon den Aufschrei in gewissen Kreisen. Dabei wäre ein hartes Vorgehen dringend notwendig, um ein eindeutiges Unrechtsbewusstsein anzustoßen und damit den Opfern wenigstens andeutungsweise Genüge zu tun. Aber das ist dann auch bei einigen unserer Leute im kirchlichen Bereich Siegerjustiz.

Legen wir jedoch nur offen und begnügen uns mit Dokumentationen und Ermahnungen, so werden die Schuldigen weiter machen, als ob nichts gewesen wäre. Die Waschmaschine der „Reinwäscher" läuft eh schon wieder auf höchster Stufe. Gut, dass es wenigstens noch die Gauck-Behörde gibt, die über die verbliebenen Stasi-Akten wacht. Sonst würden mit Sicherheit gewisse Leute in spätestens zwei Jahren allen Ernstes behaupten, da sei rein gar nichts gewesen oder zumindest, alle Anschuldigungen seien maßlos übertrieben.

Am Schluss der diesmaligen Tagung kam Johannes nochmals mit Manfred Huber ins Gespräch. „Ich wollte dich nur davon in Kenntnis setzen, dass Ferdinand M. Scheurer in den einstweiligen Ruhestand zwangsversetzt wurde. Ein Verbleiben im Dienst nach all dem, was wir inzwischen über ihn in Erfahrung gebracht haben, war nicht mehr möglich. Er ist natürlich zutiefst empört und streitet alles ab, selbst Fakten, die klar auf dem Tisch liegen. Eine kirchliche Disziplinarstelle wird sich noch weiter mit ihm und der Sache befassen. Trotzdem fürchte ich, da tickt eine Zeitbombe". Und nachdenklich sah er Johannes an: „Johannes, pass vor allem auch du auf! Solche Leute darf man nicht unterschätzen…".

*

Nach der Tagung auf dem Weg nach Zwickau gab es eine ganze Reihe von Sehenswürdigkeiten, die Johannes nur zu gerne angeschaut hätte. Ein paar Mal war er denn auch versucht, wenigstens einen kurzen Zwischenstopp einzulegen, in der Hoffnung, zu einem späteren Zeitpunkt die Objekte seines Interesses genauer in Augenschein nehmen zu können. Aber dann drängte doch die Zeit zu sehr. Er wollte nicht allzu spät in Zwickau ankommen, um Ines wenigstens noch kurz sehen zu können. Sie war bei einer Fortbildungstagung gewesen und kam erst am späten Abend zurück. Bei Tante Renate wollten sie sich treffen. Bei ihr war Johannes ja inzwischen fast Dauergast.

Nach seiner Ankunft bei Renate war noch kaum eine Stunde vergangen, als Ines an der Wohnungstür klingelte. Zuvor hatte sich Johannes zum ersten Mal etwas ausführlicher mit Tante Renate unterhalten. Sonst war er meist zu nachtschlafender Zeit nach den Treffen mit Ines in die Wohnung geschlichen und am nächsten Morgen hatte er es eilig, zum Zug, zu Ines oder auf die Autobahn nach Hause zu kommen. Er war dankbar, dass Tante Renate so verständnisvoll war und es ihm nicht übel nahm, wenn er kaum Zeit für sie hatte.

Jedoch in dem Gespräch heute ließ sie anklingen, dass es da Dinge gab, mit denen sie über Johannes gerne einmal ausführlicher geredet hätte, trotzdem sie sich ja eigentlich nur oberflächlich kannten.

*

Ines erzählte nach der freudigen Begrüßung kurz das Neueste, auch was sie bei der Tagung dazugelernt und erfahren und sich sonst ereignet hatte. Johannes berichtete etwas zurückhaltender von seinen jüngsten Erfahrungen. Diese Zurückhaltung war geboten, da er bei weitem nicht alles sagen und berichten konnte, was die Kollegen und er bei ihren Nachforschungen erfahren hatten. Zudem wollte er mit manchen Dingen Ines nicht unnötig belasten. Beim Reden beobachtete er sie immer wieder unauffällig. Ines war liebenswürdig und lebendig wie immer. Und doch kam es ihm so vor, als ob irgendetwas an ihr anders wäre. War das nur die Gegenwart von Tante Renate oder war da mehr? Er wollte sie am nächsten Tag danach fragen.

Durch den Wochenenddienst, den Ines häufig für Kolleginnen mit Familie übernahm, hatte sie einen zusätzlichen freien Tag mitten in der Woche heraushandeln können. Sie liebte lange Spaziergänge und Wanderungen, gerade auch an solchen „Freitagen" als Ausgleich für ihren sonst recht anstrengenden Dienst. Und Johannes ging es ganz ähnlich. Nur in Cafés und Lokalen herumzusitzen wäre nicht so sein Ding gewesen. Und ein „nach Hause" gab es für ihn und Ines in Zwickau nicht, was ihn manchmal ein wenig bedrückte und verunsicherte.

„Was stand nun in dem Brief, den ich nie bekommen habe" – Ines hatte offensichtlich diese Frage schon lange unter den Nägeln gebrannt. Johannes hatte das Ganze als nicht so tragisch angesehen und fast schon wieder vergessen. In kurzen Sätzen gab er ungefähr wieder, was die zwei Seiten beinhaltet hatten, die er ihr von zuhause aus geschrieben hatte. Über die letzte und kommende Tagung der Kommission in Thüringen, aber nur sehr allgemein. Über seine Arbeit, über Karin und Markus und manches andere. Und vor allem: Dass er sie vermisste...

„Die Sache gefällt mir überhaupt nicht", gab Ines nach einer kurzen Pause fast etwas schroff und kopfschüttelnd zurück. Johannes schaute sie überrascht an. „Besonders brisant ist aus meiner Sicht, dass in diesem Brief etwas über deine Aufgabe in Thüringen stand. Da werden manche Leute ganz schnell hellhörig".

„Übertreibst du jetzt nicht ein wenig?", antwortet Johannes, schon fast mit einem Anflug von Ärger und Ungeduld. „Ich hab dir doch schon mehrmals versucht nahe zu bringen, dass du an dieser Stelle endlich umdenken musst. - Wir leben nicht mehr in der alten DDR! Die ist endgültig untergegangen, Gott sei Dank! – Aus meiner Sicht ist das eine Tatsache, an der es nichts mehr zu rütteln gibt. - Ich glaube, du hast in dieser Beziehung fast einen...". „Einen Tick, sag es ruhig", gab sie zurück. „Mag sein. Aber Erfahrungen, besonders die negativen, prägen. Und machen einen vorsichtig. Irgendein untrügliches Gefühl in mir sagt mir, dass da etwas gewaltig gen Himmel stinkt!". „Jetzt reicht's aber" wollte Johannes gerade etwas aufbrausend einwerfen. Aber noch im rechten Moment wurde ihm klar, wie ernst es Ines mit dem war, was sie da sagte. War vielleicht doch er zu blauäugig in der ganzen Geschichte, um vorhandene Gefahren nicht zu erkennen?

Als sie sich am Abend verabschieden mussten, lag es ein wenig wie Raureif über ihrer Stimmung. Um Ines aufzuheitern und auf andere Gedanken zu bringen, fragte Johannes beiläufig: „Hast du eigentlich schon Urlaubspläne?".

Nach einigem Nachdenken meinte sie, und jetzt wieder entspannter: „Am liebsten natürlich mit dir. Aber das ist Illusion. Wen mein Vater rausbekommen würde, dass ich mit dir in Urlaub fahre, dann würde der total ausrasten. Und alle Hebel in Bewegung setzen, um das irgendwie zu verhindern. Der ist eh schon das Misstrauen in Person, trotzdem sich meine Begegnungen und Kontakte mit ihm auf das allernotwendigste beschränken. Wir leben aber noch immer unter einem Dach und nach alter Gewohnheit hat er seine Augen und Ohren überall. Auch bei meiner Mutter weiß ich nicht mehr so richtig, in wieweit ich ihr trauen kann. Trotzdem sie es schwer mit ihm hat, habe ich manchmal den Eindruck, sie ist meinem Vater so etwas wie hörig. - Nein, ich fürchte, den gemeinsamen Urlaub können wir uns abschminken, auch wenn es mir noch so leid tut."

„Und wenn du einfach zu einer guten Freundin fährst, der du vertrauen kannst, und ich dich unterwegs aufgable und wir dann gemeinsam losfahren, zur Ostsee zum Beispiel?"

„Du hast dir offensichtlich schon recht konkrete Gedanken gemacht, wieder einmal ohne mich mit einzubeziehen, du Gauner", meinte sie jetzt wieder schelmisch. Nach einigem Nachdenken fügte sie hinzu: „Aber das wäre wirklich eine Option, ich muss sie mir durch den Kopf gehen lassen." – Und kopfschüttelnd meinte sie dazu: „Erstaunlich, wirklich erstaunlich. Du stammst aus dem Westen und denkst schon wie wir aus dem Osten. Wie können wir die austricksen, täuschen und so. Das war unsere tägliche Denke. Wie schnell so etwas doch abfärbt…".

Kapitel 11 Trübe Ostsee

Zurück auf der Alb beschäftigten Johannes erst einmal ganz andere Themen. Er hatte noch nicht mal den Koffer richtig ausgepackt, da klingelte es an der Haustüre. Manfred Stauber, der Messner, war ganz aufgeregt, was bei seinem ruhigen Naturell eher außergewöhnlich war. „Herr Pfarrer, kommen sie schnell mit zur Kirche, ich muss ihnen etwas zeigen!"

Gesicht und Gestik von Manne, wie er allgemein genannt wurden, ließen keinen Zweifel zu: Hier drehte es sich um mehr als um eine Kleinigkeit. Mit dem großen, alten Schlüssel, den Manne immer bei sich trug und der zum Leidwesen seiner Frau schon so manche Hosentasche ruiniert hatte, schloss er die schwere Kirchentüre auf. Schon auf dem Weg zum Altar sah Johannes die Bescherung. Dicke Gips- und Stuckbrocken lagen auf dem Boden. Als er seinen Blick nach oben wandte, sah er einen breiten Riss im Deckengewölbe, umrahmt von lockerem Putz, der demnächst herabzustürzen drohte.

„Ist alles über Nacht passiert, Gott sei Dank als die Kirche leer war. Nicht auszudenken, wenn das am Sonntag…".

Nun kam eine Maschinerie in Gang, mit der Johannes alles andere als vertraut war. Das Fach „Wie organisiere ich die Sanierung einer Kirche" gab es im Studium nicht. Es wurde aber ganz selbstverständlich von einem Pfarrer erwartet, dass er sich in solchen Dingen auskannte. Als erste Maßnahme wurde die Kirche auf baupolizeiliche Anordnung geschlossen. Wohin mit der Gemeinde am Sonntag? Der Vorschlag, im nächsten halben Jahr das Kirchengebäude im zwölf Kilometer entfernten Nachbarort zu nutzen, wurde rasch wieder verworfen. Kaum einer hätte sich auf den Weg dorthin gemacht, und das bis jetzt noch recht bescheidene Gemeindeleben wäre dadurch wieder völlig erlahmt.

Der Gemeindesaal im alten Pfarrhaus war zu klein und auch sonst völlig ungeeignet. Hilfe kam vom Bürgermeister, der sich mit seinem Gemeinderat inzwischen auch das Malheur angesehen hatte.

Schließlich war die Kirche doch der Mittelpunkt des Dorfes, wie er immer wieder betonte, wenn auch keineswegs der Mittelpunkt seines persönlichen Lebens. Aber da er inzwischen zum Pfarrer gute Beziehungen pflegte, wie er immer wieder bei den Leuten verlauten ließ, musste er sich jetzt auch kümmern. Das relativ bescheidene Rathaus hatte einen erstaunlich großen Sitzungssaal, in dem sich die Gemeinderäte bei einer normalen Sitzung fast verloren. Das kam daher, dass das Rathaus vor über einhundert Jahren noch eine Wirtschaft war mit angebautem Tanzsaal. Und der fungierte jetzt der Einfachheit halber als Sitzungssaal. Zwar machten die Heizkosten im Winter und manch andere Unvollkommenheit des Gebäudes der Gemeinde gewaltig zu schaffen, aber an den Neubau eines Rathauses, von dem einige träumten einschließlich des Bürgermeisters, war aus finanziellen Gründen nicht zu denken.

Diesen Raum bot nun also der Bürgermeister Johannes als „Ersatzkirche" an. „Wenn ihr bis zu unseren Sitzungen eure frommen Reliquien (er meinte wohl Requisiten, die wirkliche Bedeutung von Reliquien war ihm ganz offensichtlich fremd) immer wieder abbaut, kämen wir schon aneinander vorbei". Johannes wusste keine wirkliche Alternative, und nahm darum dankend das Angebot an.

Der erste Gottesdienst in den ungewohnten Räumen war so gut besucht, dass die eilig herbeigeschafften Stühle nicht ausreichten. Natürlich war es überwiegend Neugier, wie sich wohl ein Gottesdienst im alten Tanzsaal anfühlen würde. Johannes ließ es sich auch nicht nehmen, entgegen der kirchlichen Ordnung, die die Predigttexte für den jeweiligen Sonntag vorschrieb, passend zur neuen Unterkunft über die Hochzeit zu Kanaan zu predigen. Bekanntlich tat Jesus dort sein erstes Wunder bei, dem er ausgerechnet Wasser zu Wein verwandelte.

114

„Damit dem Brautpaar und den Leuten nicht der Spaß verging. So ist unser Herr! Er freut sich von Herzen mit uns, wenn das Leben nicht nur Mühe und Arbeit, sondern auch Spaß und Freude hervorbringt". Den Frommen in der Gemeinde war diese Auslegung fast etwas zu gewagt, aber sie ertrugen es mit Fassung.

*

Viel schwieriger war dann aber der praktische Teil der Renovierung der maroden Kirche. Ein Bauausschuss musste einberufen werden, Finanzierungspläne erstellt, das Denkmalamt schaltete sich ein, da das Entstehungsdatum der Kirche auf 1812 datierte. Trotz inzwischen fast kollegialer Zusammenarbeit mit dem Bürgermeister wuchsen die neuen Anforderungen Johannes fast über den Kopf. Zumal, als der eingeschaltete Architekt und Bauingenieur darauf bestand, ein Bauleiter vor Ort müsse her, da er selbst nicht laufend die Arbeiten beaufsichtigen könne. Im kirchlichen Bauausschuss gab es zwar schon den einen oder anderen, der ein wenig Ahnung vom Bauen hatte und sich aus eigener Sicht als absoluter Fachmann fühlte. Aber die Aufgabe als Bauleiter war dann doch allen eine Schuhnummer zu groß. Und ganz nebenbei war das auch eine Zeitfrage, da fast alle Ausschussmitglieder noch im Berufsleben standen und den Tag über andere Termine wahrzunehmen hatten.

Der Ausweg aus dieser Verlegenheit kam wieder einmal von unerwarteter Seite. Es war Markus Kalm, der zufällig an der Baustelle vorbeikam, als Johannes vor der Kirche mit dem Architekten die weiteren Schritte besprach. Nach einem kurzen „Hallo" bezog Johannes ihn in das Gespräch mit ein. Nach einigen sachlichen Fragen machte Markus wie selbstverständlich eine Reihe recht praxisnaher Vorschläge, die helfen konnten, bei den Renovierungsarbeiten rascher vorwärts zu kommen.

„Wenn sie den für die Angelegenheit gewinnen könnten, wäre viel geholfen", meinte später der Architekt zu Johannes. „Der versteht ganz offensichtlich eine Menge von solchen Dingen".

„Er ist aber Schlosser und nicht Maurer oder sonst was", warf Johannes ein. „Macht nichts", konterte der Architekt, „es gibt Allroundtalente, die haben für fast alle Bereiche des Bauens ein Gefühl und häufig auch eine Ahnung. Und wichtig wäre mir auch, dass einfach ein Praktiker, egal aus welcher Sparte, den Handwerkern auf die Finger schaut und den Fortgang beaufsichtigt, selbstverständlich in enger Zusammenarbeit mit mir und dem Bauausschuss."

„Wir wären bereit, dir den Verdienstausfall zu erstatten, denn deine Zeit ist ja auch Geld". Nach einem Gespräch mit dem Bauausschuss und Kirchengemeinderat, die den Vorschlag „Markus Kalm" nach kurzer Diskussion dankbar annahmen, versuchte Johannes nun Markus zu überzeugen. Der war natürlich überrascht und anfänglich ablehnend. „So eng wollte ich nicht schon wieder mit der Kirche verbandelt werden, auch wenn ich dich schätze", war sein Einwurf. Da es in seinem Geschäft jedoch im Moment nicht so richtig lief und die Aufträge auf sich warten ließen, sagte er zu. „Einen Monat Probezeit. Wenn ich den Eindruck habe, ich kann das nicht, müsst ihr einen anderen suchen".

*

Wie inzwischen so häufig, war es für Johannes nicht einfach, sich von all den aktuellen und anstehenden Aufgaben loszureißen. Aber Markus hatte sich als kompetenter und umsichtiger Bauleiter eingeführt, den auch die anderen Handwerker respektierten und schätzten. Die Vertretungen für die kirchlichen Aufgaben und Gottesdienste waren mit den Nachbarkollegen abgesprochen. Und vierzehn Tage Urlaub mussten einfach mal wieder sein.

Johannes und Ines trafen sich in Leipzig. Bis dort war Ines mit der Bahn gereist, angeblich zu einer guten Freundin nach Stralsund, die tatsächlich existierte und sehr schnell begriff, als was sie zu fungieren hatte. Nach der Überzeugung von Ines war sie zuverlässig und absolut vertrauenswürdig.

Die Weiterfahrt mit dem Auto ging an Berlin vorbei Richtung Rostock. Es war erstaunlich, was seit der Wende schon alles repariert und gebaut worden war, sowohl an den Straßen als auch an zuvor recht herabgekommenen Gebäuden. Jedoch wenige Kilometer nach Berlin hatte die Autobahn noch den alten DDR-Standard. Immer nur notdürftig geflickt, glich sie in manchen Abschnitten mehr einer Schlaglochpiste als einer großen Überlandstraße. Der fehlende Standstreifen und ein Unfall führten prompt zu langen Staus. Aber all dies konnte die beiden Urlaubsreisenden nur wenig beeindrucken. Je weiter sie sich von Zwickau und allem anderen entfernten, umso lockerer und gelöster wurde auch Ines. „Urlaub mit dir, wie schön, fast noch ein Traum", strahlte sie Johannes an. „Urlaub wirklich mit dir, wer hätte das gedacht und zu hoffen gewagt", lachte er zurück. Ohne allzu viele Worte spürte man bei beiden die Vorfreude auf die kommenden gemeinsamen Tage überdeutlich.

Nach vielen Telefonaten hatte Johannes noch eine kleine Ferienwohnung in einem Dorf in der Nähe des Seebads Zingst im sogenannten Darß-Gebiet gefunden. Die Vermieterin war am Telefon freundlich und der Preis moderat. Leicht war es nicht gewesen, noch etwas ausfindig zu machen. Die Ostsee war offensichtlich, trotz offener Grenzen und Reisefreiheit, immer noch die „Badestube" des Ostens. Und immer mehr Menschen aus dem Westen und sogar dem Ausland lernten die Vorzüge dieser Gegend mit ihren langen Sandstränden und dem reizvollen Hinterland zu schätzen.

Nach Ribnitz-Damgarten bogen sie nach Barth ab, einer Ostseestadt mit langer Geschichte, die jedoch seit der Wende viel an Bedeutung verloren hatte. Die Fischindustrie und die Werften kränkelten oder waren längst dicht gemacht. Hohe Arbeitslosigkeit hob nicht gerade die Stimmung in der Bevölkerung.

Die kleine Ferienwohnung in einem Nachbarort von Barth war eine umgebaute Garage mit nicht berauschendem Komfort, aber „unter Reed", wie die Besitzerin stolz betonte. Für die Ansprüche von Johannes und Ines genügte sie voll und ganz.

Zwar hatten sie öfter mal kein warmes Wasser, ein andermal streikte die recht laienhaft verlegte Elektroinstallation. Funktionierte dann diese wieder, klappte garantiert irgendetwas anderes nicht. Aber über all das sahen sie gerne hinweg. Hauptsache, sie hatten sich und viel Zeit füreinander.

Am Tag nach ihrer Ankunft war es ihnen tatsächlich gelungen, zwei Fahrräder zu mieten. Nun konnten sie über den von ABM-Kräften neu angelegten Fahrradweg die wenigen Kilometer bis nach Zingst zum Strand radeln. Immer entlang der alten Bahnlinie, die zuletzt nur noch militärischen Zwecken gedient hatte und seit der Wende stillgelegt worden war. Unterwegs mussten sie eine alte Drehbrücke überqueren, über die sich einst einspurig Verkehr und Bahn gedrängt hatten, und die längst als technisches Denkmal galt. Johannes war jedes Mal aufs Neue fasziniert, wenn die Brücke gedreht wurde, um den nicht allzu häufigen Schiffsverkehr durchzulassen. Sicher mit vielen anderen Technikfreaks hoffte er inständig, dass die Brücke nicht den neuen Zeiten und dem immer mehr zunehmenden Verkehr zum Opfer fallen möge.

Ines kannte sich hier oben an der See erstaunlich gut aus. Schließlich war die Ostsee eines der wenigen Urlaubsziele, die man zu Zeiten der DDR ansteuern konnte. Und durch die herausgehobene Stellung ihres Vaters war immer ein Urlaubsplatz für die Familie frei gewesen, ganz im Gegensatz zu den normalen Werktätigen. Für sie war es wie ein Sechser im Lotto, wenn sie mal wieder einen Platz an der Ostsee zugeteilt bekamen. Einfach hinfahren ging nicht.

Für Johannes war der Ostseestrand in mehrfacher Weise eine Überraschung. Zwar war auch er ein klein wenig „stranderprobt". Die früheren, nicht allzu häufigen Urlaube seiner Familie führten einige Male an die Nordsee, einmal auch nach Italien. Der Strand der Ostsee, wie er ihn jetzt erlebte, war jedoch etwas völlig anderes. Kilometerweit säumte er das Ufer mit feinem, weißem Sand. An manchen Stellen war er fast menschleer. So etwas hatte er noch nie kennengelernt. Und er konnte fast nicht genug davon bekommen, mit Ines weite Spaziergänge durch Sand und

Dünen zu machen. Wenn es dann Abend wurde, die Sonne über der Ostsee unterging und sie auf herumliegendem Treibholz oder einem Stein sitzend dem Plätschern der Wellen lauschten, war das ein fast unbeschreibliches Gefühl, das beide faszinierte und mit innerer Ruhe füllte.

Eine andere Überraschung, falls man sie so nennen konnte, kam am folgenden Tag. Bei herrlichem Sonnenschein packten sie ihre Badeutensilien ein, um an den Strand zu radeln. „Eigentlich hättest du die Badehose zuhause lassen können, dessen bist du dir doch bewusst?" lächelte Ines amüsiert, weil Johannes etwas verlegen wurde. „Das war eine der wenigen Freiheiten der alten DDR, die auch stets zäh verteidigt wurde, das textilfreie Baden oder besser bekannt als FKK."

Johannes kannte so etwas schon, jedoch zugegebenermaßen nur vom Hören Sagen. Zwar gab es auch im Westen eine Reihe von Einrichtungen für die Anhänger der „Freikörperkultur", aber hier war das offensichtlich doch etwas völlig anderes. Praktisch an jedem Strand wurde ganz selbstverständlich nackt gebadet und wie es schien, ohne jede Hemmung. Hemmungen hatten eher die Badegäste aus dem Westen. Die von ihnen zur Schau gestellte Prüderie und Zurückhaltung war jedoch bei vielen recht scheinheilig und gespielt. Kam eine „gut gebaute" Frau mit wohlgeformtem Körper vorbei, so blickten zumindest die „West-Männer" ihr unverhohlener und länger nach als diejenigen aus dem Osten. Ähnlich die Frauen, nur eben umgekehrt. Um sich dann aber leise und doch gut hörbar darüber zu mokieren, wie man nur so schamlos herumlaufen könne.

Johannes war das grundsätzlich egal, jeder musste selber wissen, was er vor anderen offenbaren wollte und was nicht. Aber er war dann doch dankbar, als Ines ihm wieder mal schelmisch lächelnd kundtat, dass sie selbst auf solche Freiheiten keinen allzu großen Wert lege. Sie war auch mit ein bisschen Stoff am Körper wunderschön anzusehen. Die Großzügigkeit in Sachen Nacktheit hatte jedoch auch seine ganz praktischen Seiten. Musste man sich um- oder anziehen, war die Suche nach einem Versteck völlig überflüssig. Kein

Mensch kümmerte sich um das, was die anderen in dieser Beziehung taten. Und voyeuristische oder gar moralinsaure Blicke hatte man nicht zu befürchten. Jeder lies den anderen gewähren. Das empfand Johannes dann doch zumindest als Fortschritt und entspannend.

Wenn Ines und Johannes genug vom Strand hatten, machten sie ausgedehnte Radtouren, zu denen sich die Gegend wie geschaffen war. An einem Tag radelten sie zum Beispiel von Zingst nach Prerow, auch einer der typischen Küsten- und Badeorte. Am Ortseingang in der Nähe des Hafens fanden sie ein Hinweisschild zu einer alten Seemannskirche. Johannes und Ines machten den kleinen Umweg, stellten die Fahrräder am die Kirche umgebenden Friedhof ab und gingen hinein.

Eine ganz besondere Atmosphäre und Stille umgab sie. Von der Decke herab hingen die für solche Kirchen typischen Modelle von Segelschiffen, oft aus Dankbarkeit gestiftet, wenn Seeleute nach stürmischer Fahrt wieder heil nach Hause kamen. Eine ganze Zeit lang saßen sie einfach nebeneinander auf einer Kirchenbank und hielten sich an der Hand. Johannes hätte gern gewusst, was Ines jetzt empfand und dachte. Aber er wagte es nicht, sie danach zu fragen.

*

„Ich muss dir einmal noch ein Stück Land zeigen, das es auf den offiziellen DDR-Karten gar nicht gab".

Ines fuhr mit dem Fahrrad voraus über einen Weg, der zuerst einmal vom Ort weg durch ein Wäldchen führte. Dann immer weiter durch lockeren Kiefernwald. Unterwegs tauchte ein Schild „Darßer Ort" auf. Nach ungefähr einer halben Stunde Fahrt war am Horizont die Spitze eines Leuchtturms auszumachen. Aus rotem Klinker gebaut, war er schon von der Ferne ein besonders schönes Exemplar seiner Art.

„Und was soll an diesem Ort so geheimnisvoll sein, außer dass er, nun ja, wirklich schön ist?", fragte Johannes.

„Die Schönheit imponierte auch den Partei-Oberen in der alten DDR. Die hatten hier eine Feriensiedlung vom Allerfeinsten. Die Arbeiterklasse und das normale Fußvolk hatte an diesem „intimen" Ort natürlich nichts zu suchen, mit Ausnahme von ein paar handverlesenen Bediensteten. Damit die Damen und Herren nicht gestört wurden und das einfache Volk nicht sah, wie sie in Saus und Braus lebten, verschwand die Halbinsel einfach von der Landkarte. Sperrgebiete waren in der DDR ja so oder so an der Tagesordnung, und so dachte sich irgendwann niemand mehr etwas dabei. Man wunderte sich nur ab und zu, dass die Welt zwar offiziell in Prerow aufhörte, aber trotzdem dicke Staatslimousinen Richtung Norden in den Wald hinein fuhren. Nach der Wende wurde die Bonzen-Siedlung, wie sie bei denen hieß, die doch davon wussten, umgehend platt gemacht. Schließlich hatte man sie mitten in ein wertvolles Naturschutzgebiet hineingebaut. Aber das störte die damaligen Nutzer in keiner Weise. Hauptsache, sie hatten ihren Spaß und ihre Privilegien. Umweltschutz und solche Dinge standen bei uns eh höchstens auf dem Papier. Außer ein paar „Spinnern", wie sie selbst von offizieller Seite genannt wurden, kümmerte sich kein Mensch darum. Die einfachen Leute hatten andere Sorgen und den Oberen standen Umweltfragen beim oft herbeigeredeten wirtschaftlichen Aufschwung des Sozialismus nur im Wege".

Vom Darßer Leuchtturm aus, den man inzwischen nach gründlicher Renovierung wieder besteigen konnte, hatte man einen herrlichen Rundblick über die Ostsee, den langgezogenen Strand und das Gebiet um den Darß. Johannes, aber nicht nur er, war fasziniert von der Schönheit dieses Landstrichs.

Als Ines und Johannes später noch in der Abendsonne am Strand saßen und auf die leise plätschernden Wellen hinausschauten, schnürte ein Fuchs von der Düne herab. Erstaunt blickte er zu den beiden herüber, offensichtlich hatte er hier niemand mehr erwartet. Aber allzu sehr stören ließ er sich dann auch nicht. In aller Seelenruhe lief er am Strand entlang, vermutlich auf der Suche nach irgendeiner Beute, die er an diesem Abend noch erlegen wollte.

Als sie nach einer Reihe schöner und entspannter Tage eines Abends wieder einmal gut gelaunt und müde in ihr Quartier zurückkamen, erwartete sie schon die Vermieterin. „Sie hatten heute Besuch, aber leider waren sie ja nicht da. Ein Ehepaar mit einem Auto, das, so glaube ich, ein Kennzeichen aus der Leipziger Gegend hatte. Man kennt sich ja mit den neuen Nummernschildern gar nicht mehr so richtig aus. Sie haben sich sehr ausführlich nach ihnen erkundigt und wollten Dinge von mir wissen, über die wir uns nie unterhalten haben. Deshalb konnte ich ihnen auf die Mehrzahl ihrer Fragen auch keine Auskunft geben. - Aber sie waren freundlich und wollen in den nächsten Tagen wiederkommen".

Johannes schaute Ines erstaunt an. Und die hatte plötzlich unübersehbar einen erschrockenen und angespannten Gesichtsausdruck und war sogar deutlich sichtbar blass geworden. Nachdem sie sich bei der etwas irritierten Vermieterin förmlich für die Information bedankt hatte, zog Ines Johannes rasch in die Ferienwohnung.

„Fast niemand, außer ein paar wenigen und ganz vertrauenswürdigen Leuten, weiß, dass wir hier sind. Ich hatte in den letzten Tagen eh manchmal den Eindruck, dass wir beobachtet werden. Irgend so ein Typ mit Kamera tat so, als ob er die Gegend fotografieren würde. Ich jedoch hatte das Gefühl, dass er die Kamera mehrmals direkt auf uns richtete. Ich habe mich zwar selbst zu beruhigen versucht: Meine alte DDR-Phobie und so. Immer Angst vor Spitzeln. Eigentlich sollte das ja jetzt längst vorbei sein, wie du immer betonst. Aber die alten Seilschaften sind noch intakt und ich fürchte, nicht wenige machen im Untergrund weiter. Was sie damit bezwecken, kann ich nur ahnen. Aber in einem bin ich mir sicher: Das hier ist auf keinen Fall zufällig und harmlos. Ich habe Angst, wirklich…".

Johannes sah Ines ratlos an. Sie einfach zu trösten mit Worten wie „Die können uns doch nichts tun, vielleicht ist alles doch nur ein merkwürdiger Zufall" schien ihm jetzt fast geschmacklos. Auch er hatte bei der ganzen Sache ein merkwürdiges Gefühl. Nach einer viel zu langen Zeit des Schweigens sagte Ines entschlossen: „Wir müssen weg hier. Und zwar sofort".

Johannes spürte, dass jetzt jeder Widerspruch zwecklos war. Während Ines bereits die Sachen packte, verhandelte er mit der noch mehr erstaunten Vermieterin, ohne ihr zu viel über das warum und wohin zu verraten. Damit sie nicht noch mehr den Fremden gegenüber ausplaudern konnte, falls diese tatsächlich einen weiteren Versuch starten sollten. Nach einer nicht geringen Abstandssumme für den entgangenen Verdienst erklärte die Vermieterin sich sogar bereit, die Rückgabe der Mieträder zu veranlassen. Eine halbe Stunde später brachen Ines und Johannes auf, nicht ohne sich zu vergewissern, ob sie von irgendwo her „beschattet" würden.

Für den Weg in Richtung Süden nahmen sie nach kurzer Überlegung eine andere Route als die, über die sie gekommen waren. Über Grimmen fuhren sie in Richtung Mecklenburgische Seenplatte, teilweise bewusst auf kleineren Straßen, um besser kontrollieren zu können, ob ihnen jemand folgte. Nach etwas mehr als einhundert zurückgelegten Kilometern waren sie sich sicher, dass ihre „Flucht" vor ihren Beschattern gelungen war und sie vorläufig nichts mehr von ihnen zu befürchten hatten.

Es war schon fast dunkel, als sie über Prenzlau am Unter- und Oberuckersee entlangfuhren. In einem kleinen Ort am See gab es ein neu erbautes Hotel in ländlichem Stil, das eine freundliche Atmosphäre ausstrahlte. Es war noch hell erleuchtet. Nach einigem Warten erschien eine freundliche Dame, ganz offensichtlich die Chefin selbst. Sie hatte sogar noch ein Zimmer für sie frei. „Für ein oder mehrere Tage?" „Das sagen wir ihnen morgen" gab Johannes der etwas verdutzten Frau zurück. Aber sie gab sich mit dieser Auskunft zufrieden.

Das Zimmer war schön und das Hotel entpuppte sich als Kleinod. Die Gasträume waren in einem gemütlichen, ländlich zurückhaltenden Stil eingerichtet. Die Zimmer und die ganze sonstige Einrichtung zeugten vom guten Geschmack der Besitzer. Trotz den Aufregungen der letzten Stunden versuchten Ines und Johannes im stilvoll-gepflegten Restaurant noch eine Kleinigkeit zu essen. Zumindest Ines jedoch brachte kaum einen Bissen hinab. Johannes war da robuster. Er ließ es sich schmecken und registrierte dankbar die freundliche Atmosphäre ihrer neuen Unterkunft.

Am nächsten Morgen war auch Ines wieder etwas entspannter. Sie konnte sogar das Frühstück auf der herrlichen Sonnenterrasse ein wenig genießen, mit Blick auf eine große Obstwiese direkt beim Hotel und dahinter dem leise vor sich hinplätschernden See. Eine Landschaft wie aus dem Bilderbuch.

Aber so ganz hatte Ines ihre innere Ruhe und sonstige Gelassenheit nicht wiedergefunden. „Wir müssen beratschlagen, wie es weitergeht", meinte sie nach dem Frühstück. Lange wägten sie die Für und Wider ab – noch einige Tage bleiben oder gleich wieder zurück nach Zwickau? „Ich habe das Auto so abgestellt, dass von der Straße aus niemand unser Kennzeichen erkennen kann. Ich glaube jedoch auch kaum, dass jemand uns in dieser entlegenen Gegend hier vermutet".

„Und jetzt zurück nach Zwickau würde auch auffallen. Ich wollte ja erst in vier Tagen zurück sein", fügte Ines nachdenklich hinzu. So setzten sie unfreiwillig, aber schon wieder etwas zuversichtlicher, ihren Urlaub hier im Hotel am See fort. Die Landschaft der Uckermark, des am dünnsten besiedelten Gebiets Deutschlands, lud eigentlich so richtig zum Entspannen ein. Jedoch so wirklich danach war es beiden nach all dem, was sie erlebt hatten und den vielen offenen Fragen eben dann doch nicht.

„Wir müssen miteinander reden, so kann das nicht weitergehen" fasste sich Johannes ein Herz. Je länger je mehr hatte er den Eindruck, dass sie zwar zusammen gehören wollten, sich von ganzem Herzen gern hatten, aber trotzdem manches wie eine unsichtbare Mauer zwischen ihnen stand. Konnte ihre Beziehung überhaupt eine Zukunft haben, wenn sie wichtige Themen ihres Lebens und der damit verbundenen Umstände konsequent ausklammerten? Vor allem solche, die ihre Beziehung und die damit verbundenen Lebensumstände mehr beeinflussten, als sie sich eingestehen wollten.

Da war zum Beispiel die Sache mit dem Elternhaus von Ines, ihre Familie, ihr Vater und die ganz offensichtlich auch von ihr längst nicht bewältigte Vergangenheit. Auch über andere Bereiche ihres Alltags, zum Beispiel in Bezug auf ihre Arbeitsstelle, schwieg sie meist – so zumindest hatte Johannes oft das Gefühl. Seinen Beruf und die damit verbundene Einstellung hatte sie bis jetzt wohlwollend akzeptiert. Mehr aber auch nicht. Ines hatte ja für alles Verständnis, aber in manchen Dingen war Verständnis einfach zu wenig.

„Zieh zuhause aus und komme mit zu mir". Diesmal fiel er bewusst mit der Türe ins Haus. Er wollte Ines provozieren, damit sie endlich einmal die Karten offen auf den Tisch legte. „Wie stellst du dir das vor, das ist unmöglich", war ihre prompte Reaktion. „Warum unmöglich?" gab er etwas gereizt zurück.

„Da ist zum Beispiel meine Arbeits- und Ausbildungsstelle, die ich nicht so mir nichts dir nichts hinwerfen kann. Ich bin ja froh, dass ich sie überhaupt bekommen habe. Hast du eine Ahnung, wie schwierig das bei uns ist! Und dann meine Familie. Ich wohne zuhause und bin in vielen Dingen noch abhängig, vor allem auch in finanzieller Hinsicht".

„Zuhause – Mensch Ines, du bist eine erwachsene Frau. Und lässt dich von deinem Vater und anderen gängeln und unter Druck setzen wie ein Kind. Ich versteh das nicht" konterte Johannes, immer noch in einem leicht gereizten Ton. „Und die anderen Dinge, die du genannt hast – die ließen sich sicher auch in anderer und besserer Weise lösen. Wo ein Wille ist, ist auch ein Weg...."

„Ich glaube, du verstehst Vieles nicht und willst und kannst es auch nicht verstehen", fügte Ines nach einer Weile leise hinzu und Tränen standen in ihren Augen.

So hatten Beide sich das Ende ihres Urlaubs und den Abschied nicht vorgestellt. Ihr Verhältnis blieb nach dieser Auseinandersetzung deutlich angespannt.

Johannes lieferte Ines am nächsten Tag wieder in Leipzig am Bahnhof ab, trotzdem er inzwischen am Sinn dieser Tarnung zweifelte. Als er sie umarmte, wurde er ein Gefühl von Kälte und Distanz nicht los, dass er so bei Ines nicht kannte. „Wir müssen uns bald wiedersehen". Mit diesen etwas hilflos klingenden Worten versuchte er, den bedrückenden Abschied abzumildern. „Ja bald", antwortete Ines und wieder standen Tränen in ihren Augen. Sie nahm ihr Gepäck und stieg in den Zug. Ein letztes kurzes Winken, und weg war sie.

Kapitel 12 Alte Seilschaften

Im verrauchten Hinterzimmer einer etwas herunter-gekommenen Kneipe in Zwickau, bei der nicht die Gefahr bestand, dass sie von allzu viel Fremden oder Unbekannten heimgesucht wurde, saß eine recht unterschiedliche Gruppe von sechs Männern. Der Kneipenwirt Kowoski war ein Ex-Stasi-Mitarbeiter, der mit der Wende seine frühere Existenz verloren hatte, alles Westliche abgrundtief hasste und darum aus Sicht gewisser Leute als absolut zuverlässig galt.

Das Wort in der Runde führte Herbert Dornmann, ehemals hoher Stasi-Offizier und damit auch einer der Verlierer der Wende. Die Leute um ihn herum waren allesamt verdiente Genossen. Manche von ihnen hatten den Sprung in die neue Wirklichkeit geschafft, wenn auch des Öfteren mit Mitteln, die man getrost als kriminell bezeichnen konnte. Zum Beispiel war da Ralf Kürschner, der es in verdächtig kurzer Zeit bis zum stellvertretenden Geschäftsführer einer Hotelkette gebracht hatte.

Wie, das wusste keiner so richtig. Von Bestechung, gefälschten Papieren, Zeugnissen und Empfehlungsschreiben war da die Rede. Ehemalige Fachleute der Stasi erledigten solche Dinge auch heute noch mit erstaunlicher Präzision und Vollkommenheit. Inzwischen natürlich gegen gute D-Mark. Und daran war kein Mangel. Sie kam aus dunklen Kassen, von denen offiziell angeblich keiner etwas wusste.

Die Gruppe hatte sich selbst mit dem Kürzel „VA" belegt, was so viel wie „Vorbeugende Aktion" bedeutete. Damit war auch die Aufgabe klar umschrieben, die sie sich selbst gegeben hatte. Mit der Wende war aus ihrer Sicht eine Menge Unheil über die ehemalige DDR und ihre Führungsriege hereingebrochen. Vor allem eben auch über solche Leute, die früher einmal das Sagen hatten, so wie die Mehrzahl der hier Anwesenden. Die „VA" sollte vor allem verhindern, dass noch mehr „Geheimnisverrat" geschah und Dinge auftauchten, die dem einen oder anderen von ihnen gefährlich werden konnten.

Des Weiteren mussten natürlich die „verdienten" Genossen geschützt und ihnen geholfen werden, wenn sie durch ihre früheren Aktivitäten mit der heute herrschenden Klasse in Schwierigkeiten kamen. Sei es durch zu geschwätzige Leute oder durch Ankläger, die man noch nicht genügend eingeschüchtert hatte. Auch das Bild der leider untergegangenen DDR wollte man wieder aufpolieren, da es ja vom Klassenfeind in einer unerträglichen Weise ramponiert worden war. Es gab also viel zu tun. Und in ihren Mitteln war die „VA" nicht zimperlich. Schließlich hatte man vierzig Jahre Zeit gehabt, zu lernen und die Methoden immer mehr zu verfeinern. Und Verlierern ist jedes Mittel recht, um zu retten, was noch zu retten ist.

„Deine Tochter hat sich auch zum Vögelchen gemausert" warf Ralf Kürschner erstaunlich gereizt ein, als Herbert Dornmann eine Reihe von Namen nannte, auf die man etwas mehr achtgeben müsse.

Mit „Vögelchen" bedachte die Stasi Leute, die aus ihrer Sicht Geheimnisse ausplauderten. „Sie singt in letzter Zeit sehr gerne, vor allem bei ihrem neuen „Lover" aus dem Westen, der sogar noch ein Pfaffe ist. Gibt es nicht bereits Informationen aus vertraulichen Kreisen, dass auch der zum Risikokapital gehört?" Mit Risikokapital wurden alle Leute umschrieben, die den alten Seilschaften in irgendeiner Weise gefährlich werden konnten.

Trotzdem er mindestens fünfzehn Jahre älter war, hatte Ralf Kürschner ein Auge auf die Tochter von Dornmann, auf Ines geworfen. Und er meinte, ein gewisses Recht an ihr zu haben. Schließlich war er es, durch den sie letztlich ihre Ausbildungsstelle in der Hotelkette bekommen hatte. Natürlich auch wieder durch nicht ganz legale Aktionen. Aber da war man nicht kleinlich. Und Ines wusste seines Wissens nichts davon, nur ihr Vater, der das Ganze mit eingefädelt hatte. Auch darum und aus noch ganz anderen Gründen war ihm die jetzige Turtelei zwischen Ines und dem Westpaffen ein absoluter Dorn im Auge. Der Kerl musste weg. Und zwar so schnell als möglich.

Herbert Dornmann kramte in einem Stapel von Papieren und zog daraus einige Briefe hervor. Unter anderem den von Johannes an Ines, den man abgefangen hatte. Auch andere, die man vorsorglich kopiert hatte, bevor sie zum Adressaten weitergeleitet wurden. Bei der Post gab es eben immer noch genügend zuverlässige Leute, die im Ernstfall kooperierten.

„Ich glaube, Ines weiß nicht allzu viel, was gefährlich werden könnte", versuchte Dornmann abzumildern.

„Aber sie war doch während der Wende bei den Oppositionellen und dem asozialen Pack, das unsere Büros gestürmt und Akten sichergestellt hat, die wir in der Eile nicht mehr vernichten konnten. Da war noch genug heiße Ware dabei, wie du selber ja weist", meinte Ralf Kürschner spitz.

„Ich denke, wir sollten unser Augenmerk lieber auf diesen Pfaffen namens Johannes Kanter lenken. Abgesehen von dem Kontakt mit meiner Tochter treibt der an anderer Stelle noch sein Unwesen, wie wir unter anderem aus den abgefangenen Briefen erfahren haben. Und diese subversive Tätigkeit könnte irgendwann brisant werden, besonders für unsere Leute, die wir zu DDR-Zeiten in die Kirche infiltriert haben. Wie aus diesen Briefen und unseren inzwischen eingeholten Informationen hervorgeht, gehört er zu einer Kommission, die im Auftrag der Kirche alle kirchlichen Bereiche zu DDR-Zeiten durchleuchten soll. Auch unsere Verbindungsleute im Westen sind dadurch in höchstem Maße gefährdet. Hier sollten wir gezielt und planvoll vorgehen".

Herbert Dornmann war wieder ganz der Alte, Stasi-Offizier durch und durch, als ob es keinen Zusammenbruch des alten Regimes gegeben hätte. Nur seine schöne Uniform durfte er nicht mehr tragen, auf die er immer so stolz gewesen war.

Kapitel 13 Keine Nachricht ist auch eine

Befriedigt ließ Kai Dorner seinen PC herunterfahren. Er hatte wieder einmal perfekte Arbeit geleistet und seinen Auftrag umfassend erfüllt. Schon als die Stasi noch ganz offiziell existierte, war er ein gefragter Mann. Und jetzt wurden Spezialisten wie er, die für die alten Genossen arbeiteten, immer rarer.

Das Handy von Ines Dornmann hatte er heimlich so präpariert, dass kein Anruf mehr auf die Nummer des Pfarrers auf der Alb durchging, weder per Handy noch im Festnetz. Nur stets das Beseztzeichen. Ebenso waren die Telefone des Pfarrers für Anrufe aus dem Raum Zwickau blockiert. Eigentlich hätte er auch noch gerne den Thüringer Bereich in seine Manipulationen mit hineingenommen. Denn von dort bekam der Pfarrer ja auch gelegentlich Anrufe. Aber das war ihm dann doch etwas zu riskant. Hilfreiche frühere Kollegen, inzwischen ganz biedere Mitarbeiter der Telekom, waren ihm gerne zur Hand gegangen. Man hielt eben noch zusammen, auch wenn sich die Zeiten geändert hatten.

War auch die ehemalige DDR in vielen technischen Bereichen mehr als rückständig, in Sachen Abhörtechnik und Störung der Kommunikationsmittel gehörte man zur Weltspitze. Und seit der Wende hatte man noch dazugelernt, denn jetzt war es ja noch viel einfacher, an die entsprechende Technik und die Informationen zu kommen.

Nur mit dem Verwanzen von Wohnungen klappte es nicht mehr so richtig. Zum einen waren die Leute inzwischen sehr misstrauisch und vorsichtig, seit, zumindest im Osten, die Wahrheit in Sachen „Guck und Horch" ans Tageslicht gekommen war, oder besser gesagt, der größte Teil der Wahrheit. Manche Bereiche lagen noch immer im Dunkeln und würden dort hoffentlich auch bleiben. Die Anzahl der Fachleute jedoch, die solche verdeckten Aktionen noch durchführen konnten, war drastisch gesunken. Die wenigen noch vorhandenen waren teilweise zum Verfassungsschutz oder anderen Diensten abgewandert. Entgegen allen

Behauptungen fragte man dort nicht so genau nach der Vergangenheit der Mitarbeiter.

Zum anderen gab es Nachschubprobleme technischer Art. Die Mini-Abhörgeräte, auch Wanzen genannt, waren in ausgezeichneter Qualität von einer westdeutschen Firma geliefert worden, die sonst hochwertige Mikrofone und Ähnliches im akustischen Bereich produzierte. Als einige Mitarbeiter eben dieser Firma nach der Wende in einer Stasi-Ausstellung entdeckten, dass eine dort ausgestellte Groß-Packung genau dieser „Wanzen" mit dem Emblem ihrer Firma verziert war, gingen denen die Augen auf. Man hatte sie hinters Licht geführt und von der Geschäftsleitung her stets behauptet, die Wanzen seien nur für westliche Dienste gebaut und geliefert worden. Was natürlich nicht stimmte. Einen so hohen Bedarf an solchen Geräten hatte außer der Stasi weltweit sonst fast kein Dienst, und darum war die DDR der beste Kunde.

Um einen noch größeren Image-Verlust zu vermeiden, stieß die nämliche Firma diesen Produktionszweig so schnell als möglich ab. Ein anderer, wenig bekannter Betrieb hatte die Produktion übernommen. Aber die Qualität und die Liefermöglichkeiten stimmten eben jetzt nicht mehr.

*

Johannes indes war verzweifelt. Hatte er Ines zu hart angepackt, zu viel gefordert mit seinem Vorschlag, sich von zu Hause und ihrem Umfeld zu trennen? Hatte sie sich wirklich von ihm so missverstanden und bedrängt gefühlt?

Alle seine Versuche, sie telefonisch zu erreichen, schlugen fehl. Auch an ihrer Arbeitsstelle wurde er nur mit merkwürdigen Ausflüchten vertröstet oder abgewimmelt. Er konnte ja nicht wissen, dass Ralf Kürschner, der Vorgesetzte von Ines, angeordnet hatte, kein Privatgespräch an sie mehr weiterzuleiten.

In seiner Not schrieb er an Ines einen Brief, umgeleitet über die Adresse von Tante Renate, in der Hoffnung, dass dieser sie vielleicht erreichen würde.

Ines bekam einen Brief. Als sie in der Anschrift die Handschrift von Johannes erkannte, pochte ihr das Herz bis zum Hals. Nur merkwürdig, der Brief war nicht über Tante Renate gegangen, sondern über die früher von ihnen gewählte Adresse hier im Betrieb. Aber was machte das schon aus? Hauptsache endlich ein Brief von Johannes! Durch die Tatsache, dass sie ihn nie mehr am Telefon erreicht hatte, waren schon hundert Fragezeichen in ihrem Kopf. Hatte sie ihn verärgert wegen ihrer unentschiedenen Haltung? Waren ihre merkwürdigen Reaktionen und Ängste zu viel für ihn?

Der Inhalt des Briefes traf sie wie ein Hammer. Johannes teilte ihr, zwar in seiner stets rücksichtsvollen Art, aber doch unmissverständlich mit, dass er für ihre Beziehung keine Zukunft mehr sehen würde. Und dass ihre Vergangenheit und ihre Lebensentwürfe doch so unterschiedlich seien, dass daraus auch in Zukunft nur Verletzungen und wenig Gemeinsames entstehen könne.

Ines konnte es nicht glauben. War das der Johannes, den sie noch vor wenigen Tagen ganz anders gekannt hatte? Sie war verzweifelt und doch voller Zweifel. Sie wäre der Sache sicher viel gründlicher nachgegangen, wäre am nächsten Tag nicht etwas passiert, was sie vollends aus der Bahn warf.

*

Ines wurde nach Feierabend in das Büro ihres Chefs bestellt. Es war ihr nie wohl, wenn sie mit ihm allein im Büro reden musste. Aber er war schließlich ihr Chef. Ralf Kürschner saß hinter seinem Schreibtisch und tat sehr geschäftig. Als Ines eintrat, schaute er auf und fragte in seiner schleimig-freundlichen Art nach dem Ergehen. Auch über einige Ausbildungsgänge, die Ines belegt hatte, wollte er Bescheid wissen.

Irgendwann stand er auf und kam langsam auf sie zu.

Er berührte sie mit den Worten: „Eigentlich solltest du zu mir ein wenig freundlicher und netter sein. Du weißt doch, du verdankst mir sehr viel". Ines wollte sich wehren, schreien. Aber nun hielt er sie unsanft fest. „Es wird dir wenig nützen. Die anderen hier im Bürotrakt sind längst nach Hause gegangen. Und wenn du mich verpfeifst, werde ich überall bekannt werden lassen, dass die kleine Nutte sich bei ihrem Chef hochschlafen wollte. Mein Einfluss ist weit größer als deine Möglichkeiten".

Dann ging alles sehr schnell. Trotzdem sie sich zu wehren versuchte, riss er ihr die Kleider vom Leib. Er war so durchtrainiert und stark, dass sie keine Chance gegen ihn hatte. Er warf sie brutal auf das Büro-Sofa, drückte sie mit der einen Hand nieder und streifte ihr mit der anderen den Schlüpfer ab. Geschickt öffnete er seine Hose, machte Ines in sadistischer und offensichtlich geübter Weise bewegungsunfähig und drang in sie ein.

Ines meinte sterben zu müssen. Ihr Unterleib brannte wie Feuer und ihr war speiübel.

Als er sich befriedigt hatte, warf er ihr ihre Kleider hin mit dem zynischen Kommentar: „Ich habe schon Bessere gehabt, die sich nicht so zickig angestellt haben wie du".

Zitternd zog sie sich an und schwankte zur Tür. Nochmals fasste er sie an der Bluse und zischte sie an: „Wenn du mich verrätst, hast du nichts mehr zu lachen. Ich hoffe, das ist dir klar". Wie sie aus dem Bürotrakt des Hotels gekommen war, wusste sie nachher nicht mehr. Ines wollte nur noch weg, weit weg. Sie hatte sich den Mantel übergestreift und irrte planlos durch die Stadt. Sie fühlte sich so elend, dreckig und für ihr Leben ruiniert.

Irgendwann zu später Stunde schlich sie sich nach Hause. Am liebsten hätte sie mit niemand gesprochen. Aber ihre Mutter saß noch in der Küche und schaute sie entsetzt an. „Was ist passiert?" Nachdem Ines nicht antwortete und nur in eine Ecke starrte, wurde sie immer lauter und eindringlicher.

Die Tür zur Küche ging auf und herein kam Herbert Dornmann, der Vater von Ines. In seiner herrischen Art fragte er: „Was soll diese Vorstellung hier mitten in der Nacht?" Und an Ines gewandt: „Wo hast du dich wieder rumgetrieben?".

Es war, als ob in Ines ein Staudamm brechen würde. Mit voller Wucht kam es aus ihr heraus:

Was sie noch nie gewagt hatte, sie brüllte ihren Vater an: „Eines deiner Schweine, der Kürschner, hat mich vergewaltigt. Ihr könnt doch nichts als Unheil über die Welt bringen, ihr Dreckschweine. Habt ihr nicht schon genug angerichtet? Wen wollt ihr denn noch alles über eure Klinge springen lassen, ihr Henker? Bekommt ihr nie genug?"

Normalerweise hätte sich ihr Vater dies alles nie und nimmer bieten lassen. Aber er spürte, dass hier eine Linie überschritten war. „Das wird er mir büßen", war sein einziger Kommentar nach langen Augenblicken angespannten Schweigens. Er unterstrich seine Entschlossenheit, in dem er die Türe beim Hinausgehen geräuschvoll ins Schloss fallen ließ.

Am nächsten Tag war Ralf Kürschner spurlos verschwunden. Das Weitere hatte man mit der Geschäftsleitung einvernehmlich geregelt. Die Besitzer der Hotelkette waren inzwischen Chinesen, die schnell begriffen hatten, dass hier im Osten noch manches nach anderen, ihnen nicht ganz unbekannten Spielregeln ablief als sonst. Ralf Kürschner blieb verschwunden und keiner wagte, nach ihm zu suchen. Eine anonyme Vermisstenanzeige, nach einigen Tagen nachgereicht, wurde bei der Polizei zu den Akten gelegt. Man hatte schnell begriffen.

Kapitel 14 Vergebliche Suche

Nachdem Ines zwei Tage wie in Trance im Bett gelegen hatte, immer wieder von Heulkrämpfen und Brechanfällen geschüttelt, raffte sie sich auf, um zum Arzt zu gehen. Der ältere und erfahrene Frauenarzt verstand ohne viele Worte.

„Waren sie schon bei der Polizei?". „Das wird wenig nützen", murmelte Ines. Aus verschiedenen Berichten wusste sie, dass bei Vergewaltigungen die Polizei oft eine sehr unrühmliche Rolle spielte, besonders auch hier im Osten. Und in ihrem Fall war da sowieso nichts zu machen.

Der Arzt fragte sie nach einer vorsorglichen Ausschabung, um weitere Folgen der Vergewaltigung zu verhindern. Entgegen dem allgemeinen Trend war Ines eine grundsätzliche Gegnerin von Abtreibungen gewesen, da diese in der DDR zu einer gewöhnlichen Form der Geburtenregelung verkommen waren. Und nach ihrem Gefühl und Gewissen konnte das nicht richtig sein, die medizinisch notwendigen Indikationen natürlich ausgenommen.

Was der Arzt jetzt unternehmen wollte, ging zwar aus ihrer Sicht auch in diese Richtung. Aber ihr war eh alles egal und so sie stimmte zu.

*

Auch danach fühlte sie sich hundeelend und wusste nicht mehr, wie es weiter gehen sollte. In wenigen Tagen war ihr Leben und alles, was ihr lieb und wichtig gewesen war, zerbrochen. Auch in Bezug auf Johannes hatte sie nicht mehr die Kraft, weiter zu forschen. In ihrem jetzigen Zustand hätte sie ihm eh nicht entgegentreten können. Sie fühlte sich so dreckig, erniedrigt und benutzt.

In ihrer Niedergeschlagenheit sah sie für sich nur noch eine Möglichkeit: Fort, weit weg, untertauchen, irgendwo versuchen, ein neues Leben aufzubauen. In der Nacht noch packte sie ihre Koffer. Nicht einmal von ihrer Mutter verabschiedete sie sich, als sie leise das Haus verließ.

*

Johannes hielt es nicht mehr aus. Kein Telefonanruf, kein Brief, es war zum Verzweifeln. Spontan nahm er sich zwei Tage frei, trotzdem dies von seiner Arbeit und den anstehenden Terminen her fast nicht zu verantworten war. Aber er konnte sich eh nicht konzentrieren, immer kreisten seine Gedanken um Ines. So setzte er sich ins Auto und fuhr ohne weitere Anmeldung, aber in einer großen inneren Anspannung, nach Zwickau.

Wo sollte er mit der Suche beginnen? Im Hotel Zwickauer Hof teilte man ihm mit, Frau Dornmann würde nicht mehr im Hause arbeiten. Näheres könne man ihm nicht sagen, keine neue Adresse, keine Umstände, keine Gründe, rein gar nichts. Die Art und Weise, wie ihm die Auskünfte mitgeteilt wurden, war mehr als merkwürdig. Daraufhin wagte es Johannes sogar, zur Wohnung der Dornmanns zu fahren. Er war zwar vorher nie dort gewesen, aber von Ines kannte er die Adresse. Lange strich er um den Wohnblock und das von Ines geschilderte Haus, bis ein großer, kräftiger Mann mit vollem grauem Haar dieses verließ. Nach der Beschreibung von Ines musste das ihr Vater sein. Ihm wollte Johannes auf keinen Fall begegnen.

Als er sicher sein konnte, dass Ines Vater sich weit genug entfernt hatte, klingelte er bei Dornmann. Nach einer Weile öffnete eine blasse, schlanke Frau mit erschrockenem Gesichtsausdruck. „Sie hätten nicht herkommen sollen", war ihre erste Reaktion. Sie hatte offensichtlich sofort begriffen, wer da vor ihr stand.

„Wo ist Ines", fragte Johannes ohne Umschweife.

„Und wenn ich es wüsste, würde ich es ihnen vermutlich nicht sagen. Sie haben unsere Tochter unglücklich gemacht. Hätten sie doch die Finger von ihr gelassen. Wir leben in einer

136

anderen Welt wie sie und wenn man das nicht respektiert, kann es nur Unglück bringen. Und jetzt gehen sie. Mein Mann kommt jeden Augenblick zurück und der darf sie hier auf keinen Fall sehen. Ich würde ihnen eh raten, Zwickau in nächster Zeit zu meiden". Sprach's und schloss die Türe, ohne Gruß, ohne Abschied.

Nachdem Johannes mehrere Stunden kreuz und quer durch Zwickau gelaufen war, immer in der irrigen Hoffnung, irgendwo Ines zu begegnen, läutete er bei Tante Renate. Sie war seine letzte Hoffnung. Als Renate öffnete, schaute sie Johannes mit dunklen, ernsten Augen an. „Ich wusste, dass sie kommen - nur nicht wann", eröffnete sie das Gespräch, als sie ihn hereingebeten hatte. Von ihrer Nichte Marion hatte sie erfahren, dass mit Ines irgendwas nicht stimmte. Aber Näheres wusste sie auch nicht.

„Sie ist weg, einfach wie vom Erdboden verschwunden" sprudelte es deprimiert und niedergeschlagen aus Johannes heraus. Da es bereits dunkel war und er eh nichts mehr weiter ausrichten konnte, nahm er wieder einmal dankbar das Angebot zum Nachtquartier bei Tante Renate an. Oder Renate, denn beiläufig meinte sie, es sei doch nun einfacher und an der Zeit, sich mit dem Du und beim Vornamen anzusprechen. Als sie nach dem Abendbrot noch bei einer Tasse Tee zusammensaßen, drehte sich das Gespräch immer wieder aufs Neue um Ines und ihr Verschwinden.

Die verschiedensten Möglichkeiten wurden durchgespielt und wieder verworfen. Irgendwann meinte Renate nachdenklich: „Ich will den Teufel nicht an die Wand malen. Aber um ehrlich zu sein: Ich habe immer wieder mal so etwas befürchtet". Johannes sah sie erstaunt und fragend an. „Du musst dir im Klaren sein, in was du durch und mit Ines ungewollt hineingeraten bist. Auch wenn sie es nicht will und sich inzwischen energisch zu distanzieren versucht, sie ist ein Teil des Ganzen. Und das Ganze heißt Stasi. Ich habe es am eigenen Leib erfahren, wie gefährlich die sind. Und die Gefahr ist seit der Wende noch längst nicht vorbei, glaube es mir!"

„War es das, worüber du bei meinem letzten Besuch mit mir reden wolltest. Du hast so etwas vage angedeutet".

„Ich wollte mit dir vor allem über Herbert Dornmann reden, den Vater von Ines. Der war und ist ein Teufel, ich kann es nicht anders sagen. Wie viele Menschen der auf dem Gewissen hat, direkt oder indirekt, weiß keiner so richtig. Er hat die ihn belastenden Tatsachen nach der Wende immer wieder geschickt zu seinen Gunsten verdreht und fingierte und geschmierte Entlastungszeugen einbestellt, so dass am Schluss für ihn lediglich eine lächerliche Bewährungsstrafe rauskam. Das war für alle, die unter ihm gelitten hatten, ein Schlag ins Gesicht. Auch für mich".

Renate, die auf Johannes immer einen sehr beherrschten Eindruck gemacht hatte, war jetzt auf einmal emotional sehr aufgewühlt.

„Er hat mich nach Hoheneck gebracht, eines der grausamsten Frauengefängnisse der ehemaligen DDR. Für jemand, der es nicht erlebt hat, fast unvorstellbar. Die unveränderlichen Kennzeichen von Hoheneck waren sieben Meter hohe Mauern, dreckige und eiskalte Zellen, sadistische Wärterinnen und eine willkürliche Behandlung mit täglich neuen Schreckensszenarien. Ich kann nur von Glück sagen, dass ich das halbwegs unbeschadet überstanden habe. Andere haben es nicht überlebt".

„Und warum hat er dich nach Hoheneck gebracht?"

„Willkür, reine Willkür. Ich war Angestellte beim städtischen Rechnungsamt. Eine Kollegin von mir hatte Fluchtpläne. Natürlich hatten wir etwas in dieser Richtung geahnt, denn sie und ihre Familie wurden schon seit längerem von der Stasi bespitzelt und drangsaliert. Sie hatte uns gegenüber ein paarmal offen angedeutet, dass sie das Ganze nicht mehr lange aushalten würde. Aber mehr wussten wir nicht. Eines Tages war es dann soweit. Wie leider bei so vielen misslang der Fluchtversuch. Kurz vor der ungarischen Grenze hat man sie mit ihren Kindern aus dem Zug geholt. Ich habe sie dann

138

in Hoheneck wiedergesehen. Eine total gebrochene Frau, die nicht mehr aus noch ein wusste und mit den Nerven restlos am Ende war. Den Kontakt zu ihren Kindern konnte sie erst nach der Wende wieder aufnehmen, sie waren nach der „Umerziehung" zur Zwangsadoption frei gegeben worden."

„Und was hatte das alles mit dir zu tun?"

„Sie hatte einen alten Reiseführer von Ungarn dabei, der einmal mir gehört hatte. Vor Jahren hatte ich den ihr geschenkt, aber offensichtlich versäumt, alles daraus zu entfernen, was auf mich hinweisen konnte. Die Stasi hat daraus konstruiert, ich hätte ihr geholfen, die Flucht vorzubereiten. Eine andere willige Kollegin, eine IM, die schon lange auf meinen Posten scharf war, stellte sich gerne als falsche Zeugin zur Verfügung. Dies alles hätte schon für den Knast gereicht. Aber dann habe ich mir auch noch ‚Verunglimpfung der Staatsorgane der DDR' zuschulden kommen lassen. Im Klartext: Ich habe mich gewehrt. Und dem Dornmann, der die Untersuchungen leitete, ins Gesicht gesagt, was ich von ihm und seiner Verbrecherbande halte."

„Zweimal wurde ich während der Verhöre zusammengeschlagen und gefoltert. Das wurde nachher immer als Unfälle kaschiert. Und so kam ich dann nach Hoheneck als ein besonders schwieriger Fall. Entsprechend wurde ich von den sadistischen Weibern, den Aufseherinnen, behandelt und schikaniert. Es war die Hölle".

Renate war das Reden zuletzt sichtlich schwergefallen. Und trotzdem setzte sie nochmals an:

„Und nun nochmals zu Dornmann. Wenn der jemand im Visier hatte und der oder die bei ihm in Ungnade gefallen waren, durch was auch immer, ließ er nicht mehr locker. Dem waren grundsätzlich alle Mittel recht, um Leute restlos fertig zu machen. Nach außen hin, in der Öffentlichkeit und auch seinen Nachbarn gegenüber, trat er als der seriöse Stasi-Offizier auf, der nur seine Pflicht tat. Allerdings ließ er niemand im Unklaren darüber, welche Macht er besaß, sofern man ihm in die Quere kam. Und jeder, der mit ihm dann irgendwie zu tun bekam, wusste genau, dass hinter dieser „seriösen" Fassade ein Teufel steckte. Und ich fürchte, das ist heute noch genauso. Deshalb: Johannes, sei vorsichtig!".

Merkwürdig, dass Johannes jetzt in kurzer Zeit schon zum zweiten Mal mit ganz ähnlichen Worten gewarnt wurde. In Thüringen bei der letzten Tagung der Kommission und jetzt durch Renate. Nach allem, was Johannes in jüngster Zeit erlebt hatte, nahm er die Worte von Renate durchaus ernst. Anderseits sagte er sich immer noch: Wir leben doch inzwischen in einem Rechtsstaat, auch im Osten. Es gibt Polizei und Strafverfolgungsbehörden. Da können solche Leute sich doch nicht einfach in einem, wie sie offensichtlich meinten und für sich in Anspruch nahmen, rechtsfreien Raum bewegen und ihre alten Rechnungen oder was auch immer begleichen?

Dass er sich getäuscht hatte, wurde ihm gleich am nächsten Tag drastisch bewusst. Er hatte sein Auto in einer Seitenstraße abgestellt in der Nähe der Wohnung von Renate. Als er es am Morgen holen wollte, waren die Reifen zerstochen und die Scheibe auf der Fahrerseite eingeworfen. Auf dem Sitz lag ein Zettel: „Verschwinde".

*

Zur gleichen Zeit unterzog in einem Haus am Stadtrand Stasi-Offizier a.D. Herbert Dornmann seine Frau einem Verhör, das in bedrückender Weise den früheren Verhören glich, die er in seiner Dienstzeit täglich mehrfach durchgeführt hatte. Mit Tricks und eiskalter Wut versuchte er aus seiner Frau herauszubekommen, wo Ines steckte. Nachdem Ralf Kürschner aus dem Weg geräumt worden war, wollte er den weiteren Weg von Ines sicherheitshalber selbst in die Hand nehmen. Denn aus seiner Sicht wusste nur er, was für die Tochter und auch alle anderen in seinem Dunstkreis richtig war. Mit seinen alten Beziehungen würde man schon eine befriedigende Lösung finden. Aber nun war Ines weg. Und das machte ihn rasend.

Dass seine Frau nichts wusste, glaubte er ihr einfach nicht. Mehrmals schlug er sie brutal ins Gesicht. Aber als sie heulend und wie ein Häufchen Elend vor ihm am Küchentisch saß, musste er einsehen, dass auch seine brutalen Stasi-Methoden aus vergangenen Tagen hier nichts mehr bewirken konnten.

„Wenn sie bei dem Pfaffen ist, werde ich das bald wissen. Noch immer haben wir unsere Leute und intakte Verbindungen nach überall hin, auch im Westen. Im Übrigen: Wenn der Pfaffe seine Finger nicht von Ines lässt, wird er das bereuen bis an sein Lebensende". - Herbert Dornmann in Reinkultur, wie er bis dato von vielen Leuten gefürchtet und gehasst wurde. Inzwischen auch von seiner Frau.

*

Johannes hatte Glück im Unglück. Ein Nachbar hatte Mitleid mit dem geschädigten Westdeutschen, dessen Auto man so zugerichtet hatte. Johannes hatte bei einigen Anwohnern geklingelt, um sie nach den Tätern zu befragen, aber natürlich hatte niemand etwas gesehen oder gehört. Der hilfsbereite Nachbar jedoch kannte zumindest eine Hinterhofwerkstatt, die auf solche „Fälle" spezialisiert war und auch relativ flott arbeitete.

Zuerst war Johannes etwas skeptisch, als ihm der Meister dort versprach: „Morgen früh ist ihr Auto fertig. Einschließlich fehlender Scheibe". Den Gang zur Polizei hätte er sich sparen können. Nur widerwillig nahmen die Beamten die „Anzeige gegen Unbekannt" auf. Nach dem etwas spöttisch und von oben herab hingeworfenen Rat des Polizeibeamten, er müsse eben das nächste Mal etwas genauer überlegen, wo er sein Auto abstellen würde, war Johannes klar, was seitens der Polizei geschehen würde: Nämlich nichts.

Er ließ sich jedoch nicht einschüchtern. Er nutzte den Nachmittag weiter, um nach Ines zu suchen. Immer wieder überlegte er, wie er planvoll vorgehen könnte, denn das Ganze glich doch sehr der berühmten „Suche nach der Nadel im Heuhaufen". Und manchmal wurde er sogar den Eindruck nicht los, dass nicht nur er auf der Suche war.

Renate kommentierte am Abend den Bericht von dem beschädigten Auto und der Nachricht darin mit den Worten: „Auch so eine Schandtat oder ähnliches hatte ich befürchtet. Die Verbrecherbande mit ihren Spitzeln wusste längst, dass du wieder hier in Zwickau bist - von wem auch immer. Und dass sie dich nicht unbehelligt lassen zeigt, dass es denen ernst ist. Mit was, kann auch ich nur erahnen....

Unvermittelt kam es Johannes in den Sinn: „Hast du eigentlich keine Angst, wenn ich immer wieder hier bei dir absteige und so meine Spuren auch zu dir hierher führen?"

Etwas wehmütig lächelte Renate. „Nach dem, was ich schon alles erlebt habe, ist man abgebrüht. Was wollen die einer alten Frau wie mir noch tun?" Aber dann richtete Renate sich auf, und in ihren Augen blitzte der Kampfeswille, der bei ihr ganz bestimmt auch schon früher sehr ausgeprägt gewesen war und ihre Feinde zur Rage brachte. „Im Ernstfall habe ich inzwischen auch meine Verbindungen, die selbst einen Herrn Dornmann erschüttern und in die Knie zwingen könnten. - Und wer weiß, vielleicht brauche ich und wir sie noch ganz dringend?" fügte sie vielsagend lächelnd hinzu.

Tatsächlich war am nächsten Morgen das Auto tipp topp fertig. Der Meister ließ sich dafür auch fürstlich entlohnen, natürlich in bar und ohne Quittung. Aber Johannes war froh, sich wieder auf den Weg gen Süden machen zu können. Dass er in Zwickau jedoch in Bezug auf Ines so wenig hatte ausrichten können, machte ihn unruhig, traurig und niedergeschlagen.

Kapitel 15 Alb Wild-West

Es war allerhöchste Zeit, dass sich Johannes wieder auf seine Pflichten in seiner Pfarrei konzentrierte, ober er nun wollte oder nicht. Jedoch selten hatte er solche Schwierigkeiten gehabt, mit dem Kopf bei der Sache zu sein. Immer kreisten seine Gedanken um Ines. Und manches Mal machte ihn seine Hilflosigkeit in dieser Beziehung richtiggehend wütend.

Wie war es möglich in einem Land wie diesem, dass ein Mensch auf einmal spurlos verschwand? Und dass solche Halunken wie die ehemaligen Stasi-Leute scheinbar ungeschoren und im Grunde vor aller Welt ihr niederträchtiges Werk immer noch tun konnten? Sein Vertrauen in die rechtsstaatlichen Organe war mehr als erschüttert.

Es blieb den Menschen im Dorf, auch über den Kreis seiner Gemeinde hinaus, nicht verborgen, dass den Pfarrer etwas bedrückte. Der sonst so Zuversichtliche und Dynamische war sehr still und nachdenklich geworden. Nach wie vor war er freundlich, aber manchmal hatte man den Eindruck, er sei mit seinen Gedanken irgendwo ganz anders.

„Das legt sich wieder", trösteten die Gemeindeglieder und Dorfbewohner sich untereinander und übersahen rücksichtsvoll das eine oder andere, das vom Pfarrer nicht erledigt wurde und eigentlich seine Aufgabe gewesen wäre.

*

Mit fast niemand sprach Johannes über seine Probleme, außer mit Karin und Markus. Sie weihte er jetzt in alle Details seiner Beziehung zu Ines und der Ereignisse in Zwickau ein. Auch über die Dinge, über die ihn Renate ihn informiert hatte. Nach längerem Nachdenken meinte Markus: „Renate hat mit ihren Befürchtungen und Ahnungen absolut recht. Aus schlimmen Erfahrungen weiß sie genau, von was sie redet.

Irgendwo habe ich von dieser Zwickauer Gruppe ehemaliger Stasi-Leute gelesen, die sich, so glaube ich mich zu erinnern, sogar einen eigenen Namen gegeben hat. Die Stasi hat in fast allen größeren Städten der ehemaligen DDR noch ihrer geheimen Zirkel. Aber der in Zwickau soll besonders gefährlich und aktiv sein. Meines Wissens stehen die sogar unter Beobachtung des Verfassungsschutzes. Aber da weiß man ja nie wirklich Konkretes".

„Wenn die nicht am Ende noch zusammenarbeiten", fügte Johannes etwas bitter hinzu.

„Das hoffe ich nun nicht", meinte Markus. „Aber bis Polizei, Behörden und staatliche Stellen mal ihren Hintern hochbekommen, ist meist das Kind längst in den Brunnen gefallen. Ich denke, wir müssen selbst die Augen offen halten". „Wie und wo, bitteschön?" antwortete Johannes resigniert und etwas gereizt. „In Zwickau weiß ich nicht mehr weiter. Und bis hierher werden sie sich wohl kaum getrauen - außer dass sie Telefonanschlüsse manipulieren oder manipulieren lassen.

Denn dass mit den Telefonen etwas nicht stimmte, war allen Beteiligten längst klar. Und auch welche „Organisation" ohne Zweifel hinter dem allem steckte. Nur den eindeutigen Beweis zu liefern war nicht einfach. „Das ist wohl das Erste, was untersucht werden müsste". Markus machte im Stillen schon wieder Einsatzpläne. Die Telekom und die betroffene Handy-Telefongesellschaft mussten schleunigst informiert werden.

Dies stellte sich jedoch als eine Sisyphus-Arbeit heraus. Fast kein Durchkommen bei den Anrufversuchen, und wenn, dann war der zuständige Mitarbeiter angeblich belegt, nicht im Hause oder leider eben doch nicht zuständig. Als sie dann endlich bei der Telekom nach fast unendlichem Wählen und Warten an der offensichtlich richtigen Stelle gelandet waren, wurde ihnen rundweg beschieden, ihr Verdacht entbehre jeder Grundlage. Telefonanschlüsse könnten in dieser Weise nicht manipuliert werden.

Als sie jedoch denselben Mitarbeiter, der ihnen sehr von oben herab diese Auskunft gegeben hatte, einige Tage später mit den Aussagen eines Fachmanns konfrontierten, den Johannes aus seinem früheren Bekanntenkreis auftreiben konnte, meinte der Angesprochene nur kleinlaut, das sei ja wohl ungeheuerlich. Aber im Nachhinein festzustellen, wer da manipuliert habe, sei nun ebenfalls unmöglich. Schließlich seien sie über vierhundert Mitarbeiter im Hause. Er könne nur danach schauen, dass die Sache wieder in Ordnung kommt. Sieh da...

Und wenigstens das. „Wenn du meinst, der Arm der Stasi würde nicht bis auf die Schwäbische Alb reichen, dann irrst du dich. Die haben überall noch ihre Leute. Im Osten mehr, im Westen vielleicht weniger. Aber das Netz funktioniert. Und besonders im Westen ist man in dieser Beziehung mangels Erfahrung viel zu blauäugig".

Johannes war zwar der Meinung, dass Markus hier etwas übertreiben würde. Aber er behielt seine Meinung für sich. Schließlich hatte auch er inzwischen schon einschlägigen Erfahrungen mit der „Krake Stasi", die er früher nie für möglich gehalten hätte.

*

Das Dorffest kam näher und ob Johannes Lust dazu hatte oder nicht, er musste sein Versprechen einlösen, dieses Fest „aufzuhübschen". Diesen Ausdruck hatte er von Ines gelernt, in seinem Sprachschatz war der bis dato nicht vorgekommen. Aber er fand ihn irgendwie nett. Vor allem lag ihm der von ihm selbst angeregte Familiengottesdienst im Magen. Eine Idee hätte er zwar schon gehabt, ein Singspiel über die berühmte Hochzeit zu Kanaan. Kinder einer seiner früheren Gemeinden hatten es einmal einstudiert und aufgeführt – mit großem Erfolg.

Aber wer sollte innerhalb von drei Wochen so etwas auf die Beine stellen? Seine Musikalität und Zeit reichten dazu nie und nimmer. Nach längerem Grübeln und Nachdenken kam ihm eine Idee.

Bei einem seiner in letzter Zeit häufigen Besuche bei Karin und Markus hatte er Flöten auf der Anrichte liegen sehen. Er erinnerte sich daran, dass Karin mal beiläufig erzählt hatte, dass Singen und Musizieren im Erzgebirge noch wesentlich mehr üblich gewesen sei als hier und einfach mit dazu gehörte. „Ein Weihnachtskonzert in der Seiffener Dorfkirche oder einer anderen Kirche im Erzgebirge musst du einmal miterlebt haben. Erst dann weißt du, was wirklich Weihnachtsgefühle sind", hatte sie mit leuchtenden Augen erzählt. Und etwas traurig hinzugefügt, dass ihr in dieser Beziehung hier so manches fehlen würde.

Johannes hatte zwar wenig Hoffnung, aber einfach fragen konnte man ja mal. Nur - wie sollte er das anstellen? So ganz mit der Türe in Haus fallen wollte er dann auch nicht, das war nicht sein Stil. Ganz allgemein erzählte er beim Abendbrot, zu dem die Freunde ihn wieder mal wie selbstverständlich eingeladen hatten („bleib doch da, zuhause wartet eh niemand auf dich, und bei uns bist du immer willkommen..."), von den Vorbereitungen zum Dorffest. Und dass er für den bereits angekündigten Familiengottesdienst zwar eine Idee habe, aber noch keine Ahnung, wie diese zu verwirklichen sei.

„Und was wäre das für eine Idee?" Johannes erzählte von dem Singspiel und wie gut das in der früheren Gemeinde angekommen war. Wieviel Spaß es den Kindern und auch denen gemacht habe, die es mit ihnen einübten. Er erzählte so ausführlich und eindrücklich, dass Karin so langsam „den Braten roch". „Und du meinst doch nicht etwa, ich sollte...". Johannes hob abwehrend die Hände. „Ich bin nur in einer großen Verlegenheit und überlege hin und her, wen ich da ansprechen könnte".

„Dann spiel doch bitte mit offenen Karten! Du hättest es also gerne, dass ich das mit den Kindern einübe? - Ob du es glaubst oder nicht, ich würde so etwas sogar liebend gerne mal wieder machen! Schon lange habe ich Lust, so eine Sache ins Leben zu rufen. Ich wusste nur nicht was und wie. Der konkrete Anlass und Anstoß dazu hat gefehlt. Und nach kurzem Überlegen fügte sie hinzu: „So ganz allein auf mich

146

gestellt ist mir die Sache, ehrlich gesagt, jedoch dann doch etwas zu gewagt. Aber die Lehrerin meiner Mittleren, Anne Herwig, die ist sehr musikalisch und umgänglich dazu. Die frage ich, die wird mir ganz sicher keinen Korb geben".

Johannes konnte sein Glück kaum fassen. Der berühmte Stein fiel ihm fast hörbar vom Herzen. Mit so einer schnellen und dazu noch so guten Lösung hätte er im Traum nicht gerechnet. Und es war doch wieder einmal typisch für Karin, dass sie sich nicht lange bitten ließ. Wenn sie etwas gerne machte oder ihr etwas wichtig war, dann sagte sie es frei heraus. Ebenso jedoch auch, wenn ihr etwas nicht passte. Bei ihr wusste man immer recht schnell, wo man dran war. Und das war nur eine der Seiten, die Johannes so an ihr schätzte.

Die Zeit drängte und darum fing Karin gleich am darauffolgenden Tag damit an, über ihr bekannte Eltern und andere Kanäle einen Kinderchor ins Leben zu rufen. Anne Herwig, die Lehrerin ihrer Tochter, kam freudig mit ins Boot und sorgte auch dafür, dass in der Schule das Projekt möglichst rasch bekannt und dafür geworben wurde.

Das intensive Proben des neu entstandenen Kinderchors blieb im Dorf natürlich nicht verborgen. Die Leute fanden das Ganze schon im vornherein sehr gut und erwarteten mit großer Spannung und Vorfreude den Festsonntag, an dem das Singspiel aufgeführt werden sollte. Hinsichtlich der Kostüme, die in etwa orientalisches Flair andeuten sollten, übertrafen sich die Mütter im Dorf an Phantasie und Kreativität. Und auch Johannes spürte wieder so etwas wie neuen Schwung.

Das Dorffest wurde dann auch zu einem Ereignis, wie es die Einwohner schon lange nicht mehr erlebt hatten. Auch die anderen Vereine und Gruppen hatten sich kräftig ins Zeug gelegt, um ihren Part möglichst gut zu gestalten. Alt und Jung waren auf den Beinen, um auf ihre Weise zum Gelingen des Festes beizutragen.

Aber der Höhepunkt war unumstritten der Familiengottesdienst mit dem Singspiel. Der Beifall war begeistert und

147

ehrlich. Und der Bürgermeister meinte strahlend zu Johannes: „Solche Gottesdienste könnten selbst mich der Kirche wieder näher bringen".

Über all dem konnte Johannes jedoch Ines und die damit zusammenhängenden Fragen, die wie Blei auf seiner Seele lagen, nicht vergessen. Zwar kreisten jetzt seine Gedanken nicht mehr ausschließlich um die Ereignisse in Zwickau und das merkwürdige Verschwinden. Was brachte schon das andauernde Grübeln und Sinnieren? Und doch, er konnte sich nur schwer davon lösen. Vor allem da er ja immer noch absolut keine Vorstellung davon hatte, was er in dieser Sache weiter unternehmen könnte. Und diese Taten- und Hilflosigkeit brachte ihn in ruhigen Augenblicken fast an den Rand der Verzweiflung.

*

Wieder einmal standen zwei Tage in Thüringen an. Die Kommission, die die Stasi-Verstrickungen eines Teils der Kirche und ihrer Mitarbeiter aufzuarbeiten hatte, traf sich zu einer weiteren Sitzung, da neue Fakten vorlagen. Auch Johannes war in seinem speziellen Aufgabenbereich schon relativ weit gekommen. Zum einen hatte er ganz allgemein zu untersuchen, an welchen Stellen die Kirche und ihre Einrichtungen von der Stasi unterwandert worden waren. Vieles davon war bekannt oder auch nur vermutet worden. Der andere Bereich seiner Nachforschungen betraf ganz speziell den Personenkreis, der durch diese Vorkommnisse direkt oder indirekt belastet war.

Hierbei wiederum gab es zwei Gruppen von Betroffenen. Die einen, die relativ offen zu ihrer Vergangenheit standen. Und sogar teilweise selbst aktiv mithalfen, dass die notwenigen Fakten aufgedeckt und aufgearbeitet wurden. Mit diesem Personenkreis hatte man es noch verhältnismäßig leicht. Sofern die Verstrickungen und die dadurch entstandenen Schäden, die durch die Aktivitäten der Betroffenen entstanden waren, nicht allzu groß waren, konnte man ihre Einsicht und Entschuldigung akzeptieren. Und auch von den betroffenen

148

Gemeinden und Mitarbeitern Verständnis und Verzeihen erbitten. Ganz konkret konnte das dann bedeuten, dass man den Beschuldigten Vergebung und Rehabilitation zugestand, soweit sie das wollten und die Bereitschaft zur möglichen Wiedergutmachung vorhanden war.

Viel schwieriger waren Diejenigen, die immer noch hartnäckig leugneten, herabspielten und vertuschten. Und das waren leider nicht Wenige. Wenn die vorliegenden Fakten dann doch so erdrückend wurden, dass sie nicht weiter abgestritten werden konnten, kam die stereotype Antwort: „Haben sie eine Ahnung, wie schwierig die Umstände damals waren". Dass schwierige Umstände keine Verbrechen rechtfertigten, wollten diese Leute ganz offensichtlich nicht wahrhaben.

Auch mit dem Hintergrund dieses Wissens fuhr Johannes diesmal mit etwas gemischten Gefühlen nach Thüringen. Würde die Arbeitsgruppe wirklich weiterkommen? Oder würde die Blockadehaltung einzelner Betroffener nicht die ganzen Bemühungen in weiten Bereichen zunichtemachen?

Zum Glück ahnte er nicht, was sich inzwischen zuhause auf der Alb zusammenbraute.

*

Markus hatte die Arbeit an der alten Dorfkirche inzwischen richtig lieb gewonnen. Sie brachte Abwechslung in seinen sonst manchmal recht gleichförmigen Berufsalltag und ganz nebenbei lernte er eine Menge dazu, was er an anderer Stelle wieder verwerten konnte. So oft es ihm neben seinen anderen Aufgaben möglich war, war er in der Kirche zu finden, um die Arbeiten zu überwachen und zu koordinieren.

Die Zusammenarbeit mit dem Architekten hatte sich in einer guten und fast freundschaftlichen Weise entwickelt. Dieser hatte schnell entdeckt, dass er sich in Markus nicht getäuscht hatte. Ein Mann, der nicht viel Worte machte, eine rasche Auffassungsgabe hatte und von erstaunlich vielen Dingen

149

etwas verstand. Auch mit den anderen Handwerkern kam Markus gut zurecht.

Der Schaden an dem Deckengewölbe hatte sich jedoch als gravierender herausgestellt, als man ursprünglich angenommen hatte. Im Grunde stand eine Generalsanierung der ganzen Kirchendecke an. Das konnte dauern.

Eines Tages stieg Markus wieder einmal die ausgetretenen Holzstufen des alten Kirchturms hinauf. Über eine kleine Seitentüre konnte man das Deckengwölbe von oben erreichen und über einen halsbrecherischen Steg auch von dort her an die Schadstelle gelangen. Die Handwerker bevorzugten jedoch ein Gerüst, das inzwischen den Hauptraum der Kirche fast total ausfüllte.

Diesmal stieg Markus die Stufen der Holztreppe noch ein wenig weiter hinauf, um den Ausblick ganz oben vom Turm aus zu genießen. Er liebte es, von dort das Dorf und die Gegend zu überblicken. Wie klein doch die Welt und damit auch manche Probleme wurden, wenn man sie von der richtigen Höhe aus betrachtete. Gewohnheitsmäßig blickte Markus auch in Richtung seines Hauses am Dorfrand. Heute fiel ihm ein gelber BMW auf, der in einer Querstraße geparkt worden war. Ein Mann stieg aus und ging gerade Wegs auf das Haus zu, das von Johannes bewohnt wurde. „Der Herr Pfarrer ist nicht da", sagte Markus mehr zu sich selbst, denn der Fremde konnte ihn ja nicht hören.

Er erwartete, dass dieser an der Haustüre klingeln würde, um dann nach dem vergeblichen Vorhaben wieder seiner Wege zu gehen. Aber der Besucher hatte offensichtlich gar nicht vor, auf die übliche Weise in das Haus zu gelangen. Vielmehr verschwand er durch den Garten hinter dem Haus und ward nicht mehr gesehen.

So schnell war Markus noch nie vom Kirchturm wieder herabgestiegen. Er musste aufpassen, dass er nicht über die schmalen und altersschwachen Stufen stolperte. Schneller als erlaubt fuhr er durch die engen Gassen des Dorfes und stellte sein Auto in der Nähe des Hauses ab. Längst hatte er von Johannes einen Zweitschlüssel, und mit dem schloss er jetzt leise die Haustüre auf. Vorsichtig schlich er die Treppe hinauf und konnte gerade noch sehen, wie der Fremde den Schreibtisch von Johannes durchwühlte.

Da entdeckte dieser auch schon Markus. Ein wildes Gerangel ging los. Von Natur aus und durch seinen Beruf war Markus nicht gerade schwach gebaut. Er bekam den Fremden zu packen und stieß ihn so heftig gegen die Wand, dass dieser laut stöhnte. „Dich will ich lehren, in anderer Leute Dinge zu schnüffeln", schrie Markus wütend. Jedoch nach einem weiteren Gerangel konnte der Fremde über die Treppe und durch die offene Haustüre flüchten. Mit heulendem Motor raste der gelbe BMW davon.

*

Markus wartete, bis Johannes aus Thüringen zurück war, um ihm von dem Einbruch zu erzählen. Eine Anzeige bei der Polizei hatte er vorsorglich schon gemacht. Es kamen auch zwei Beamte, um den Schaden aufzunehmen und ein Protokoll anzufertigen. „Sind Wertsachen gestohlen worden?" war die mehr routinemäßige Frage, die kein allzu großes Interesse an dem Fall signalisierte. Als Markus dies nach seinem Wissensstand verneinte, zuckten die Polizeibeamten bedauernd die Schultern.

Markus ahnte, dass es bei diesem Einbruch um ganz andere Dinge gegangen war. Aber das interessierte die Polizei, wenn überhaupt, nur am Rande.

„Der hat eindeutig nach Unterlagen gesucht, vermutlich nach denen, die mit meiner Kommission zusammenhängen", stellte Johannes nach seiner Rückkehr fest. Ein Aktendeckel mit Aufzeichnungen in dieser Richtung war verschwunden, die aber relativ wenig aussagten. Das wirklich brisante Material hatte Johannes auf seiner Reise mit dabei gehabt.

Am Tag darauf hatte Markus im Nachbardorf zu tun. An einem Neubau waren umfangreiche Schlosserarbeiten zu erledigen. Zusätzlich musste noch eine Gartentüre eingebaut und ein Balkongeländer vollends montiert werden. Gab es größere und schwierigere Aufgaben zu bewältigen, half ihm gerne Wilhelm Mager, der „Seniorchef" und ein Landwirt aus dem Dorf aus, der über jede Mark froh war, die er zusätzlich verdienen konnte. Einen festen Mitarbeiter konnte sich Markus im Moment noch nicht leisten. An diesem Tag jedoch war er alleine unterwegs, ohne seine Helfer.

Mehr Zeit als ursprünglich eingeplant hatten darum auch die Arbeiten in Anspruch genommen. Es wurde schon so langsam dunkel, als er sich endlich auf den Rückweg machte. Um schneller nach Hause zu kommen, benutzte er eine kleine, wenig befahrene Verbindungsstraße, von der eigentlich nur die Einheimischen wussten. Unterwegs wurde er von einem roten Ford älteren Baujahrs bedrängt und dann ziemlich rücksichtslos überholt.

Markus schimpfte gerade noch über den Raser und die rüpelhafte Fahrweise, als der Ford plötzlich scharf abbremste und sich querstellte, so dass ein Vorbeikommen nicht mehr möglich war. Nur mit einem waghalsigen Brems- und Ausweichmanöver konnte er einen Zusammenstoß vermeiden. Als er die Türe seines Kleinlasters öffnete, um den Fahrer zur Rede zu stellen, stiegen aus dem anderen Fahrzeug zwei Gestalten aus, die sich offensichtlich noch rasch schwarze Kapuzen mit Sehschlitzen übers Gesicht gezogen hatten.

Brutal zerrten sie Markus vollends aus seinem Auto und schlugen auf ihn ein. Diesmal reichte seine Kraft zur Gegenwehr nicht aus. Er sank zu Boden und bekam noch einen kräftigen und sehr schmerzhaften Tritt in die Rippengegend. „Komm du und der Pfaffe uns ja nicht mehr in die Quere, sonst können wir noch ganz anders", war das Einzige, was sie von sich gaben. Markus war sofort klar, mit wem er es hier zu tun hatte.

Als der Ford mit quietschenden Reifen sich Richtung Dorf davon gemacht hatte, versuchte sich Markus mühsam aufzurappeln und zu seinem Auto zurück zu wanken. Mehrere Stellen an seinem Körper taten höllisch weh. Als Karin ihn so im Hausflur sah, wurde sie blass. „Ich habe eigentlich gehofft, das hätten wir hinter uns", war ihr einziger Kommentar. Vorsichtig untersuchte sie seine Verletzungen. „Wir müssen ins Krankenhaus, es könnte etwas gebrochen oder eventuell sogar innere Verletzungen vorhanden sein". Markus wehrte sich nicht, denn er fühlte sich hundeelend.

Als Karin gerade ihrem Mann ins Auto half, kam Karl Boldner vorbei, der Vorsitzende des Kirchengemeinderats. „Was ist denn hier passiert?" fragte er entsetzt. Als Karin ihm kurz die Situation schilderte, meinte Boldner grimmig: „Ich habe schon länger den Verdacht, dass sich hier Leute herumtreiben, die bei uns nichts zu suchen haben".

Von ihrem Verdacht, oder besser gesagt, der Gewissheit, wer diese Leute waren, sagte Karin nichts. Karl Boldner erklärte sich bereit, nach dem Krankenhaus mit den beiden zur Polizei zu fahren. „Wenn wir zu dritt dort aufkreuzen, macht das auf die Herren vielleicht ein bisschen mehr Eindruck. Und sechs Augen und Ohren sehen und hören allemal mehr als vier.

Im Krankenhaus stellte man glücklicherweise fest, dass außer schmerzhaften Prellungen und Abschürfungen nichts Ernsthaftes vorhanden war. „Sie müssen eine Rossnatur haben", meinte der behandelnde Arzt. „Ein anderer wäre nach dieser Abreibung halb tot gewesen. Ich werde ihnen aber trotzdem ein Attest ausstellen, das schwere Körperverletzung und sogar versuchten Totschlag attestiert. Der Tritt in den Rippenbogen hätte die Lungen verletzen können, und dann hätte ihr letztes Stündlein geschlagen. Wenn man die Halunken fasst, müssen die auch entsprechend büßen".

Das Fassen der „Halunken" war für die Polizei jedoch in weiter Ferne. Erst musste wieder einmal ein Protokoll aufgenommen werden, und das bedeutete ja bekanntlich Arbeit. „Warum haben sie uns nicht gleich gerufen?", herrschte einer der

153

Polizisten Markus an und seine Lustlosigkeit an der Sache war überdeutlich zu spüren. „Wie denn..", war das einzige, was Markus in seinem noch recht desolaten Zustand antworten konnte.

Um die aus seiner Sicht etwas angespannte Situation aufzuheitern, witzelte ein forsch wirkender jüngerer Polizeikollege: „Sie haben da sicher ein paar alte Spezel getroffen, die eine noch offene Rechnung mit ihnen zu begleichen hatten. Vielleicht wegen einer Frau und so. Da fliegen dann mal gern die Fäuste, das darf man nicht zu eng sehen…"

Zu spät merkte der zwar forsche, aber nicht allzu aufgeweckte Ordnungshüter, dass er eben eine völlig unpassende und ziemlich anmaßende Bemerkung von sich gegeben hatte. Karl Boldner, der schon eine Weile mit seiner Beherrschung rang, hieb mit der Faust auf den Tresen der Polizeiwache, dass selbst die Herren von der Ordnung zusammenzuckten. „Jetzt reicht's aber endgültig, meine Herren. Haben wir es hier nur noch mit Dilettanten zu tun oder ist die Polizei inzwischen generell schlechter als ihr Ruf? Ich möchte umgehend ihren Chef sprechen".

Einer der Polizisten murmelte zwar noch etwas von Beamtenbeleidigung, aber beide trollten sich, um den Chef herbeizuholen. Der war jedoch bereits auf dem Weg zu ihnen, nachdem die ungewohnt lauten Geräusche im Büro nebenan ihn hochgeschreckt hatten. Dieser ranghöhere Polizeibeamte überblickte die Situation nun etwas schneller als seine wenig diensteifrigen Untergebenen. Nachdem er in den Sachverhalt eingeweiht war, versicherte er eilfertig, er werde sich der Sache persönlich annehmen. „Wir werden umgehend die notwendigen Schritte in die Wege leiten".

Was für Schritte das konkret sein sollten, ließ er jedoch bewusst offen.

*

154

Johannes saß bei Markus und Karin in der Küche und war bestürzt. „Ich habe euch in das alles hineingezogen, an dieser Misere bin ich ganz allein schuld". „Quatsch", meinte Markus, dessen Kampfeswille schon wieder etwas aufflammte. „Wenn wir jetzt klein bei geben, haben die wieder mal gewonnen und ihr Ziel erreicht. Ich bin überzeugt, die werden nicht aufhören, bevor sie so eine über die Mütze bekommen, dass ihnen für alle Zeit die Lust an solchen Aktivitäten vergeht".

Aber vorläufig verging eher den Dreien die Lust an weiteren Aktivitäten. Dass nach all den Vorkommnissen nicht noch viel mehr passierte, grenzte teilweise fast schon an ein Wunder.

Johannes musste in die Kreisstadt zu seinem Vorgesetzen, dem Dekan. Auf dem Weg dorthin fuhr er den Albabstieg hinab, eine Straße, die er eigentlich liebte. Zur Linken die Kalksteinfelsen, die schroff und steil die Straße begrenzten. Zur Rechten, wenn der Wald sich öffnete, hatte man einen wunderbaren Blick auf die Landschaft des sogenannten Albtraufes. Plötzlich jedoch haftete sein Blick nur noch auf den Anzeigen im Tachobereich seines Autos, die die Funktionen der verschiedenen Komponenten überwachte und wie wild blinkten.

Vor allem das Symbol der Bremsanlage blinkte heftig. Johannes trat in die Bremse. Nichts tat sich. Verzweifelt versuchte er mit der Handbremse das Auto zum Stehen zu bringen. Der Wagen zog dadurch quer über die Straße und krachte gegen die Felswand. Von dort wurde er gegen die rechte Leitplanke geschleudert. Irgendwann drehte sich das Auto und überschlug sich. Mühsam konnte Johannes sich aus dem total demolierten Golf befreien. Zum Glück war er, soweit er nach dem ersten Schreck feststellen konnte, außer einigen Abschürfungen nicht verletzt. Der Sicherheitsgurt hatte offensichtlich Schlimmeres verhütet.

Die herbei gerufene Verkehrspolizei nahm den Unfall auf, nicht ohne die etwas voreilige Bemerkung, Johannes sei wohl etwas zu schnell gefahren. Ein Sachverständiger stellte später jedoch einwandfrei fest: Die Bremsanlage war manipuliert, die Bremsschläuche teilweise „fachmännisch" durchtrennt.

*

Eine angesägte Sprosse an der Leiter des Kirchenbau-Gerüsts brachte das berühmte Fass zum Überlaufen. Der Bürgermeister hatte längst schon von den merkwürdigen Umtrieben und deren ungewöhnlichen Häufung in seinem Dorf Wind bekommen.

Er stattete Johannes und Markus einen Besuch ab und lies sich alles bis ins Detail berichten. Die Beiden äußerten jetzt auch ganz offen den Verdacht, dass hier gewisse Leute aus dem Osten, die mit ehemaligen Stasi-Seilschaften in Verbindung standen, ihre Hand im Spiel haben könnten. So unwahrscheinlich das auch auf den ersten Blick für einen Unbeteiligten klang, der Bürgermeister nahm den Verdacht durchaus ernst.

Ein Freund von ihm aus gemeinsamen Zeiten an der Verwaltungs-Fachschule war nach der Wende Bürgermeister in einem Ort in Sachsen geworden und hatte dort mit den „alten Kameraden" auch seine liebe Not. Aber was in dieser Situation vielleicht noch viel wichtiger war: Der Schwager des Bürgermeisters war ein leibhaftiger Staatsanwalt beim Amtsgericht in Tübingen. Den wollte er auf dem „kleinen Dienstweg" informieren, um nach Rat zu fragen und, wenn es denn sein müsste und nötig wäre, ihn sogar einzuschalten.

Als dieser sich dann bereits am darauffolgenden Tag die Beweisfotos und Protokolle der „Unfälle" aushändigen lies, meinte er lapidar: „Was die da treiben ist ja ungeheuerlich. Das reicht locker für einige Jahre Gefängnis. Nur fangen müssen wir die Burschen und ihnen ihre Taten nachweisen. Aber wer so brutal und dumm vorgeht, tappt sicher in irgendeine Falle..".

*

156

Viele im Dorf hielten inzwischen Augen und Ohren offen – noch viel mehr als sonst. Was natürlich fast zwangsläufig zur Folge hatte, dass auch Fremde kritisch beäugt und verdächtigt wurden, die völlig harmlos waren. Aber wieder einmal, wie so häufig, war es der Zufall, der weiterhalf.

Eines Abends, es war schon dunkel, klingelte es stürmisch an der Haustüre von Johannes. Der war inzwischen misstrauisch und lies die notwendige Vorsicht walten. Aber vor der Haustüre stand nur Manne, der Messner, allerdings total aufgeregt.

„Herr Pfarrer, ich hab's genau gesehen, ganz genau!" Johannes brauchte einige Augenblicke, um aus Manne herauszubekommen, was er denn so genau gesehen habe. Manne erzählte etwas umständlich, dass er auf dem Weg von seiner Feldscheune, in der er Abends immer noch seine Ziegen zu versorgen habe, in der Nähe des Hauses von Arthur Nohl vorbei gekommen sei – „Sie wissen doch, der mit dem Tennisverein und so...". Dort bekam er gerade noch mit, wie zwei Autos in einen Unterstand hinter dem Haus gefahren und mit Planen säuberlich abgedeckt wurden. Ein gelber BMW und ein roter Ford, Kennzeichen irgendwo aus dem Osten.

Johannes war wie elektrisiert. Schnell informierte er Markus und den Bürgermeister. Der wiederum seinen Schwager, den Staatsanwalt. Und dieser versprach, der Polizei Beine zu machen, und zwar umgehend. In aller Eile hatte der Bürgermeister jedoch schon ausreichend verlässliche Leute aus dem Dorf zusammengetrommelt, auch Max, den Jagdpächter, der mit geladener Flinte anrückte – man konnte ja nie wissen. Schnell wurde eine Strategie zurechtgelegt. Warten, bis die benachrichtigte Polizei kam, konnte zu spät sein.

Man sprach sich ab, dass die „wehrhafte" Truppe zuerst einmal unsichtbar im inzwischen stockdunklen Hintergrund bleiben sollte. Nur Johannes, Markus und der Bürgermeister gingen zur Haustüre des hell erleuchteten Nohlschen Anwesens. Als man klingelte, tat sich lange nichts. Nur die

157

Stimmen, die vorher bis nach draußen deutlich zu hören waren, verstummten augenblicklich.

Nach einer Weile schließlich knackte die Sprechanlage. Ein herrisches „Wer dort" war zu hören. Der Bürgermeister machte sich zum Sprecher: „Herr Nohl, machen sie sofort auf, sonst müssen wir uns mit Gewalt Zugang zu ihrem Haus verschaffen". Nach einer gehörigen Weile, in der man im Haus hektische Betriebsamkeit hören konnte, öffnete Arthur Nohl die Türe.

Herablassend wie immer und mit gespielter Freundlichkeit, die jedoch nicht mehr ganz echt wirkte. „Aber meine Herrn, was soll das? Mitten in der Nacht, sie hätten sich doch wenigstens anmelden können!".

Wegen der Dunkelheit erkannte er Johannes und Markus erst, nachdem sich seine Augen an die selbige gewöhnt hatten. Ein abschätziges „Ach sie auch" konnte er sich nicht verkneifen, aber die Gegenwart der beiden verunsicherte ihn doch sichtbar.

„Wo ist ihr Besuch?" fragte der Bürgermeister schroff. „Äh, unser Besuch? Außer meiner Frau und mir ist niemand im Hause", log Arthur Nohl ziemlich schlecht und inzwischen sehr nervös. In diesem Moment hörte man hinter dem Haus Männerstimmen und einen großen Lärm. Der „Besuch" hatte versucht, durch den Hintereingang zu entkommen und mit den Autos zu fliehen. Die beiden Flüchtigen konnten jedoch nicht ahnen, dass das Haus umstellt war. Kräftige Männerhände und –Arme zwangen sie unsanft zu Boden. Und Max gab zur Vorsicht einen Warnschuss ab, der gen Himmel ging, aber mächtig Eindruck machte.

Arthur Nohl war jetzt endgültig klar, dass er mit seinem feinen Besuch aus dem Osten in der Falle saß. Schon hörte man von der Ferne das Martinshorn und sah das Blaulicht blinken. Die Polizei hatte es sich nicht nehmen lassen, diesmal gleich mit zwei Streifenwagen am Einsatzort zu erscheinen. Und der

Staatsanwalt begleitete sie. Er wollte jetzt nichts mehr dem Zufall überlassen.

Handschellen klickten. Die nach den vorhandenen Zeugenaussagen bereits aufgelisteten Vergehen reichten locker für die Untersuchungshaft und damit eine sofortige Verhaftung des feinen Besuches aus dem Osten aus. Nach einer Hausdurchsuchung, bei der eine ganze Reihe von Beweismitteln sichergestellt wurden, lies man Ehepaar Nohl vorläufig auf freiem Fuß, da angeblich keine Fluchtgefahr bestand. Dies sollte sich jedoch als großen Fehler erweisen.

Am nächsten Morgen war das Ehepaar spurlos verschwunden. Einige Tage später wurden Möbel und Hausrat abgeholt. Sie sollten in einer Spedition eingelagert werden. Die Auftraggeber hatten im Voraus bezahlt. Eine aktuelle Adresse von Ehepaar Nohl war angeblich nicht bekannt. Der Vermieter des Nohlschen Anwesens trauerte zwar seinen drei entgangenen Monatsmieten nach, die ihm laut Mietvertrag bei einseitiger Kündigung zugestanden hätten. Die Erleichterung darüber, dass er das „Pack" loshatte, überwog jedoch, nachdem er Näheres über die Umstände des abrupten Endes des Mietverhältnisses erfahren hatte. „Wer weiß, in was ich durch die alles noch hineingezogen worden wäre. Und dabei hatte Herr Nohl solch große Versprechungen und Versicherungen bei Unterzeichnung des Mietvertrages gemacht. Wirklich, man kann doch heute niemand mehr über den Weg trauen,,,", seufzte er kopfschüttelnd und scheinbar bis ins Innerste empört.

Kapitel 16 Abgetaucht

Ines hatte nach ihrem nächtlichen Aufbruch von zuhause erst nicht gewusst, wohin sie gehen sollte. Sie war verzweifelt und zutiefst ratlos. Zeitenweise bewegte sie sogar den Gedanken, ihrem Leben ein Ende zu setzen. Dann wäre alles vorbei und das Schreckliche, das Undenkbare, das sie erleben hatte müssen, könnte sie nicht mehr wie ein Gespenst verfolgen.

Aber komischer Weise, als sie auf einer Bank im Bahnhof von Leipzig wieder solchen Gedanken nachhing und vor Müdigkeit ein wenig eingenickt war, stand im Traum Johannes vor ihr. „Ist das eine Lösung?" fragte er sie in seiner ruhigen und liebevollen Art. Am liebsten hätte sie in diesem Dämmerschlaf noch möglichst lange verweilt und war richtig enttäuscht, als sie wieder in die Wirklichkeit erwachte.

Ihr weiterer Weg führte sie zu ihrer Freundin nach Stralsund. Marlene empfing sie mit viel Verständnis. Kein Problem, du kannst vorläufig bei mir wohnen, lautete ihr Angebot ohne viel nach dem Warum zu fragen. In den Gesprächen mit Marlene an den kommenden Tagen öffnete sich Ines Schritt für Schritt. Was sich durch die grauenvollen Ereignisse der letzten Tage in ihr angestaut hatte, musste einfach aus ihr heraus.

Mehr und mehr wurde jedoch auch deutlich, dass Stralsund keine dauernde Bleibe für Ines sein konnte. Zumindest ihre Mutter wusste ja Näheres von der Freundin, bei der sie jetzt untergekrochen war. Und leichtsinnigerweise hatte sie ja auch damals Stralsund als Ziel ihres Urlaubs angegeben, als sie in Wirklichkeit mit Johannes an die Ostsee gefahren war.

Marlene kannte ein älteres Ehepaar in der Nähe von Greifswald. Sie waren früher Freunde ihrer Eltern gewesen, die leider vor sechs Jahren bei einem Autounfall ums Leben gekommen waren. Ehepaar Jakobi wurde in der Zeit der DDR wie so viele enteignet und hatte erst nach der Wende ihre kleine Pension wieder zurückbekommen. In der Zeit davor war die Pension ein kleiner, aber feiner Rückzugsort für Parteifunktionäre gewesen.

Durch diese Tatsache waren auch bei der Rückgabe die „Gebrauchsspuren" in einem erträglichen Maße geblieben. Denn auch die Damen und Herrn der Funktionärsriege schätzten ein gepflegtes Ambiente. Und die Mittel für die auch damals schon anstehenden Renovierungsarbeiten waren für sie leichter zu beschaffen gewesen als für das einfache Volk. Nun versuchte Ehepaar Jakobi wieder den Anschluss an die neue Zeit zu bekommen, was nicht einfach war. Marlene wusste, dass sie dringend zuverlässige und freundliche Angestellte suchten, die nicht allzu teuer waren.

Ein Anruf bei den Jakobis und ihre Empfehlung genügten denn auch voll und ganz, damit Ines sich auf den Weg nach Greifswald machen konnte. Das Ehepaar nahm sie freundlich und verständnisvoll auf. Sie hatte dort Unterkunft, Verpflegung und was sie sonst verdiente, war zwar nicht viel, aber es reichte unter diesen Bedingungen zum Leben.

Ines war einfach froh, wieder einen Platz zum Durchatmen gefunden zu haben. Auch einen Ort, an dem sie sich halbwegs sicher fühlen konnte. Denn dass ihr Vater nicht so schnell aufgeben und zusammen mit seinen Helfershelfern nach ihr suchen würde, war ihr von Anfang an klar.

Wenige Tage nach dem sie sich von Marlene in Stralsund verabschiedet hatte, erschien dort dann auch eine etwas zu freundliche Dame, angeblich vom Wohnungsamt. Nachdem Marlene sie nicht in die Wohnung hereinlassen wollte, war die Dame plötzlich gar nicht mehr so freundlich. Sie wollte unumwunden wissen, wo Ines stecke. Marlene konnte sich guten Gewissens dumm stellen und spielte die Rolle der völlig Unwissenden so perfekt, dass die Dame sich barsch verabschiedete, jedoch nicht ohne den Hinweis, dass, wenn Marlene irgendetwas von Ines erfahren würde, sie das umgehend nach Zwickau zu melden habe. Sie gab ihr sogar einen Zettel mit einer Telefonnummer, die Marlene gut kannte. Es war der Anschluss von Ines Familie.

Damit hatte sich die feine Dame vom angeblichen Wohnungsamt endgültig enttarnt. „Die haben immer noch nicht begriffen, dass die alte DDR und damit auch ihre Organisationen untergangen sind. Nach wie vor spielen die sich auf, als ob sie noch die Herren im Land wären. Einfach lächerlich...", meinte Marlene später ironisch zu Ines am Telefon.

Kapitel 17 Kratzspuren

Nach dem dramatisch spannenden Krimi um den westdeutschen „Stasi-Ableger" war im Dorf auf der Schwäbischen Alb wieder die gewohnte Ruhe eingekehrt und alles lief seinen gewohnten Gang. Endlich jedoch hatte man etwas zu erzählen – Freunden und Bekannten gegenüber, vor allem denen von auswärts. Und natürlich wurde alles, je nach Variante und Adressat, kräftig ausgeschmückt...

Aber die ganzen turbulenten Ereignisse der zurückliegenden Wochen hatten durchaus auch ihr Gutes gehabt. Man spürte im Dorf, dass man einander brauchte. Im positiven Sinn war das Interesse der Menschen aneinander gewachsen. Man erkannte ganz neu, wie wichtig eine gute Dorfgemeinschaft und die Bereitschaft war, in diese auch Fremde und die sogenannten „Zugezogenen" mit einzubeziehen. In Bezug auf Karin und Markus war das eh keine Frage mehr. Durch das, was man gemeinsam erlebt und bewältigt hatte, vor allem aber auch durch das Engagement von Karin beim Dorffest und die Kirchenbautätigkeit von Markus war die Achtung und Zuneigung zu den Beiden bei den Dorfbewohnern deutlich gestiegen. Sie waren jetzt „wer" im Dorf.

Wobei das für Karin und Markus eher zweitrangig war. Wenn man sie ihren Weg gehen und sie leben ließ, wie sie es sich vorstellten, waren sie schon zufrieden.

Johannes ging seinem Beruf als Pfarrer nach wie vor gewissenhaft und mit viel Engagement nach, was ihm in seiner Kirchengemeinde und darüber hinaus Anerkennung und Dankbarkeit einbrachte. „Wir haben schon lange keinen so guten Pfarrer mehr gehabt" - dieses Lob von den sonst eher wortkargen Dörflern hatte schon einiges zu bedeuten. Johannes war dankbar dafür.

Aber die freudige Spannung, die in der zurückliegenden Zeit durch Ines seinen Alltag und auch seinen Dienst positiv beeinflusst hatte, fehlte schmerzlich. Wo war sie nur, warum gab es kein Lebenszeichen von ihr? Was hatte er nur falsch gemacht oder hatte er überhaupt etwas falsch gemacht? Fragen über Fragen, auf die es in einer fast unheimlichen Weise keine Antwort gab. Die Gedanken an Ines waren besonders lebendig und drängend, wenn er sich in immer kürzeren Abständen auf den Weg nach Thüringen zu machen hatte, um an den Sitzungen der Kommission zur DDR-Vergangenheit teilzunehmen. Einmal hatte er es inzwischen noch gewagt, wieder den Umweg über Zwickau zu nehmen. Er hatte die Orte am Stadtrand aufgesucht, an denen er mit Ines zusammen gewesen war. Auch zum Bahnhof war er gefahren, wo sie sich des Öfteren verabschiedet oder gemeinsam in den Zug gestiegen waren. Vielleicht geschah ja doch das Wunder und ihr Haarschopf tauchte irgendwo auf. Aber Wunder geschehen nicht auf Kommando, auch wenn man sie noch so sehr herbeisehnt.

Vor allem aber auch wegen Renate hatte Johannes diesmal den Umweg über Zwickau gemacht. Sie war nach wie vor sein Anlaufpunkt und inzwischen seine wichtigste Informationsquelle. Sie hielt Augen und Ohren offen und ihr wäre mit Sicherheit nichts entgangen, falls es eine neue Entwicklung im Hinblick auf Ines gegeben hätte. Als sie am Abend zusammensaßen, erzählte Renate unvermittelt, dass sie dem alten Dornmann in der Stadt begegnet sei. „Der läuft hier herum, als ob nichts gewesen wäre. Und dabei hat er vermutlich mehr Feinde bei der Bevölkerung von Zwickau und darüber hinaus als Geld auf dem Konto." Wobei, wie sie nach einigem Nachdenken bitter hinzufügte, die Versorgung der alten Genossen sei allerdings ja in einer Weise geregelt worden, dass einem braven Normalrentner die Galle hochkommen könne. „Die wurden noch belohnt für ihre Schandtaten".

„Hast du eigentlich keine Angst, wenn du ihn hier irgendwo triffst, nachdem was Dornmann dir alles angetan hat?" fragte Johannes. „Ich glaube, der muss eher Angst vor mir haben" erwiderte Renate mit einer gewissen Befriedigung. „Woher nimmst du diese Zuversicht? Nach allem, was ich bis jetzt über Dornmann weiß, kennt der keine Gewissensbisse, auch nicht im Hinblick auf eine noch so mutige ältere Dame."

164

Renate stockte einige Augenblicke, als ob sie jetzt ganz genau überlegen müsse, was sie sagen konnte und was nicht. „Zum einen weiß ich zu viel. Durch all die Informationen, die ich über ihn und seine Helfershelfer gesammelt habe, könnte ich ihn problemlos hochgegen lassen, auch heute noch. Dann wäre keine Bewährungsstrafe mehr drin. Und das ahnt er, zumindest vermute ich das. Jedoch auch das allein würde nicht genügen, das stimmt".

„Was dann noch?" fragte Johannes gespannt.

Renate lächelte etwas verlegen: „Beziehungen, mein Lieber, Beziehungen! Vor ein paar Jahren habe ich meine alte Jugendliebe wieder getroffen. Witwer und noch ein paar Jahre älter als ich. Aber wir verstehen uns nach wie vor gut und haben einen regen Kontakt. Dessen Sohn hat es weit gebracht, er ist inzwischen ein hohes „Tier" im Innenministerium in Bonn. Und über den und seine Verbindungen hält mein Freund seine Hand über mich.

Das hat Dornmann schon einmal schmerzlich zu spüren bekommen. Vor ein oder zwei Jahren bei einem der Prozesse gegen ihn, von dem es ja schon eine ganze Reihe gegeben hat. Da hat er doch allen Ernstes den Versuch gewagt, mich in seine rote Soße mit hineinzuziehen. Wegen meiner Tätigkeit bei der Stadt und so. Noch einmal hat er infame Lügen und Verdrehungen ins Spiel gebracht, nur um mich und auch andere anzuschwärzen und sich zu entlasten - ganz wie in den alten Zeiten. Vor allem natürlich um von seinen eigenen Verbrechen und Schandtaten abzulenken. Aber das ging gründlich schief. Der Schuss ging nach hinten los, wie man so schön sagt. Er wurde zusätzlich verurteilt wegen nachweislicher eidesstattlicher Falschaussage. - Seither ist er vorsichtig und macht lieber einen großen Bogen um mich herum".

Johannes musste innerlich schmunzeln. Renate war noch immer eine couragierte Frau, die sich durch Nichts klein kriegen lies, weder durch Hoheneck noch durch Leute wie den alten Dornmann.

*

Das nächste Treffen in Thüringen machte der Kommission, der Johannes ja nun schon über einen längeren Zeitraum angehörte, die Brisanz ihrer Aufgabe auf eine völlig unerwartete Weise deutlich. Wie üblich war man zu einer zweitägigen Sitzung zusammengekommen, um weitere Arbeitsergebnisse und neu hinzugekommene Unterlagen zu sichten und zu beraten. Die abendlichen Gesprächsrunden nach getaner Arbeit bei einem Glas Wein waren für Johannes der „verdiente" Ausgleich, den er besonders schätzte. Man erfuhr mehr übereinander und lernte sich so besser kennen und schätzen.

Besonders auch mit den Kollegen aus dem Osten verband ihn inzwischen ein freundschaftliches und vertrauensvolles Verhältnis, das weit über das Dienstliche hinausging. Von ihnen erfuhr er auch von den Schwierigkeiten, die Gemeinden im Osten wieder zu sammeln. Nach vierzig Jahren gepredigtem und gelebtem Atheismus war das nicht leicht. Vieles, was bei ihm im Westen im kirchlichen Bereich noch selbstverständlich war, mussten hier erst wieder ganz neu angestoßen und aufgebaut werden. Mehr und mehr lernte er die Arbeit und Aufgaben seiner Kollegen und die damit verbundenen Schwierigkeiten mit ganz neuen Augen zu sehen und einzuordnen.

Wieder einmal war Mitternacht längst vorbei, als die Gruppe sich, ausgestattet mit der notwendigen Müdigkeit, zu Bett begab. Der Wein tat sein Übriges, so dass die meisten von ihnen rasch ein- und fest schliefen, vielleicht zu fest. Denn niemand hatte mitbekommen, was sich in der Nacht oder den frühen Morgenstunden um das Haus herum abspielte.

Sämtliche vor dem Haus abgestellten Autos waren zerkratzt, teils mit Kreuzen, teils auch mit Hakenkreuzen. Der Vorgarten war in übler Weise verwüstet. Am Haupteingang unter einem

166

Stein lag ein Zettel: „Am Feuer verbrennt man sich die Finger. Wenn ihr nicht aufhört, brennt bald mehr". Eine unübersehbare Drohung.

Die herbeigerufene Polizei fotografierte und dokumentierte eifrig. Auf Rückfrage, was nun zu tun sei, umschrieb der leitende Einsatzbeamte mit vielen Worten die Schwierigkeiten, die für diese Vorfälle Verantwortlichen zu fassen. „Selbstverständlich haben wir einen Verdacht, aber…".

War es Furcht oder mangelnder Aufklärungswille, der die Bemühungen der Polizei in vielen Fällen, wie auch in diesem, im Sand verlaufen ließ?

Kapitel 18 Mörderische Träume

Herbert Dornmann war wütend. Wieder hatte er sich mit den verdienten Genossen im Hinterzimmer der Zwickauer Stammkneipe versammelt. Einige der Getreuen fehlten. Teils im Knast, teils selbst weggeräumt.

„Was da im Süden abgelaufen ist, war dilettantisch, einfach nur dumm" tobte er. „Aber von dir so befohlen", konterte ein anderer. Das hörte Herbert Dornmann überhaupt nicht gerne. Früher hatten seine Einsätze, die er geplant hatte und befahl, stets eine Schneise der Verwüstung, Angst und Verunsicherung hinterlassen, besonders bei den betroffenen Menschen. Aber sie hatten funktioniert. Und dies meist ohne Folgen für seine Getreuen. Darauf hatte er geachtet und seine Hand über sie gehalten. Was nach der Wende eben nicht mehr so einfach war.

„Dort unten im Süden sind wir vorläufig aus dem Rennen. Die Behörden und andere Leute sind zu hellhörig geworden. Beim geringsten weiteren Vorfall hätten wir die Polizei und den Verfassungsschutz auf der Pelle. Das Risiko, enttarnt zu werden, ist im Moment, besonders in den Westgebieten, zu hoch. Darum konzentrieren wir uns in nächster Zeit wieder ausschließlich auf unser Stammgebiet hier im Osten. Und natürlich auf die restlichen noch intakten Verbindungen, die in den anderen Teilen der Republik nach wie vor aktiv sind".

Listen mit Namen missliebiger oder unzuverlässiger Personen wurden wieder einmal durchgegangen. In der Frage, wie gefährlich für die Gruppe der eine oder die andere sein könnte, hatte man unterschiedliche Ansichten. Es gab hitzige und laute Diskussionen. Und Herbert Dornmann trauerte in solchen Momenten wieder einmal den alten Zeiten nach, in denen er allein das Sagen hatte. Hatte ein Mitarbeiter sich zu weit vorgewagt oder seinen Anordnungen widersetzt, war Dornmann gnadenlos. In dem Klima der Angst und des gegenseitigen Misstrauens fühlte er sich am wohlsten. Er brauchte das wie die Luft zum Atmen. Und darum ging ihm heute bei dem Hin und Her, wo jeder meinte mitreden zu müssen und zu dürfen, fast die Luft aus.

„Und nun zu unseren weiteren Aktionen. Absolute Priorität haben die Einsätze, um die Aktivitäten dieser kirchlichen Arbeitskommission zu stoppen, die da offensichtlich einen großen und wichtigen Teil unsere früheren Tätigkeitsfelder untersucht und durchleuchtet. Nicht nur verdiente Genossen im kirchlichen Bereich, sondern weit darüber hinaus sind durch diese Schnüffler gefährdet. Hier muss Grundsätzliches unternommen werden, damit denen ein für alle Mal die Lust vergeht, unsere Leute bloßzustellen und zu verraten. Ich stehe mit unseren Genossen in Thüringen in enger Verbindung. Der jüngste Einsatz bei der Tagungsstätte war ein Erfolg, aber nur ein kleiner Vorgeschmack. Dem müssen noch weitaus härtere Maßnahmen folgen“.

„Und du hast keine Bedenken, dass uns die Polizei auch hier in die Quere kommt?“

„Wir haben dort noch genügend zuverlässige Leute, die das zu verhindern wissen. Es wird zwar umfangreich ermittelt, aber unsere Vertrauensleute sorgen dafür, dass die Ergebnisse uns nicht gefährden können. Andernfalls lassen sie die Unterlagen einfach verschwinden“.

Es folgten noch weitere Einblicke in die bereits recht umfangreichen Planungen hinsichtlich weiterer Aktionen. Herbert Dornmann verschwieg dabei tunlichst, dass er über die grundsätzlichen Anliegen hinaus höchst persönliche Gründe hatte, gegen die „Thüringer Pfaffen-Kommission“, wie er sie nannte, vorzugehen.

Und einer dieser Gründe hieß eben Johannes Kanter. Ihm galt sein voller Hass. Was musste dieser Westschnösel sich auch erdreisten, sich in Angelegenheiten zu mischen, die ihn doch absolut nichts angingen und damit verdiente Genossen zu gefährden. Aber was noch viel mehr in ihm bohrte: Aus seiner Sicht hatte Kanter seine Familie, oder das, was er noch Familie nannte, zerstört. Und seine Tochter ihm vollends ganz entfremdet. Dass dies schon längst vorher geschehen war, konnte er sich nicht eingestehen. Für dies alles und noch mehr musste dieser Kanter, oder wie er auch immer hieß, büßen. Das war seine ganz private Rechnung, die er aufgemacht hatte und die er zu begleichen gedachte, mit welchen Mitteln auch immer.

Gegen Schluss der Besprechung hielt Herbert Dornmann wieder einmal eine seiner Grundsatzreden. Das hatte er früher schon gerne getan und hielt dies nach wie vor für notwendig. Schließlich musste man den Genossen immer wieder die grundsätzlichen Anliegen ins Gedächtnis rufen, damit diese nicht in Vergessenheit gerieten. Und auch die Ziele, für die man kämpfte, durften nicht verwässert werden oder gar untergehen. „Genossen, wir müssen die Strukturen der Partei und der Sicherheitsorgane für die Zukunft erhalten. Der große Bruder im Osten kränkelt zwar im Moment durch Versager wie diesen Gorbatschow und andere. Aber das wird sich wieder ändern. Aus verlässlichen Quellen weiß ich, dass bereits Führungskader bereitstehen, um zum richtigen Zeitpunkt das Ruder herumzureißen und die Sowjetunion in ihrer alten Größe und Macht wieder erstehen zu lassen. Dann müssen auch wir bereit sein, auf den bewährten Fundamenten neu aufzubauen. Der Sozialismus ist immer noch das höchste Ziel und die gerechteste Gesellschaftsordnung, für die es zu kämpfen lohnt. Der Tag wird kommen, an dem wir diese auch auf deutschem Boden wieder verwirklichen werden. Und dann werden alle verlässlichen Kräfte gebraucht, um die Schaltstellen zu besetzen und den Klassenfeind zu eliminieren. Genossen, auf euch warten große Aufgaben. Es lebe der Sozialismus".

„Es lebe der Sozialismus", schallte es von den anwesenden Genossen etwas gelangweilt zurück. Aber Herbert Dornmann hatte eben noch seine Träume. Und diese waren jedoch inzwischen zu mörderischen Träumen ausgereift.

Kapitel 19 Schreibtischfund

„Schade um das schöne Auto", meinte der Kundendienstberater der Autowerkstatt. Gleich nach der Rückkehr von Thüringen hatte Johannes seinen Golf angemeldet, um den Lack ausbessern zu lassen. Wer fährt schon gern mit einem Hakenkreuz auf der Motorhaube durch die Gegend. Die eingeritzten Kreuze an den Türen waren da schon angebrachter, aber auch keine Zierde.

Nach dem Unfall durch die aufgeschnittenen Bremsschläuche hatte er sich ein neues Auto leisten müssen. Und jetzt stand schon wieder fast eine Komplettlackierung an. Die Versicherung würde sich freuen. „Sie müssen Leute kennen, die sie gar nicht mögen", meinte der Berater vorsichtig. „Kennt die nicht jeder?", gab Johannes lapidar zurück. „Ganz sicher", meinte der Kundendienstberater, „aber meine Widersacher benehmen sich etwas zivilisierter. Von solchen Anschlägen bin ich bis jetzt, Gott sei Dank, verschont geblieben". Und nach einigem Nachdenken fügte er hinzu: „Diese Spinner, die meinen, nur ihre Weltanschauung sei die einzig richtige, sterben offensichtlich nie aus. Leider. Aber solange das nur in ihren Köpfen rumort, geht's ja noch und ist mir im Grunde auch egal. Aber wenn die anfangen, ihre Privatkriege zu führen, ist es bei mir mit der sogenannten Toleranz vorbei. Diese Leute müssten doch mit aller Härte des Gesetzes verfolgt und ihnen das Handwerk gelegt werden." Wie recht er doch hatte…

*

Johannes hatte sich zu einem Büro-Tag aufgerafft. Durch seine häufige Abwesenheit war vieles liegen geblieben. Und Verwaltung mit allem, was damit zusammenhing, war offen gestanden nicht so seine Stärke. Gerade hatte er sich in Protokolle und Schriftsätze vertieft, als es an der Haustüre klingelte. Seine Überraschung war nicht gespielt, als nach dem Öffnen Doro vor ihm stand – wieder einmal Doro!

„Heute komme ich nicht, um mein Kind bei dir abzuliefern", meinte sie lächelnd, um aber gleich sehr ernst und etwas geheimnisvoll hinzuzufügen: „Ich muss dich aber über etwas für dich und andere sehr Wichtiges informieren".

„Aber Zeit für eine Tasse Kaffee wirst du doch haben?" Dieses Angebot verneinte Doro nicht. Und während Johannes Kaffee kochte und Kekse dazu hervorkramte, brachten sie sich gegenseitig auf den aktuellen Stand der Ereignisse. Doro war ehrlich entsetzt über das Verschwinden von Ines. „Wenn ich dir irgendwie helfen kann bei der Suche oder sonst, dann sag's mir". Das war nicht mehr die alte Doro, die sich in erster Linie um sich selber drehte. „Ganz ehrlich, Ines war mir vom ersten Augenblick an sympathisch und ich hab sie in der kurzen Zeit, die uns zum Kennenlernen blieb, schätzen gelernt. Ich kann mir absolut nicht vorstellen, dass sie dich wegen einer Meinungsverschiedenheit einfach so im Stich gelassen hat. Ines nicht. Da muss etwas anderes vorgefallen sein".

Sie konnte nicht wissen, wie Recht sie hatte.

„Wenn ich nur irgendeinen, auch den kleinsten Anhaltspunkt hätte, wo sie stecken könnte. Von ihr zuhause oder ihren Eltern kann ich nichts erwarten. Die hassen mich, ohne mich überhaupt zu kennen. Einfach nur weil ich Pfarrer bin und aus dem Westen komme. Das passt nicht in ihr Weltbild. – Je länger ich darüber nachdenke, je mehr werde ich den Gedanken nicht los, dass Ines Hals über Kopf von zuhause geflohen ist. Nur - warum so plötzlich? Was ist vorgefallen, welchen gravierenden Anlass gab es? Wenn ich darauf eine Antwort hätte, kämen wir vielleicht weiter".

Mit „wir" meinte Johannes Karin und Markus, Renate und die wenigen, die eingeweiht waren und ihn nach Kräften zu unterstützten versuchten. Dass ausgerechnet Doro jetzt auch noch zu diesem Kreis gehörte, hätte er nie für möglich gehalten.

„Aber jetzt zu deinem Anliegen - was hat dich so plötzlich wieder einmal auf die Alb getrieben?" Doro schilderte kurz, dass sich das Verhältnis zwischen ihr und ihrer Mutter inzwischen grundlegend verändert hatte. Die Sehnsucht nach Tochter und Enkelin war stärker als die Angst vor dem herrischen Gatten. Sie trafen sich seit einiger Zeit immer wieder, allerdings nur heimlich. Als Ferdinand Scheuerer nun einige Tage angeblich „dienstlich" abwesend war, trotzdem er ja eigentlich längst zwangsweise außer Dienst gesetzt worden war, hatte sich Doro nach langer Zeit sogar wieder einmal nach Hause getraut. Und als die Mutter gerade zum Einkaufen unterwegs war, hatte sie den Schreibtisch ihres Vaters inspiziert. Aus Neugierde, aber auch dem instinktiven Gefühl, dass ihr Vater Geheimnisse hatte, von denen niemand, auch ihre Mutter, nichts wissen durfte.

Aus früheren Zeiten wusste sie, dass der Schreibtisch ein Geheimfach hatte, von dem nicht einmal ihre Mutter eine Ahnung hatte. Doro war einfach ein Stück neugieriger gewesen und Geheimnisse hatten sie schon immer gereizt. Ferdinand Scheurer hatte dort schon in früheren Zeiten Dinge verwahrt, über die Doro nur staunen konnte. Eindeutig zweideutige Literatur zum Beispiel aus der Schmuddel-Ecke. Niemals hätte dies an die Öffentlichkeit kommen dürfen. Sonst hätte sein wohlpolierter Ruf einige mächtige Schrammen abbekommen.

Instinktiv interessierte es Doro, ob und welche Geheimnisse er wohl jetzt dort verwahrte. Ihre Mutter hatte von einer heimlichen Geschäftigkeit ihres Mannes erzählt, die sie nicht deuten konnte und die ihr ein Stück weit fast unheimlich war. Was sie dann allerdings wirklich dort fand, versetzte Doro in Alarmbereitschaft. So schnell es ging, kopierte sie mit dem im Arbeitszimmer vorhandenen Bürokopierer einen Stapel von ungefähr dreißig Seiten an Unterlagen, deren Brisanz sie beim Überfliegen nur erahnen konnte.

Dieser Stapel von Kopien lag jetzt auf dem Tisch bei Johannes. Detaillierte Informationen über die Kirchliche Arbeitsgruppe, der Johannes angehörte, einschließlich

173

Dossiers über die dazugehörigen Personen. Abgefangene und kopierte vertrauliche Dokumente. Und als Gipfel des Ganzen: Einsatzpläne der Ex-Stasi-Gruppe Zwickau und Thüringen, mit allen Details.

Ferdinand M. Scheurer war nach seiner Zwangspensionierung offensichtlich ebenfalls des Öfteren nach Thüringen und Sachsen gereist. Nicht etwa der schönen Landschaft wegen oder in kirchlichem Auftrag, wie Johannes. Mit früheren Ost-Kollegen, mit denen zusammen er in „besseren" Zeiten intensive Stasi-Kontakte gepflegt hatte, musste er jetzt über „Schadensbegrenzung" beraten. Und wie man, wenn irgend möglich, diese kirchlichen Schnüffler und Rechthaber unterwandern, sabotieren oder ganz ausschalten könnte. Da die damaligen Verbindungen einiger Kirchenleute bis tief hinein auch in höhere Stasi-Kreise gegangen waren, trat man auch jetzt wieder mit diesen Leuten in Verbindung. Um von deren Erfahrungen in Sachen Vertuschung und Behinderung von Strafverfolgung zu profitieren.

Dort traf Scheurer eines Tages auch auf Leute aus der Zwickauer Gruppe, die noch in besonderer Weise aktiv war und über die besten „Verbindungen" verfügte. Ein Genosse Dornmann fragte ihn bei einem dieser Treffen ohne Umschweife, ob er eventuell einen Johannes Kanter kenne, einen Pfarrkollegen von Scheurer aus dem Westen.

Und ob er den kannte. Zu ihrem nahezu unglaublichen Erstaunen entdeckten Scheurer und Dornmann, dass sie mehr gemeinsame „Interessen" hatten, als sie je vermutet hätten. Scheurer hasste Johannes, weil der ihm, aus seiner Sicht, die Karriere verdorben und ihn damit letztlich aus dem Amt gefegt hatte. Natürlich auch wegen der Sache mit Doro. Die Gründe von Dornmann waren ja hinlänglich bekannt, zumindest dem engsten Kreis um ihn. So viel Abneigung schafft Brücken, auch über alle Ideologien und Weltanschauungen hinweg. Dornmann fasste zu Scheurer so etwas wie Vertrauen, soweit es diesen Begriff in seinem Denken überhaupt gab, und weihte ihn nach und nach in die wichtigsten Pläne der Stasi-Gruppe ein.

Scheuerer war auf einmal wieder wichtig. Und wichtig zu sein war für Ferdinand M.Scheurer ein absolutes Lebenselixier, für das er auch den letzten Rest seiner früheren Gesinnung und Grundsätze über Bord warf.

Die wichtigsten Unterlagen und Pläne besaß jeder der erweiterten Aktionsgruppe, wie Dornmann sie nannte, für den Ernstfall. Damit man ohne Zeitverzögerung zugreifen konnte und jeder seinen Platz und seine Aufgabe kannte. Eben auch die Personen, auf die es besonders ankam. Alles natürlich mit dem Vermerk „Streng geheim".

Und diese streng geheimen Papiere lagen jetzt auf dem Schreibtisch vor Johannes. Wie sollte man damit umgehen? Gleich damit zur Polizei, aber zu welcher und welche Abteilung und welches Referat war da zuständig?

Johannes hatte in dieser Beziehung keine allzu guten Erfahrungen. Als „Indianerspiele von Erwachsenen" hatte ein Beamter höhnisch die ersten Informationen von den Stasi-Aktivitäten auf der Alb abgetan. Die Sache war für diesen Mann einfach zu ungewöhnlich und damit unglaubwürdig, da er so etwas bis jetzt allerhöchstens vom Hören Sagen und nur aus dem Osten kannte. Und der war nach seiner Ansicht weit weg, zu weit, um sich hier damit zu befassen. Man hatte Wichtigeres zu tun.

Beim Beratschlagen mit Doro fiel Johannes wieder einmal Markus ein. Der hatte ihm bei irgendeiner Gelegenheit erzählt, dass vor der Wende und dem Zusammenbruch der DDR ihnen ähnliche Einsatzpapiere wie diese, damals noch von der ganz offiziellen Stasi, in die Hände gefallen waren. Er wusste vielleicht, wie man am besten damit umgehen und dagegen vorgehen konnte.

Schweigsam und angespannt las Markus die Schriftstücke durch. Seine erste Reaktion war nur Kopfschütteln. Diese „Betonköpfe", wie er sie abschätzig nannte, gingen einfach über das normale Vorstellungsvermögen hinaus. Wäre das Ganze nicht so ernst gewesen, man hätte sich an den Kopf greifen und über diese Idioten lachen müssen. Aber das wäre eine Verkennung der Wirklichkeit und damit grob fahrlässig gewesen.

Genauer und ganz besonders sah sich Markus einige Namen an, hinter denen ein (e) stand. Was hatte dies zu bedeuten? Nach längerem Grübeln und Überlegen war er auf einmal alarmiert. Nach seinen früheren Erfahrungen konnte das nur „eliminieren" oder „Exitus" bedeuten. Auf einmal erinnerte er sich auch wieder genau, dass er solche Vermerke auf anderen Listen der Stasi gefunden hatte, die ihnen in die Hände gefallen waren. Die betreffenden Leute waren damals spurlos verschwunden und ihr Schicksal konnte auch nach der Wende nur lückenhaft aufgeklärt werden.

„Jetzt mach mal halblang", meinten Doro und Johannes fast gleichzeitig. Das war ja dann doch etwas zu hoch gegriffen. Die Reststasi war zwar eine Verbrecherbande, aber Mord...? „Ihr habt ja keine Ahnung", gab Markus aufgeregt zurück. „Den Mächtigen der alten DDR galten Menschenleben praktisch nichts, vor allem wenn diese ihrem Machterhalt im Wege standen. Allein bei den Fluchtversuchen aus „dem gelobten Land" sind nicht nur, wie behauptet, etwas mehr als hundert, sondern vermutlich weit über eintausend Menschen ums Leben gekommen, teilweise abgeschossen wie Vieh von den Grenzpolizisten, die den uneingeschränkten Befehl dazu hatten. Wie viele in Gefängnissen und auf den Folterstühlen der Stasi gestorben sind, wird wahrscheinlich nie ganz ans Tageslicht kommen. Wie zynisch und menschenverachtend das Ganze war, zeigte sich doch auch noch an einem Einsatzbefehl in den allerletzten Wochen der DDR."

„Als die Züge von Prag mit den Leuten, die in die westdeutsche Botschaft geflohen waren, über DDR-Territorium fahren mussten, hatten einige Verzweifelte dort die fixe Idee, sich diesen Zügen in den Weg zu stellen. Um beim Stopp aufzuspringen und so auch mit in den Westen zu gelangen. Die Lokführer jedoch hatten die strikte Anweisung, Personengruppen bis zu fünf Personen auf den Gleisen einfach niederzuwalzen, ohne jede Verzögerung. Und dass die Stasi-Kommandeure am liebsten mit voller Ladung in die Menschmassen geschossen hätten, die riefen „Wir sind das Volk", war ja hinlänglich durch die Medien bekannt geworden."

„Und heute...?" „Aus einem Wolf wird kein Schaf, nur weil sich die Umstände verändert haben. Wenn Menschen einmal innerlich so verroht sind und dem ganzen nicht öffentlich und glaubhaft abgeschworen haben, traue ich denen noch alles zu. Und zu solchen Leuten gehört die alte Stasi-Garde."

„Heißt das, wir müssen den Kopf in den Sand stecken und abwarten, bis vielleicht irgendwo irgendetwas passiert?" es war nun Doro, die etwas ungeduldig und fast ärgerlich fragte. „Nein, genau das meine ich nicht. Aber wir müssen vorsichtig und planvoll vorgehen. Vor allem, dass diese Altstasi-Leute absolut nichts davon mitbekommen, dass wir ihre Pläne kennen. Für eine private Einsatztruppe, wie wir sie hier auf der Alb „erprobt" haben, ist das Ganze zwei Schuhnummern zu groß und viel zu gefährlich. Es sollte eine verlässliche höhere Stelle geben, die diese brisante Sache nicht als Spinnerei von ein paar Durchgeknallten abtut. Und die dann wiederum auch über erfahrene und zuverlässige Kräfte verfügen kann, die so einer Sache gewachsen sind".

Weit über eine Stunde wogen sie die verschiedensten Möglichkeiten ab und verwarfen sie immer wieder.

Dass etwas geschehen musste, war allen klar. Es war als Glücksfall zu bezeichnen, dass ihnen durch Doro die Einsatzpläne noch rechtzeitig in die Hände gefallen waren. Aber wie richtig reagieren – das war die alles entscheidende Frage. „Das Ziel muss sein, die Gruppe so zu zerschlagen, dass denen für die nächsten Jahre die Lust an weiteren Aktionen gründlich vergeht und ihnen auch die Möglichkeiten dazu genommen werden. Indem zum Beispiel die Hauptverantwortlichen samt und sonders hinter Schloss und Riegel kommen."

„Wichtig wäre dabei auch, dass die sogenannten Mitläufer endlich begreifen würden, dass die alte DDR für alle Zeiten

177

der Vergangenheit angehört und Geschichte ist, wenn auch eine äußerst unrühmliche Geschichte. Ziel müsste vor allem sein, dass nicht noch mehr Menschen gefährdet und durch diese Verrückten und ewig Gestrigen in Angst und Schrecken versetzt werden können". Die Ziele der Gegenaktion hatte Markus somit klar umrissen. Nur, wann und wo und mit welchen Mitteln sie eingeleitet werden sollte, wusste auch er nicht.

„Renate" platzte Johannes plötzlich in die nachdenkliche Stille hinein. Die beiden anderen sahen ihn erstaunt und etwas irritiert an. Markus begriff als erster. Johannes hatte Karin und ihm des Öfteren von dieser mutigen Frau aus Zwickau erzählt. Aber was hatte Renate mit ihrem Problem hier zu tun? Eine einzelne alte Frau konnte man doch nicht in einen Kreuzzug gegen die Stasi schicken?

„Renate hat mir bei einem unseren letzten Gesprächen erzählt, warum sie keine Angst vor Dornmann und der alten und neuen Stasi hat, trotzdem sie an einigen Stellen schon sehr offen und mutig gegen diese Leute aufgetreten ist. Sie kennt da jemand an ganz hoher Stelle, sogar im Innenministerium, der über verschiedene Kanäle seine Hand über sie hält. Vielleicht könnte sie…"

„Rufe umgehend an und frage sie nach ihrer Meinung. Nenne aber nicht zu viele Details, die können wir dann andersmal vor Ort abklären". Die Angst, abgehört zu werden, steckte immer noch in Markus. „Grüße sie von Onkel Otto, dann weiß sie, dass die Sache hochbrisant ist. Das war einer der Geheimcodes in der alten DDR, mit dem wir unsere ungeladenen Mithörer an der Nase herumgeführt haben".

Renate freute sich, wieder von Johannes zu hören. „In Zwickau gibt's leider nichts Neues. Aber sollte sich irgendwo irgendetwas tun, dann erfährst du es umgehend. Meine alten und zuverlässigen Freunde sind auf der Hut, denen entgeht so schnell nichts".

„Es ist ein anderer Grund, warum ich dich heute anrufe. Im Übrigen soll ich dich auch von Onkel Otto grüßen". Längeres Schweigen am anderen Ende der Leitung. Dann Renate: „Ich habe begriffen. Wir können offen miteinander reden. Ich glaube, dass ich alte Frau für gewisse Leute nicht mehr so interessant bin, dass sie sich die Mühe machen, mich abzuhören". Trotzdem umriss Johannes die Sache nur sehr allgemein. Er teilte Renate gerade so viel mit, dass sie wusste, um was es ging. „Hinter einigen Namen auf ihren Listen steht ein eingeklammertes „e" fügte Johannes beiläufig hinzu. „Dann ist Alarmstufe dunkelrot", sagte Renate jetzt aufgeregt und bestätigte damit die Vermutung von Markus. Da geht's um Menschenleben. Ich werde umgehend meine Ex-Flamme und über ihn seinen Sohn im Innenministerium informieren. Ihr bekommt von mir so schnell wie möglich wieder Bescheid.

Es dauerte tatsächlich keine halbe Stunde, da kam der Rückruf aus Zwickau. „Meine Kontaktstelle im Ministerium ist hellwach. Wenn an der ganzen Sache nur annähernd so viel dran ist, wie ihr in der Kürze geschildert habt, ist das ein Fall für die allerhöchsten Stellen. Aber sie brauchen das Material, und das möglichst umgehend. Auf keinen Fall per Post, Fax oder so. Könnte von euch sich jemand auf den Weg nach Bonn machen? Ich gebe euch die genaue Adresse und die Namen, die zuverlässig und in der Sache kompetent sind".

„Nach Bonn. Das ist wirklich der allernächste Weg", meinte Johannes nachdenklich. Und dann energischer: „Wie soll ich das schaffen? Im Moment ist es so gut wie unmöglich, noch irgendwo einen Tag freizuschaufeln". Auch Markus zuckte bedauernd die Schultern. Sein Betrieb und die Kirchensanierung bescherten ihm zurzeit des Öfteren einen Zwölfstundentag.

„Ich könnte das übernehmen, wenn ihr mir das zutraut und ihr nichts dagegen habt", warf Doro so locker ein, wie wenn es sich um Brötchenholen beim Bäcker um die Ecke handeln würde. Johannes sah sie darum etwas entgeistert und skeptisch an.

„Traust du sowas deiner Ex wirklich nicht mehr zu?", fragte sie lachend. „Zutrauen schon. Aber hast du die Zeit, um möglichst umgehend nach Bonn zu fahren?" - „Deshalb kann ich ja auch nur hier sein. Ich habe einige Tage frei, wegen Nachtdienst und so. Die Kleine ist versorgt bei einer Freundin. Noch Fragen?"

Nachdem er sich von der Überraschung etwas erholt hatte, spann Johannes den Faden gleich weiter. „Renate sollte auch eine Kopie bekommen. Zur Sicherheit. Und sie will noch andere Drähte heiß laufen lassen, muss darum aber auch genau wissen, um was es geht". „Dann fahre ich eben anschließend über Zwickau. Deutschland – Rundreise stand schon lange auf meiner Wunschliste. Und diese Renate möchte ich brennend gerne persönlich kennen lernen".

Nach kurzem Hin und Her machte sie Nägel mit Köpfen. „Ich muss bei mir zuhause noch schnell das Notwendigste zusammenpacken. Aber dann starte ich umgehend nach Bonn. Bei Freunden in der Nähe von Bonn kann ich ganz sicher nächtigen. Und morgen geht's weiter nach Zwickau". Die abenteuerlustige Doro, die nichts anbrennen ließ. „In dieser Beziehung doch noch ganz die Alte", dachte Johannes amüsiert.

Das Innenministerium in Bonn zu finden war gar nicht so einfach. Zweimal wurde sie an die falsche Stelle geschickt. Auch im „Bundesdorf", wie manche spöttisch-liebevoll die Hauptstadt nannten, hatten nicht allzu Viele den Überblick. Als sie schließlich an der richtigen Adresse war, nannte sie nur kurz ihr Anliegen und die zwei Namen, die sie von Renate hatte. Mit ihr hatte sie noch telefoniert, um sich rück zu versichern und um sich auch bei ihr anzumelden. Sofort wurde sie vorgelassen. Man war ganz offensichtlich bereits informiert.

Einer der Herren mit dem von Renate vertraulich genannten Namen nahm sie freundlich in Empfang. Stirnrunzelnd überflog er die Papiere, die Doro ihm gereicht hatte. Manche Passagen las er gründlicher und sogar mehrfach durch und

180

schüttelte immer wieder nachdenklich den Kopf. Nebenher machte er sich Notizen, von denen Doro nur die dicken Ausrufezeichen erkennen konnte, die er des Öfteren setzte. Nach längerer Zeit des aufmerksamen „Aktenstudiums" war sein einziger, aber alles andere als unbeteiligter Kommentar: „Dies alles ist mehr als brisant! Ich kann ihnen dazu im Moment nur so viel sagen: Wir müssen umgehend in Aktion treten und dürfen absolut keine Zeit verlieren. Mehr kann und darf ich leider nicht verraten".

Am nächsten Morgen war Doro auf dem Weg nach Zwickau. Die Freunde aus der Studentenzeit, bei denen sie übernachtet hatte, hatten sich gefreut und nicht sonderlich gewundert über den überraschenden Übernachtungsgast. Doro war für ihre Spontanität bekannt.

Die Autobahn im Raum Bonn-Koblenz-Frankfurt war wieder einmal sehr stark befahren. Mit ihrem roten Polo kam Doro nur schleppend voran. Irgendwann lief dann gar nichts mehr. Stau, Stillstand. Die Ursache dafür präsentierte sich ihr nach einer halben Stunde Fahrt im Schritttempo: Eine kilometerlange Baustelle und weit und breit kein Mensch dort zusehen. Man hatte diese offensichtlich wieder einmal vorbeugend eingerichtet, um vielleicht in einigen Tagen oder noch später mit den Bauarbeiten zu beginnen. Und um die Leute zu schikanieren, wie Doro ärgerlich dachte und mit ihr wahrscheinlich noch viele „Leidensgenossen" in der Autoschlange.

Wie hatte sich doch erst vor Kurzem ein Länder-Innenminister geäußert: „Wenn jeder dieser Schreibtischtäter, die diese Art von Baustellen austüfteln, täglich eine Stunde in dem Stau ausharren müsste, den er mit verursacht hat, würden sich die Baustellen umgehend halbieren". Wie Recht er doch hatte. Nur die Tatsache, dass sich diese Erkenntnis bei den zuständigen Leuten bei weitem noch nicht durchgesetzt hatte und vielleicht nie durchsetzen würde, erlebte Doro gerade wieder einmal. - In Richtung Osten wurde der Verkehr dann ruhiger und die Autobahn dafür schlechter. Man hatte zwar nach der Wende schon viel ausgebessert und provisorisch verbreitert, aber lange würde die zu DDR-Zeiten kaum befahrene Autobahn nicht mehr den neuen Anforderungen genügen.

Ein mulmiges Gefühl beschlich Doro sie, als sie kurz vor Eisenach über die einstige Grenze fuhr. Einige wenige Wachtürme und der ehemalige Todesstreifen waren noch deutlich sichtbar. - Mit welcher Arroganz und Menschenverachtung mussten doch Leute ausgestattet sein, um ihre Mitmenschen derart brutal einzusperren, wie eben in dieser ehemaligen DDR. Um dann später auch noch frech und schamlos zu behaupten, die DDR sei in Wirklichkeit ein Rechtsstaat gewesen und habe im Grunde nichts anderes als das Wohl der Bevölkerung im Blick gehabt. Und habe im Grunde eh das bessere und gerechtere System als Ziel verfolgt. Wie jüngst ein gewisser Prominentenanwalt mit der runden Nickel-Brille als Markenzeichen, der eine nicht ganz durchsichtige Rolle in dieser DDR gespielt hatte und jetzt schon wieder ganz oben auf war.

Diese und andere Gedanken gingen Doro durch den Kopf, als sie weiter Richtung Eisenach fuhr. Zu gerne hätte sie dort einen Stopp eingelegt, um die Stadt, das Geburtshaus von Johann Sebastian Bach und andere interessante Stellen aufzusuchen. „Ein andermal", sagte sie sich selbst. Sie hatte jetzt wichtigere Aufgaben zu erfüllen. Und sehnte ein Stück weit auch den Zeitpunkt herbei, an dem sie die „heißen" Papiere endlich wieder los bekommen konnte.

Renate und Doro verstanden sich auf Anhieb. Da hatten sich zwei verwandte Seelen gefunden. Schon nach kurzer Zeit sprachen sie miteinander, als ob sie sich schon Jahre kennen würden. Doro klärte Renate auch ohne jeden Vorbehalt über ihr Verhältnis zu Johannes auf. „Ich war damals einfach noch zu jung und unreif. Ich mag ihn zwar nach wie vor, aber auf die Dauer wäre das nichts mit uns gewesen. Ich würde viel zu viel Unruhe und Unordnung in das Leben von Johannes bringen. Wir sind eben zu verschieden, und dass Gegensätze sich anziehen, stimmt nur bedingt". - Nach einer Weile fügte sie noch nachdenklich hinzu: „Ich würde ihn heute noch nicht

Jeder gönnen, aber der Ines allemal. Die beiden passen doch zusammen, das habe ich auf Anhieb gespürt. Und ich habe mich so für ihn gefreut – ehrlich!. Und jetzt das…". Wobei sie beim Thema waren, das sie ja eigentlich zusammengeführt hatte.

Als sie über Ines und die bis heute völlig erfolglose Suche nach ihr sprachen, kam Doro plötzlich eine Idee. „Kannst du mir die Adresse von dem Hotel geben, in dem Ines zuletzt gearbeitet hat?" „Kein Problem, aber dort wirst du Probleme bekommen. Johannes hat dort auch schon nachgefragt, aber die mauern. Irgendetwas stimmt da nicht, und keiner weiß angeblich, was".

„Ich werde mich als Freundin von Ines ausgeben und ganz naiv nachfragen. Vielleicht bekomme ich doch irgendeinen brauchbaren Hinweis".

Noch am Nachmittag fuhr Doro zum Zwickauer Hof. Sicheres und forsches Auftreten lag ihr und auf den Mund war sie auch nicht gefallen. All diese Eigenschaften brauchte sie jetzt auch dringend. Denn es war so, wie Renate gesagt hatte: Als sie ihr Anliegen vorbrachte, war von der Freundlichkeit der Dame am Empfang nicht mehr allzu viel zu spüren. Und als Doro dann trotz allem hartnäckig blieb und auch nach der überdeutlichen Abfuhr nicht klein beigab, wusste die Empfangsdame sich nicht mehr anders zu helfen, als den inzwischen ausgewechselten Geschäftsführer herbeizuholen. Der versuchte Doro mit der Behauptung abzuwimmeln, dass über die privaten Angelegenheiten des Personals keine Auskunft möglich sei. Es sagte dies nicht mehr in dem vornehm gedämpften Ton, der sonst im Foyer vorherrschte, sondern laut, deutlich und mit allem Nachdruck.

Durch die ungewohnt scharfe Tonlage und Lautstärke wurde ein Zimmermädchen auf die Unterhaltung aufmerksam, das in einiger Entfernung vom Empfang staubsaugte und mit anderen Reinigungsaufgaben beschäftigt war. Im Hinausgehen flüstere sie Doro unauffällig zu: „Haben sie in ungefähr einer Stunde Zeit auf eine Tasse Kaffee, gleich hier um die Ecke?"

Wirklich, nach etwas mehr als einer Stunde kam Birgit, wie sie sich vorstellte. „Ich habe Ines als Arbeitskollegin sehr gemocht", begann sie ohne Umschweife. „Und deshalb habe ich auch all die Märchen nicht geglaubt, die von der Geschäftsleitung in Umlauf gesetzt wurden. Von wegen fristlose Kündigung und Techtelmechtel mit Gästen und sonstige Ungereimtheiten. Das hätte nicht zu Ines gepasst. Merkwürdig war ja auch, dass zwei Tage nach ihr der damalige stellvertretende Geschäftsführer plötzlich und spurlos verschwand. Dem hat zwar garantiert niemand nachgeweint! Er war ein herrischer, schmieriger Typ, der immer hinter den Frauen her war. Auch mich hat er mehrmals betatscht und angemacht. Und deshalb glaube ich auch, was hinter der Hand gemunkelt wird: Er habe sich an Ines herangemacht oder sie sogar vergewaltigt.

Aber Polizei habe ich nie hier gesehen. Und wie gesagt: Dieser Mann ist nach zwei Tagen auch spurlos verschwunden. Man hat nie mehr etwas von ihm gesehen und gehört. Fast unheimlich. Um diesen Geschäftsführer ist es mir jedoch absolut nicht leid. Aber hoffentlich ist Ines nichts Schlimmes passiert. Hoffentlich ist sie noch..".

„Noch am Leben" ergänzte Doro, denn Brigit hatte zuletzt mit fast erstickter Stimme gesprochen und Tränen standen in ihren Augen. „Wenn du noch irgendetwas Genaueres herausbekommst, und sei es nur eine Kleinigkeit, lass es mich wissen". Doro gab ihr ihre Adresse mit Telefonnummer. Und notierte zugleich die Daten von Birgit, die sie ihr ohne Zögern anvertraute. „Wenn wir eine heiße Spur haben und hoffentlich mehr wissen, hörst du ebenfalls von mir".

Renate war empört und doch nicht sonderlich erstaunt, als Doro ihr die Ergebnisse ihrer Erkundigungen mitteilte. „Die Stasi und die feinen Genossen der Partei haben nach der Wende wieder sehr flott ihre Leute in die guten Positionen gebracht, nicht selten mit Mitteln und Methoden, die alles

184

andere als sauber waren. Sicher, man brauchte diese Leute, die sich in Leitungspositionen auskannten. Wer jedoch zu DDR-Zeiten nicht bei Partei und Stasi mitmachte, konnte im Regelfall auch nicht in höhere Positionen aufsteigen. Darum kannst du getrost davon ausgehen, dass jeder aus dem Osten, der nach der Wende relativ schnell wieder in einer Leitungsfunktion war, irgendwo „Dreck am Stecken" hat. Die berühmten „Wendehälse" eben. So schnell, wie manche Leute ihre dreckige Unterwäsche, oder vornehmer ausgedrückt, Gesinnung gewechselt haben, so schnell konnte man oft gar nicht denken. Da wurden aus tiefroten, linientreuen Parteisekretären, die Menschen gegängelt, bespitzelt und das Leben zur Hölle gemacht haben, über Nacht ehrenwerte Demokraten, oft schon mit einem leicht braunen Anstrich. Die natürlich schon immer dagegen waren und sich damit umgehend den neuen Herren andienten.

Diese „neuen Herren" sind und waren jedoch, mit wenigen Ausnahmen, auch nicht immer die Feinsten. Viele zweifelhafte Karrieristen, die im Westen längst abgeschrieben waren, haben hier noch einmal ihr Glück versucht. So sieht's leider aus mit unserem „Führungspersonal". In weiten Bereichen zumindest".

„Und Einer aus diesem ‚Führungspersonal' hat also Ines auf dem Gewissen", fügte Doro hinzu. „Aber der scheint ja nicht mehr greifbar zu sein. Gibt es so etwas wirklich, dass jemand von heute auf morgen spurlos verschwindet, sich fast in Nichts auflöst?"

„Kind, das war in der DDR doch an der Tagesordnung. Manche verschwanden bei Nacht und Nebel im Knast, andere auch so spurlos, dass man nie eine Leiche oder sonst etwas gefunden hat. Und die Kripo bei uns wusste genau, wo sie suchen durfte und wo lieber nicht. - Aber nun zu Ines. Sie konnte sehr empfindsam und feinfühlig sein. Und ich könnte mir gut vorstellen, dass sie nach dem Schrecklichen, was sie da offensichtlich erlebt hat, durchgedreht ist. Entschuldige, wenn ich das so krass ausdrücke, aber wir müssen Klartext reden. Inwieweit der alte Dornmann dabei seine Finger im

Spiel gehabt hat, kann ich nur vermuten. Im günstigsten Fall ist sie irgendwo untergetaucht, einfach um aus dem Einflussbereich von Dornmann und seinen zwielichtigen Genossen weg zu kommen. Über die Gründe, warum sie keinerlei Kontakt mehr zu Johannes aufgenommen hat, kann ich nur spekulieren. Vielleicht waren da auch wieder Stasi-Methoden im Spiel. Fälschungen, Desinformation und Lügengeschichten – solche Dinge waren ja schon immer deren Spezialität."

„Und du hast keine Vermutung, wohin sie untergetaucht sein könnte, falls dies wirklich so ist?" hakte Doro nochmals nach. „Nein, so leid es mir tut, ich habe keine Ahnung. - Aber Moment mal: Ich könnte nochmals mit meiner Nichte Marion reden. Die hat in irgendeinem Zusammenhang einmal von einer Freundin in Rostock – oder war es Stralsund? – gesprochen. Aber ich fürchte, Genaues weiß die auch nicht."

„Auch die kleinste Spur ist besser als gar keine", antwortete Doro trocken. „Gib mir bitte Bescheid, wenn du irgendetwas raus bekommst. Um Ines und ehrlich gesagt, auch Johannes willen brennt mir die Sache unter den Nägeln. Und außerdem, um ehrlich zu sein, hat das Ganze auch meine Neugier und meinen „Jagdinstinkt" geweckt", meinte sie lächelnd.

„Diesen Eindruck habe ich auch", antwortete Renate lächelnd. Doro blieb noch bis zum nächsten Morgen und verabschiedete sich herzlich, um wieder gen Süden zu fahren.

Kapitel 20   Die Schlinge zieht sich zu

Der Schreibtischfund löste geheime, aber sehr rege Aktivitäten aus. Johannes informierte als weiteren Mitwisser Martin Georgi, der als Kopf der kirchlichen Aufklärungsgruppe fungierte. Ihm gingen auch, bereits über die entsprechenden Stellen des Innenministeriums, ein Teil der Unterlagen beziehungsweise Einsatzpläne der Stasileute zu. Zusammen mit weiteren Anweisungen.

Auf Anordnung von oben musste nun die kirchliche Aufklärungsgruppe für die weiteren zwei Treffen den Tagungsort wechseln. Aus Sicherheitsgründen wurde der aktuelle Tagungsort den Teilnehmern immer erst kurz vor dem Termin mitgeteilt. Dieses Verwirrspiel brachte dann auch kurzzeitig die Pläne der Stasi-Leute durcheinander und machte sie sogar ein Stück weit misstrauisch. Man dachte schon über einen Plan B nach, der vermutlich umso brutaler und flächendeckender ausgefallen wäre. Entwarnung gab es jedoch, als der Informant aus Thüringen mitteilte, dass die kommende Tagung wieder in der bekannten Evangelischen Tagungsstätte stattfinden sollte. Alles wie gehabt.

Die Herrschaften von der kirchlichen Arbeitsgruppe wiegten sich offenbar nach ihrem kurzen Verwirrspiel und anderen dilettantischen Vorkehrungen wieder in Sicherheit, denn Tagungsort und Zeitpunkt wurde wie eh und je über die bekannten Kanäle abgesprochen, die für die Spezialisten der Stasi-Gruppe keine Schwierigkeit darstellten. Es wurde fleißig ab- und mitgehört. Dass sich darunter auch bewusste Fehlinformationen des Verfassungsschutzes befanden, bekam die Truppe „leider" nicht mit.

Man traf sich also wieder in Neudietendorf in Thüringen. Alle Teilnehmer der Arbeitsgruppe sollten diesmal mit dem Auto anreisen, warum auch immer. Nach den letzten Kratz-Attacken hätte man das Auto lieber zuhause gelassen. Aber die Verantwortlichen würden schon wissen, was sie da anordneten.

Die Stimmung war fast heiter und gelassen, als man sich traf, trotzdem jeder inzwischen wusste, dass dies kein Treffen wie all die anderen sein konnte.

*

Die Truppe der ehemaligen Stasi-Leute hatte einen Mitarbeiter der Tagungsstätte gewinnen können. Ein einstiger „verdienter Genosse", der mit falscher Legende und teilweise gefälschten Papieren Unterschlupf als Mitarbeiter der Tagungsstätte gefunden hatte. Solche Leute, die es zur Genüge gab, waren erpressbar und relativ schnell gefügig zu machen. Der Mitarbeiter hatte die Stasi-Truppe darum auch willig mit allen Informationen versorgt, an die er kommen konnte. Seine jetzige Aufgabe war, zu einem Zeitpunkt, den er erst kurz vorher per Handy erfahren sollte, die Teilnehmer der Aufklärungsgruppe möglichst vollzählig nach draußen oder zumindest ins Foyer zu locken. Dort sollte dann der „Zugriff" erfolgen.

Geplant war, zumindest einen Teil der überschaubaren Schar kurzzeitig zu entführen und ihnen eine derartige „Abreibung" zu verpassen, dass ihnen die Lust an weiteren Aktivitäten gründlich verging. Mit einigen wenigen anderen, unter ihnen Johannes Kanter, wollte man gründlicher verfahren. Es waren alle diejenigen mit dem (e) hinter deren Namen.

*

In Neudietendorf war es inzwischen dunkel geworden und es herrschte gespenstische Ruhe. Meist waren eh nicht viele Leute um diese Zeit unterwegs, besonders nicht bei dem herbstlich feuchten Wetter. Aufmerksame Bewohner hatten sich zwar ein wenig über Leute gewundert, die so bewusst unauffällig gekleidet waren, dass sie schon wieder auffielen. Und die mehrmals sehr aufmerksam durch die Straßen gingen, ohne jedoch vor einer der Sehenswürdigkeiten stehen zu bleiben, die sonst von Touristen bestaunt wurden.

Aber durch die Akademie gab es häufig Fremde am Ort, und deshalb nahm man kaum oder selten Notiz von ihnen.

*

Die Arbeitsgruppe saß noch bei ihrer vorgegebenen Arbeit, aber in Wirklichkeit konnte sich keiner mehr so richtig konzentrieren. Vor einer halben Stunde hatte man von verantwortlicher Stelle und geheimen Kanäle das Stichwort „Hesekiel" bekommen, für Außenstehende harmlos und zum kirchlichen Umfeld passend. Für die Arbeitsgruppe war es das abgesprochene Alarmsignal.

Kurz nach einundzwanzig Uhr klopfte es an der Türe des Sitzungszimmers. Ein Angestellter teilte höflich, aber ein wenig beunruhigt mit, draußen vor dem Haus seien etwas merkwürdige Umtriebe. Ob man nicht nach den Autos schauen wolle nach den jüngsten Vorkommnissen...

Die Teilnehmer taten zuerst einmal so, als ob ihnen die Störung sehr unwillkommen sei. Dann erhoben sie sich, ohne Hast, einer nach dem anderen, um in das Foyer zu gehen. Zur Freude der in der nächtlichen Dunkelheit in Angriffsbereitschaft lauernden Stasi-Leute und ihren Helfern kamen sie sogar vor das Haus ins Freie.

Merkwürdigerweise blieben sie aber als Gruppe auffällig dicht beieinander und liefen nicht einzeln zu ihren Autos, wie man das eigentlich erwartet und erhofft hatte. Aber zum Überlegen, was dies vielleicht zu bedeuten habe, blieb jetzt keine Zeit mehr.

Alles ging nun blitzschnell. Johannes spürte einen Schlag im Rücken und ging in die Knie. Aber nur für kurze Zeit. Als er sich wieder hochraffte, sah er Herbert Dornmann in voller Gestalt, den man trotz rußgeschwärztem Gesicht ohne weiteres erkennen konnte. An seinem massigen Körperbau und den grauen Haaren.

Dornmann hatte es sich nicht nehmen lassen, sich bei dem Überfall vor allem auf Johannes Kanter zu konzentrieren. Schließlich hatte er mit dem noch Einiges vor.

Als Johannes wieder auf den Beinen stand, sah er Dornmann jedoch fest im Griff eines Polizisten einer Spezial-Einheit. Die Leute dieser Einheit waren über jeden Schritt der Stasi-Gruppe bestens informiert. Bereits vor einigen Stunden, aber vor allem im Schutz der Dunkelheit, hatten sie unauffällig einen Ring um das Tagungsgebäude und den ganzen Ort gezogen. Als die Stasi-Gruppe nun losschlagen wollte, saß sie in der Falle. Und nicht nur sie.

In einem Dorf, ca. zwölf Kilometer von Neudietendorf entfernt, hatte die Gruppe im Gehöft eines ehemaligen LPG-Verwalters und Stasimitarbeiters ihr Hauptquartier aufgeschlagen. Dort wartete Verstärkung, um, wenn Not an Mann war, mit einzugreifen. Aber vor allem um den schnellen Rückzug zu organisieren. Bei diesen Genossen saß auch Ferdinand M.Scheurer, inzwischen doch etwas nervös wegen der ungewohnten Umgebung. Seine Aufgabe war nicht etwa der geistliche Beistand. Als inzwischen zuverlässig eingestufter westdeutscher Genosse sollte er diese Art des Zugriffs kennenlernen, um später eventuell selbst bei solchen Aktionen mitwirken zu können. Die Chancen, dass daraus je einmal noch etwas werden könnte, sanken jedoch im Minuten-Takt.

Auch auf dem Bauernhof wurde nämlich durch die Spezialeinheit gründlich aufgeräumt. Gleichzeitig mit dem Zugriff bei der Tagungsstätte. Immerhin achtundzwanzig Mann und eine Frau hatte die Stasi rekrutiert, um diese Aktion durchzuziehen. Darunter einige steckbrieflich gesuchte Leute, wie inzwischen auch Herbert Dornmann.

Die Anklagepunkte, die der späteren Verhaftung zugrunde lagen, waren schnell verlesen: Mord in mehreren Fällen, versuchter Mord, Totschlag in Tateinheit mit gefährlicher Körperverletzung, Landfriedensbruch und, und.... Die Handschellen klickten und damit ging wieder einmal ein Stück unrühmlicher Stasi-Nachwendegeschichte zu Ende, zumindest vorläufig.

„Die Reihe der bereits nachgewiesenen Vergehen reicht für viele, viele Jahre Rehabilitation auf Staatskosten mit gesiebter Luft", meinte zynisch der herbeigeeilte Staatsanwalt, der sich diesen Coup nicht hatte entgehen lassen wollen. „Ich hoffe, die ganze Bande sehen wir nie wieder". Mit einer Bewährungsstrafe für weniger Belastete und Mitläufer, wie Ferdinand Scheurer, war ebenfalls nicht mehr zu rechnen. Die Anklagepunkte auch gegen diese Leute wogen zu schwer. Und zu eindeutig und häufig hatten die meisten von ihnen gegen früher ausgesprochene Bewährungsauflagen verstoßen.

Kapitel 21 Man sieht sich wieder

Auf dem Rückweg von Thüringen musste Johannes unbedingt in Zwickau noch bei Renate vorbei. Sie hatte es verdient, als eine der ersten einen ausführlichen Bericht vom Untergang des Kerns der Zwickauer Stasi-Gruppe zu bekommen. Renate hatte zwar vor diesen Leuten keine allzu große Angst mehr, jedoch war sie sichtlich erleichtert, dass dieser Herbert Dornmann und seine Getreuen nun endgültig hinter Schloss und Riegel waren. „Viele, die Dornmann gequält hat, werden aufatmen. Und wieder daran glauben können, dass es vielleicht doch noch ein wenig Gerechtigkeit gibt".

Für die „logistische" Unterstützung, und nicht nur dafür, dankte Johannes ihr von ganzem Herzen. Der „Bekannte" aus dem Innenministerium hatte Wort gehalten und die ganze Aktion sehr umsichtig und wirkungsvoll organisiert. Vor allem auch, ohne dass irgendetwas zu den falschen Leuten durchgesickert war.

„Wir hören wieder voneinander, auf jeden Fall!" Renate war sich sicher, dass das bei Johannes keine leeren Worte waren, als er sich mit seinem Golf wieder auf den Weg in Richtung Süden machte.

*

Was Johannes in Thüringen erlebt hatte, war für ihn selbst immer noch ein Stück weit unfassbar. Vor einigen Wochen hätte er das Ganze noch als einen schlechten Polit-Krimi abgetan, unwirklich und weit weg von jeglicher Realität. Und nun war er mitten drin gewesen – als einer der Hauptdarsteller sozusagen. Was das Ganze für die Zukunft zu bedeuten hatte, war ihm noch nicht klar. Im Moment war er nur dankbar, dass die Sache so und nicht anders abgelaufen war. Nicht auszudenken, wie der Anschlag ohne die Entdeckung der brisanten Unterlagen durch Doro und den Einsatz der Sonder-Einheit der Polizei gelaufen wäre…

*

Trotz dieser Erlebnisse und der Aufregung der letzten Tage - die Zeit stand nicht still und die Arbeit in der Kirchengemeinde und in anderen Bereichen waren eine immer wieder neue Herausforderung. Gut taten dazwischen die fast schon regelmäßigen Stunden der Entspannung bei Karin und Markus, wenn sie abends beim Bier oder einem Glas Wein zusammensaßen und diskutierten oder einander erzählten.

Die Beiden waren mehr als erleichtert, dass auch dieses „Stasi-Abenteuer" letztendlich gut ausgegangen war. Soweit es wegen der Geheimhaltung möglich und auch erlaubt war, hatte Johannes Karin und Markus in die Aktion eingeweiht. Und die beiden hatten in der Ferne vermutlich mehr gezittert als er. Denn von ihrer Vergangenheit her und auch durch die zurückliegenden Ereignisse hier im Dorf war ihnen der Ernst der Lage aufs Neue voll bewusst gewesen.

*

„Wer viel arbeitet, sollte auch mal dazwischen feiern". Diesen alten Grundsatz, der noch aus seinem Studentenleben herrührte, kramte Johannes eines Abends in seinen Gedanken hervor, als er wieder einmal bei Karin und Markus saß. Die beiden hatten schon so viel für ihn getan, jetzt wollte er sich einmal wenigstens ein bisschen bei ihnen revanchieren.

„Johannes, das ist zu viel, das können wir nicht annehmen", wehrte Karin ab. Aber Johannes ließ sich von seiner Idee nicht abbringen. In drei Wochen hatte er ein freies Wochenende. Da wollte er einen VW-Bus anmieten, in den er die ganze Familie samt sich selbst reinpacken konnte. „Mit zwei Autos zu fahren ist langweilig, da haben wir ja gar nichts voneinander". Und zudem pfiff der kleine Ford der Familie Kalm im wahrsten Sinn des Wortes aus dem letzten Loch. Aber einen anderen konnten sie sich eben im Moment nicht leisten.

Johannes hatte für diesen Ausflug schon recht konkrete Pläne, die er aber nur andeutungsweise verriet. Er wollte Karin, Markus und den Kindern endlich einmal einige der

193

Schönheiten seiner und jetzt auch hoffentlich ihrer neuen Heimat zeigen. Denn vor lauter Arbeit und Sparen waren die Kalms noch nicht allzu weit herumgekommen, seit sie aus dem Erzgebirge hier her nach Baden-Württemberg gezogen waren.

Nach deutlich halbherziger Abwehr wurde relativ schnell klar, wie sehr sie sich alle auf diesen Ausflug freuten.

In aller Frühe eines Samstagmorgens fuhren sie los. Über die Autobahn an den Ausläufern des Südschwarzwalds vorbei Richtung Schaffhausen. Der Rheinfall war vor allem für die Kinder überwältigend. An den tosenden Wassermassen, die sich mit ungeheurer Wucht von dem oberen in das tiefer liegende Flussbett stürzten, konnten sie sich kaum satt sehen. Karin hatte das mittelalterliche Städtchen Stein am Rhein ins Herz geschlossen. Beim Bummel durch die Einkaufsstraße mit ihren gepflegten und bunt bemalten Häusern fühlte sie sich in eine andere Zeit versetzt. Und das vielfältige Warenangebot der Geschäfte lud natürlich dazu ein, das Eine oder Andere zu erstehen. Aber dieser Versuchung waren enge Grenzen gesetzt, besonders auch im Hinblick auf den Wechselkurs der D-Mark zum Schweizer Franken.

Entlang des Rheins kamen sie zum Bodensee. Als sie auf einer Bank am Ufer einen kleinen Imbiss, den Karin liebevoll für sie zusammengepackt hatte, einnahmen und dabei die Sicht auf den See genossen, meinte Markus nachdenklich: „Wenn mir vor zehn Jahren jemand gesagt hätte, dass ich irgendwann hier an dieser Stelle in aller Ruhe sitzen würde, hätte ich ihn für verrückt erklärt. Es war zwar ein Wunschtraum von vielen von uns im Osten, aber weit weg von jeglicher Realität. Nur ganz wenige „Privilegierte" mit den richtigen Beziehungen konnten sich diesen Traum erfüllen. Und jetzt ist dies alles so einfach möglich und schon fast selbstverständlich. Manchmal kann ich es bis heute noch kaum fassen. Die Freiheit ist doch etwas ungeheuer schönes, durch Nichts, aber auch wirklich gar Nichts zu ersetzen".

Über Lindau ging es weiter nach Wangen im Allgäu. Johannes hatte dieses Städtchen sehr bewusst ausgewählt. Vor vielen Jahren hatte er hier ein Praktikum gemacht und das Allgäu, aber ganz besonders auch diese Stadt lieben und schätzen gelernt. Beim „Fiedelis-Bäck", einer Wangener Institution, nahmen sie ein verspätetes Mittagessen ein. Bier, im „Notfall" auch andere Getränke, Leberkäse und schmackhaftes Backwerk war das Einzige, was auf der Speisekarte stand. Aber das geschmacklich so hervorragend, dass Leute von weit her kamen, nur um immer wieder in dieser urigen Wirtschaft einzukehren.

Den Kindern machte vor allem der ehemalige „Saumarkt" Spaß. In Erinnerung an frühere Zeiten war dort ein Schweinehirte mit seinen Schweinen zu bewundern, allerdings jetzt in Bronze gegossen. Das Ganze war sehr lebensnah arrangiert. Die Schweine waren dem Hirten größtenteils ausgebüxt und vom Künstler über den ganzen Markt verteilt worden – zum Spaß für die Erwachsenen und als ideale Reittiere für die Kinder.

Gegen Abend führte Johannes seine kleine Reisegesellschaft nach Eglofs, einem kleine Allgäu-Dorf bei Isny. Der idyllische Dorfplatz bestand vor allem aus zwei mächtigen Wirtshäusern und der Kirche. In einem dieser Wirtshäuser, der „Rose", hatte Johannes das Nachtquartier für alle gebucht. In seiner Wangener Zeit war er speziell auf dieses Gasthaus aufmerksam geworden. Durch einen gewissen Mister Mac Rien, seines Zeichens Engländer mit hervorragenden Deutschkenntnissen, angestellt bei einer international agierenden großen Unternehmensberatungsgesellschaft. Mac Rien war Spezialist für die Sanierung größerer Firmen, die in Schieflage geraten waren.

Seine weltweit arbeitende Firma schickte ihn mal nach New York, Tokio, Peking und viele andere bedeutende und weniger bedeutende Orte rund um den Erdball. Und zur Abwechslung eben auch in ein so idyllisches Städtchen wie Wangen im Allgäu. Denn auch bei den sonst als grundsolide geltenden Schwaben gab's offensichtlich ab und zu Sanierungsbedarf.

Wenn Mac Rien so ungefähr zweimal im Jahr wieder für ein oder zwei Wochen dienstlich im Allgäu weilte, stieg er nur in Eglofs in der „Rose" ab. „Weist du", hatte er Johannes anvertraut, „Wenn du überall in der Welt die Hotels kennst, hast du irgendwann die Nase voll von ihnen. Im Grunde sind sie alle gleich: Vornehm, aber unpersönlich und kalt. Die „Rose" dagegen hat noch etwas Persönliches, Herzliches. Fast ein Stück Heimat, leider nur für wenige Wochen im Jahr".

Dieses Persönliche und Herzliche genossen nun auch die Gäste, die Johannes mitgebracht hatte. Als sie am nächsten Morgen von den Kirchenglocken geweckt wurden und der hübsche Allgäuer Dorfplatz im leuchtenden Sonnenlicht erstrahlte, waren alle so richtig in Urlaubsstimmung. „Hier einmal ein paar Tage mehr verbringen können, das würde uns doch rundum gut tun", blinzelte Karin ihren Markus an.

Und der nickte sogar vorsichtig, um ja nicht die gute Stimmung in irgendeiner Weise zu verderben.

*

Als sie nach diesem erlebnisreichen Wochenende wieder zurück in ihrem Dorf auf der Alb waren, umarmte Karin Johannes und drückte ihn herzlich. „Du weißt nicht, welche Freude du uns gemacht hast. Jetzt weiß ich erst, wie schön unsere neue Heimat ist. Und ich hoffe, sie wird auch in den kommenden Jahren mehr und mehr für uns zur Heimat".

Das mit der Heimat erhoffte Johannes auch ein wenig für sich selbst. Obwohl ihm dabei immer bewusst war, wie es in der Bibel, seinem wichtigsten „Arbeitsbuch", so nachdrücklich zu lesen war: „Wir haben hier keine bleibende Statt, sondern die zukünftige, die suchen wir". Sein Beruf hatte es bis jetzt so mit sich gebracht, dass er immer der Unstetige geblieben war. Kaum hatte er sich irgendwo eingewöhnt, ging es auch schon wieder weiter. Und vermutlich würde das, zumindest in absehbarer Zeit, auch so bleiben. Zwar wünschte er sich auf

196

der einen Seite einige Jahre hier in Glaubingen auf der Alb. Das Schlichte, Zuverlässige, Überschaubare tat ihm gut. Die anfänglichen Vorbehalte waren längst überwunden. Er fing an, die Menschen hier zu lieben und hatte den Eindruck, dass es umgekehrt genauso war.

Die Suche nach dem „Zukünftigen" war dadurch im Moment hintenangestellt. Seine Arbeit und so manche Pläne, die er in seiner Zeit als Pfarrer hier verwirklichen wollte, hatten Vorrang. Zumindest solange, bis eines Tages sein Blick an einer Anzeige in einer Fach-Zeitschrift für „Theologie und Predigtamt" hängen blieb.

Eine amerikanische Universität suchte einen Dozenten, der bereit war, probeweise eine oder mehrere Vorlesungen im Fachbereich Kirchengeschichte anzubieten. „Es wäre uns lieb, wenn sie die eingefahrenen Spuren der Kirchengeschichte verlassen könnten, um neue Perspektiven aufzuzeigen", hieß es in der Anzeige. - Eigentlich genau das, was Johannes wollte und was ihn so brennend interessierte. In der weiteren, sehr ausführlichen Beschreibung war noch angedeutet, dass durchaus nebenher auch die Vorbereitung auf die Promotion, also den Doktortitel, möglich wäre. Um irgendwann, in ferner Zukunft, vielleicht als Professor den Fachbereich Kirchengeschichte zu übernehmen.

„Ein Griff nach den Sternen", sagte Johannes sich. „Der Spatz in der Hand ist besser als die Taube auf dem Dach". Und noch einige andere ähnlicher Sprichwörter fielen ihm ein, die seine Träume auf den Boden zurückbringen sollten. Er legte darum auch, nach längerem Träumen und Nachdenken, die Zeitschrift zurück auf den Stapel der anderen noch ungelesenen Hefte. Aber die Sache ließ ihm keine Ruhe. „Nur wer wagt, gewinnt". Schon wieder ein Sprichwort. Aber ganz sicher steckte in solchen Worten auch ein Stück Lebensweisheit und Erfahrung.

Auch er, Johannes, hatte ja in den letzten zwei, drei Jahren mehr Erfahrungen bewältigt als in seinem ganzen Leben zuvor. Positive, aber auch herbe Nackenschläge. Und deshalb sah er sich nach vielem Nachdenken gewappnet, auch diese Herausforderung anzugehen. Fast sicher rechnete er mit einer Absage, denn garantiert bewarben sich viele, unter Umständen sogar hunderte auf diese Stelle, die offensichtlich international ausgeschrieben worden war. Aber wer nicht wagt...

Aufmerksamer wie vorher las er nun auch die Bewerbungs-bedingungen. Man erwartete von ihm Veröffentlichungen, Vorlesungsmanuskripte und einiges davon auch in Englisch als Nachweis, dass er diese Sprache so weit beherrschte, dass er nach einiger Einarbeitung Vorlesungen in Englisch halten konnte.

Allzu viel an „Habhaftem" hatte Johannes bis jetzt in dieser Beziehung noch nicht. Hier ein kleinerer Artikel in einer Fachzeitschrift, dort ein Referat bei einer Theologentagung. Seine Vorträge vor einem Jahr in Zwickau konnten, zumindest zum Teil, auch eine Hilfe sein. Jedoch mehr und mehr wurde ihm klar: Die Zusammenstellung der Bewerbungsunterlagen samt Übersetzungen und allem Drum und Dran würden viel Arbeit bedeuten – und vor allem Zeit. Diese Tatsache ließ ihn schon fast wieder an seinem Entschluss zweifeln.

Wer nicht wagt... - Zwei Tage später setzte er sich hin und verfasste ein Bewerbungsschreiben, wohl formuliert in englischer Sprache, was sich als gar nicht so einfach herausstellte. Am Ende aber war er mit sich und dem Ergebnis halbwegs zufrieden. In der Bewerbung hatte er nicht in erster Linie sich selbst und seine Fähigkeiten herausgestellt. Bewusst hatte er in dieser Beziehung eher tief gestapelt. Vielmehr hatte er sein brennendes Interesse an diesem Fachbereich deutlich gemacht und die Ziele klar umrissen, die er in der Forschung ansteuern wollte. Hinzufügen musste er allerdings, dass die gewünschten „Beigaben" wie Artikel und andere Manuskripte nachgereicht würden, da er sie aus Zeitgründen nicht so schnell erstellen konnte.

Als der Brief, nach immer wieder aufkeimenden Zweifeln an seinen Fähigkeiten und dem ganzen Unterfangen, endlich im

Postkasten war, hatte Johannes das Gefühl, nochmals etwas völlig Neues in seinem Leben begonnen zu haben. Zumindest ansatzweise.

Seine Euphorie wurde einzig gedämpft durch Gedanken an Ines. Wie gerne hätte er dieses alles mit ihr durchgesprochen, nach ihrer Meinung gefragt – um dann gemeinsam Entscheidungen zu treffen. Denn so kurz auch ihr Miteinander war, ein Leben ohne sie wollte er sich nicht mehr vorstellen.

Die Arbeit an den Bewerbungsunterlagen war für ihn wie Medizin. Zwar hatten ihn die Erlebnisse der letzten Wochen ganz ordentlich „auf Trapp" gehalten, aber sie hatten nicht verhindern können, dass manchmal auch wieder ein Gefühl der Resignation wie ein graues Gespenst in ihm aufstieg. Was hatte er bis jetzt eigentlich wirklich erreicht? War nicht auch vieles gründlich schief gelaufen in seinem Leben?

Für die Pfarrstelle auf der Alb war er inzwischen von Herzen dankbar. Aber manche seiner Kollegen machten ohne Hemmungen deutlich, dass sie diese nicht gerade als Karrieresprung für ihn sahen, eher als Abstellgleis. Seine erste Ehe war gescheitert, seine zweite Verbindung, von der er bis heute absolut überzeugt war, dass es diesmal die richtige sei, lag völlig im Nebel der Ungewissheiten. Und noch so manche andere ungeklärte Fragen verfolgten ihn immer wieder, was nicht gerade zur Aufhellung seiner Grundstimmung beitrug.

Aber zu solchen Grübeleien hatte er jetzt auf einmal keine Zeit mehr. Und das war gut so. Neben seiner Arbeit als Pfarrer, die ihn nach wie vor sehr in Anspruch nahm, begann er wieder intensiv mit dem wissenschaftlichen Arbeiten. In seiner knapp bemessenen freien Zeit war er ein häufiger Gast der Universitätsbibliothek im schönen und vertrauten Tübingen. Aber auch in der Bibliothek einer kleineren theologischen Fachhochschule in einer Nachbarstadt, die erstaunlicherweise in seinem Fach- und Forschungsbereich besser sortiert war als die große. So etwas sollte es des Öfteren geben, erfuhr er von einem Kenner der Materie.

Er hatte dort auch den Dozenten für Kirchengeschichte kennengelernt, einen urigen und liebenswürdigen Schweizer. Ganz anders als seine „alten" Professoren hörte der ihm gerne und aufmerksam zu, war sehr angetan von seinem Anliegen und gab ihm so manchen guten und wertvollen Rat. Und half ihm nebenbei auch fachkundig bei der Auswahl der fast unüberschaubaren Literatur, die es zu seinem Themenbereich gab. Halbe Nächte schlug Johannes sich nun um die Ohren mit Lesen, Notieren, Entwerfen und Überarbeiten. Nach anfänglichen Schwierigkeiten gingen ihm auch die Übersetzungsarbeiten immer schneller und besser von der Hand.

Und eines Tages war es dann soweit. Die Bewerbungs-Unterlagen waren komplett. Ein dicker Briefumschlag machte sich auf den Weg nach Amerika

*

In den zurückliegenden Wochen hatte Johannes gar nicht richtig registriert, wie sehr ihn die Arbeit und das Studium von der Wirklichkeit abgelenkt hatte. Mit der Fertigstellung war sie jedoch mit einem Schlag wieder da mit all den ungelösten Fragen und Problemen. Und häufiger verfiel er wieder ins Nachdenken und Grübeln. Als er wieder einmal in einem solchen Stimmungstief steckte, fielen ihm zufällig oder auch nicht seine früheren Freunde ein, die er lange vernachlässigt hatte.

Beim Aufräumen hatte er eine Einladung zum Geburtstag von Babsi – oder war es der von Dieter? aus dem letzten Jahr gefunden. Er hatte sie nicht einmal beantwortet. Was mussten die Freunde nur von ihm denken. Treulose Seele...

Natürlich hatte er hier am Ort Karin und Markus. Sie waren ihm sehr lieb und wichtig und er war immer wieder dankbar, bei ihnen zum Abendbrot oder bei einem Glas Wein Unterschlupf zu finden, wenn seine wissenschaftlichen Gedankengebäude ihn gar zu sehr von der Wirklichkeit entrückten. Oder auch, wenn er sich wieder mal allein fühlte, was in letzter Zeit häufiger geschah. Jedoch: Trotz aller Sympathie und Dankbarkeit musste er sich eingestehen - Karin und Markus hatten ihre eigene Welt, die manchmal nicht die Seine war. Ihre Welt waren Familie, Kinder, Geschäft – und darüber hinaus blieb kaum mehr Kraft und Zeit, sich mit etwas anderem zu beschäftigen.

Die wissenschaftlichen Studien von Johannes hatten sie zwar freundschaftlich verständnisvoll zur Kenntnis genommen, aber sie waren nicht ihre Sache. „Wem soll das schon etwas bringen...?" konnte Markus einmal in seiner grundehrlichen Art fragen, und Johannes nahm es ihm nicht übel.

Häufiger als in den letzten Jahren hatte er darum in jüngster Zeit wehmütig an die tiefschürfenden Diskussionen und Gespräche mit den Freunden gedacht. Nächtelang konnten sie manchen Dingen nachspüren und darüber streiten. Johannes war damals das kritische und oft recht leidenschaftliche Hin und Her in ihren Diskussionen manchmal fast auf die Nerven gegangen. Aber eine Horizonterweiterung war es allemal. Und das Schönste dabei: Mit diesen Freunden hatte er wirklich über alles reden können. Waren sie in manchen Dingen auch unterschiedlicher Ansicht, man versuchte sich in den anderen hineinzudenken und ihn oder sie trotz allem zu verstehen. In den Zeiten der engen Freundschaft damals hatte man sich hervorragend ergänzt. Und genau das vermisste Johannes schon lange – wenn er ehrlich war: Je länger, je mehr.

*

Es gingen noch einige Tage ins Land, bis Johannes endlich all seinen Mut zusammen nahm und zum Telefonhörer griff.

Lange tat sich nichts am anderen Ende der Leitung. Entmutigt wollte er schon wieder auflegen, als sich eine Person, völlig außer Atem, meldete: „Hier Berger". Es war Barbara Berger mit Spitznamen Babsi, Lebensgefährtin von Dieter Runde, seines Zeichens Professor für Mathematik.

201

Johannes schluckte, weil ihm der berühmte Klos im Halse steckte. „Und hier ist Johannes, Johannes Kanter". Auf der anderen Seite gespannte Stille. Aber dann brach es aus Babsi heraus – so spontan, wie sie eben war: „Mensch Johannes, altes Haus. Dass du dich wieder einmal meldest! Wir glaubten schon, dich in die Rubrik „Verlorener Sohn" einordnen zu müssen. Wir haben dich so vermisst. Seit der Schule waren und sind wir ein Quartett, und da gibt man sich mit einem Trio einfach nicht mehr zufrieden!". Und damit deutete Babsi auch schon an, dass zumindest die verbliebenen drei anderen Freunde noch einen engen Kontakt miteinander pflegten. Über eine Stunde ging das Gespräch nun hin und her, um den oder die am anderen Ende der Leitung wenigstens halbwegs auf den aktuellen Stand der jeweiligen Lebensumstände zu bringen.

Als sich die Unterhaltung zwangsläufig ihrem Ende zuneigte, da Babsi, die noch als Lehrerin arbeitete, zum Unterricht eilen musste, war ihr nur eines noch wichtig: „Unsere Verbindung darf jetzt auf keinen Fall mehr abreißen. Hast du deinen Terminkalender zur Hand?". Und im Nu waren Nägel mit Köpfen gemacht. In Kürze wollte man sich im Freundeskreis wieder treffen, zu viert wie eh und je. Johannes glaubte fast zu träumen…

Das Wiedersehen mit den Freunden war so offen und herzlich, wie es besser nicht hätte sein könnte. Man umarmte sich und hatte sich natürlich eine Unmenge zu erzählen.

„Mensch Alter", meinte Ole in seiner etwas forschen und manchmal schnoddrigen Art, „wir hatten schon befürchtet, wir seien dir nicht mehr fromm genug. Dabei zahle ich brav meine Kirchensteuer und war sogar letzten Weihnachten mal wieder in der Kirche. Für mich armen Sünder eine reife Leistung!" Typisch Ole, der manchmal sehr direkt, aber eine durch und durch ehrliche und liebenswürdige Haut war.

Ohne größere Schwierigkeiten und Verrenkungen machte man einfach dort weiter, wo man vor Jahren aufgehört hatte. Johannes schilderte den Freunden seine abenteuerlichen

Berg- und Talfahrten, die er sowohl beruflich als auch privat hinter sich hatte. Die Geschichte mit Ines klammerte er jedoch aus. Es fiel ihm schwer, darüber zu reden, weil Ines und das ganze Erleben mit ihr immer noch in seiner Seele brannten. Und manchmal wie eine Wunde war, die nicht verheilen wollte. Oder vielleicht auch nicht sollte.

Wann immer es nun wieder möglich war und die unterschiedlichen Termine und Berufe keinen Strich durch die Rechnung machten, traf man sich so alle paar Wochen in einer gewissen Regelmäßigkeit. Wie früher wurde auch jetzt wieder deutlich: Wo ein Wille ist, ist auch ein Termin. Das Wiedersehen und die neu gewonnene Gemeinschaft waren allen Vieren wichtiger als so vieles andere, das sein musste oder vermutlich auch nicht.

Eines der nächsten Treffen war auf der Schwäbischen Alb bei Johannes anberaumt. Die Freunde wollten unbedingt sehen, wo der Herr „Dorfpfarrer" residiere.

*

Karin war es wieder einmal, die Johannes half, seine Wohnung besuchsreif zu machen. Die Freunde wollten über Nacht bleiben um eine ausführliche Wanderung auf der Schwäbischen Alb zu unternehmen. Fast entschuldigend hatte Johannes seinen Nachbarn Karin und Markus von den wieder neu gefundenen Freunden erzählt. „Aber das ändert nichts an unserer Freundschaft", hatte er gemeint hinzufügen zu müssen. „Johannes, das tut dir gut", antwortete Karin ohne jeden Anflug von Eifersucht. „Und was dir gut tut, tut auch uns gut". So waren sie eben – in ihrer Art echte Freunde.

*

Es war herrlich, fast wieder wie in den alten Zeiten. In ganz lockerer Weise war man zwei Tage zusammen. Niemand hatte hohe Erwartungen, jeder gab, was er geben konnte. Man kochte zusammen, lachte, diskutierte, leerte so manche Flasche Wein und schlug sich die halbe Nacht um die Ohren.

203

Johannes hatte mit den Freunden fast die gleiche Wanderung gemacht, mit der er Ines damals die in ihrer Art einmalige Landschaft der Schwäbischen Alb gezeigt hatte. Auch die Freunde waren begeistert.

Das neue Miteinander mit den alten Bekannten, aber auch Karin und Markus, die ganz selbstverständlich da waren, wenn er sie brauchte, halfen Johannes auf „Normaltemperatur" zu kommen. Seine Arbeit fing an, ihm wieder Spaß zu machen, er hatte Lust zu planen und neue Konzepte zu entwerfen. Der Gedanke an Ines war allgegenwärtig, blockierte ihn aber nicht mehr so wie noch vor Wochen.

*

„Man sollte beim Aufatmen nie zu tief durchatmen", an diesen für ihn so typischen Satz von Ole musste Johannes denken, als ihn Ende Oktober die Nachricht erreichte, dass seine Mutter schwer erkrankt sei. Der Kontakt zu ihr war in den letzten Jahren leider aufs Notwendigste beschränkt. Als verwitwete Pfarrfrau hatte sie eine sehr enge Frömmigkeit und Sicht der Dinge, die Johannes manchmal als belastend empfand. Besonders seine Ehe mit Doro und noch mehr die spätere Scheidung hatte ihm die Mutter sehr verübelt. Sätze wie „Als Christ tut man so etwas nicht.." und „Du als Pfarrer hättest wissen müssen…" konnte er nicht mehr hören.

Diese Bemerkungen taten ihm besonders weh, da Johannes ehrlich und konsequent versuchte, seiner Verantwortung als Pfarrer und Christ gerecht zu werden. Wenn es auch manchmal nicht leicht war, Johannes stand zu seiner Vorbildfunktion als Geistlicher und als Mensch, der den Glauben an Gott nicht nur verkündigen, sondern vor allem auch leben wollte. Aber gerade in dieser Herausforderung musste und durfte er doch auch deutlich machen, dass er kein Übermensch war. Auch er machte Fehler und brauchte die Vergebung wie jeder andere, dessen Glaube an Gott wirklich echt war.

Und mehr und mehr wurde ihm auch deutlich, dass allein dieses Wissen von der eigenen Unvollkommenheit half, auch mit anderen barmherzig und liebevoll umzugehen. Nichts ging ihm so sehr gegen den Strich als hartherzige Fromme. Und leider hatte seine Mutter immer öfter dahin tendiert. Umso dankbarer war Johannes, dass der Besuch bei ihr Anfang November einen versöhnenden Charakter hatte. Miteinander konnten sie manches offen ansprechen, was in all den Jahren schiefgelaufen oder vertuscht worden war. Und das erste Mal seit vielen Jahren verabschiedeten sich beide in großer Herzlichkeit.

Vier Tage später kam die Nachricht, dass die Mutter verstorben sei. In ihrem Testament hatte sie verfügt, dass ihr Sohn Johannes die Trauerfeier für sie halten solle. Das war sicher gut gemeint, aber Johannes belastete diese Aufgabe enorm. Er hatte schon viele Trauerfeiern gehalten, auch in äußerst schwierigen Situationen. Aber die eigene Mutter...?

Ob er wollte oder nicht – es war der letzte Wille seiner Mutter, und den galt es zu respektieren. An einem kalten Novembertag fand die Beerdigung statt. Der erste Schnee war gefallen. Da seine Mutter zuletzt im Seniorenheim gewohnt hatte, kamen viele alte und neue Bekannte von dort zum Begräbnis. Auch aus den Gemeinden, in denen sie früher als Pfarrfrau gewirkt und sein Vater als Pfarrer tätig gewesen war, reisten Trauergäste an. Besonders freute es Johannes, dass Karin und Markus ihn ganz selbstverständlich begleiteten – „wenn es dir eine Hilfe ist". Und auch Babsi und Dieter tauchten auf, Ole war auf Geschäftsreise in Südamerika.

Einen Satz, den er in den Aufzeichnungen seiner Mutter gefunden hatte, machte Johannes zum Mittelpunkt seiner Ansprache: „Was Gott von mir verlangt hat, konnte ich immer bejahen, wenn auch manchmal schweren Herzens. Was Menschen angeblich im Namen Gottes von mir verlangt haben, oft nicht".

Johannes war erstaunt, dass seine Mutter in vorgerücktem Alter manche Dinge doch klarer und nüchterner gesehen hatte als früher. Die Menschen, die angeblich im Namen Gottes so gerne anderen Lasten auferlegten, waren ihm seit jeher suspekt. Das machte er auch unumwunden in seiner Traueransprache deutlich. Nicht zum Wohlgefallen aller seiner Zuhörer. Johannes war ein Stück weit über sich selbst erstaunt, mit welcher Ruhe und Konzentration er die Trauerfeier halten konnte. Schließlich war es seine Mutter, die er hier in dieser Welt zum letzten Mal zu verabschieden hatte.

Erst als am Schluss das Lieblingslied der Mutter „Befiehl du deine Wege" gesungen wurde, hatte er mit den Tränen zu kämpfen. Im Text hieß es: „Weg hast du aller Wege, an Mitteln fehlt dir's nicht..." und dann weiter: „Der wird auch Wege finden, da mein Fuß gehen kann". Würde der da oben auch gangbare Wege für Ihn, und wenn es irgend sein konnte, auch für Ines und ihn finden?

Nachdem die meisten Trauergäste sich verabschiedet hatten, saß Johannes noch mit Karin, Markus, Babsi und Dieter in einem kleinen Café zusammen. Nachdem man über dies und jenes miteinander gesprochen hatte, rückte Karin mit einer Idee heraus, die sie schon eine ganze Weile mit sich herumgetragen hatte. Sie hatte nur noch keine Gelegenheit gefunden, diese Johannes zu unterbreiten. Der Anlass war zwar im Moment nicht der aller Beste, aber die Sache eilte.

„Johannes, du hast uns bei unserem Ausflug die Schönheiten unserer neuen Heimat hier im Westen vor Augen geführt". Und nach einer kleinen Pause, in der alle sie erwartungsvoll anschauten: „Wir würden dir gerne im Gegenzug ein wenig von den Schönheiten unserer alten Heimat zeigen. Besonders Advent und Weihnachten sind im Erzgebirge einzigartig. Könntest du dir nicht vorstellen..."

Besonders Advent und Weihnachten sind bei einem Pfarrer in etwas abgewandeltem Sinn „hohe Zeiten". Ein zumindest in dieser Zeit total überlasteter Kollege hatte es einmal sarkastisch so formuliert: „Wir hetzen in diesen heiligen Tagen von einer Besinnung zur nächsten. Und wenn es dann endlich Weihnachten ist, ist unser Vorrat an Stimmung aufgebraucht".

Weil sie das von früheren Jahren her auch von Johannes wusste, war die Hoffnung von Karin nicht allzu groß, dass ihr Vorschlag Wirklichkeit werden könnte. Aber einen Versuch war es doch allemal wert...

Es war richtig: In den zurückliegenden Jahren hatte Johannes die Advents- und Weihnachtszeit ab und zu auch als „Weihnachtlichen Marathon" bezeichnet. Eine Veranstaltung jagte die andere. In seinen Predigten forderte er die Menschen zu Stille und Einkehr auf, aber er selbst stand pausenlos „unter Strom". Das war mehr als unbefriedigend. Und deshalb hatte er einiges geändert. Auch von der Mehrheit der Gemeinde wurde absolut nicht erwartet, dass er alles selbst machte. Und nicht jede Weihnachtsfeier brauchte unbedingt den pastoralen Segen.

Ein kritischer Blick in seinen Kalender offenbarte dann auch: Das Wochenende vom dritten Advent war tatsächlich noch frei. Karin war Feuer und Flamme und wusste schon genau, was sie dem Freund alles zeigen wollten. „Ein Weihnachtskonzert in der Bergkirche in Seiffen wäre ein absoluter Höhepunkt".

Babsi und Dieter hatten aufmerksam zugehört, trotzdem die Sache sie ja nicht unmittelbar anging. „Klingt alles recht gut. Wären die alte Freunde eventuell auch geduldet, wenn ihr einen so stimmungsvollen Ausflug macht?"

Es war jetzt an Markus, sich freudig in das Gespräch einzuschalten: „Aber klar doch, es wäre wirklich toll, wenn ihr auch mit könntet. Und vielleicht kann auch noch Ole, falls der nicht gerade in China weilt oder sonst irgendwo in der Weltgeschichte".

Karin machte sofort „Nägel mit Köpfen". Sie wollte das Ganze in die Hand nehmen und über Johannes dann auch den anderen Freunden den jeweiligen Stand der Dinge mitteilen. Ihre Gedanken waren schon sehr konkret: Sie als Familie konnten zuhause bei ihren Eltern wohnen, und für die Freunde würde man eine hübsche Herberge finden.

Der dritte Advent kam näher. Wider Erwarten hatte sich auch Ole tatsächlich frei machen können und begeistert zugestimmt. Noch am Freitagnachmittag vor dem dritten Advent machten sie sich auf den Weg ins Erzgebirge. Der Himmel war trüb und wolkenverhangen. Der Verkehr war dicht und erforderte viel Geduld. In höheren Lagen begann es zu schneien, so dass alles noch viel zäher lief. Es war schon dunkel, als sie nach einer anstrengenden Fahrt endlich im Erzgebirge ankamen.

Jedoch die Fahrt durch die verschneiten Dörfer und Städte, von weihnachtlichem Lichterglanz geschmückt, entschädigte sie voll für die mühevolle Wegstrecke. Wirklich, eine adventliche Atmosphäre, die sie alle, mit Ausnahme von Karin und Markus natürlich, so höchstens von Hören Sagen her kannten. Und die es vermutlich auch so nur in diesem Landstrich gab.

In einem netten, kleinen Familienhotel kamen die vier „alten" Freunde unter. Zum Frühstück am nächsten Morgen gesellten sich auch Karin und Markus dazu, um den vor ihnen liegenden Tag zu besprechen. Es war eine ganz Liste, die Karin notiert hatte, um den Freunden in der kurz bemessenen Zeit möglichst viel von der Gegend und ihren Sehenswürdigkeiten zu zeigen.

Der Höhepunkt jedoch kam am Abend. Die festlich mit Kerzen geschmückte Bergkirche von Seiffen war bis zum letzten Platz voll belegt. Ein junges Blechbläserquintett, nach der Wende entstanden und inzwischen schon weit über die Grenzen Deutschlands hinaus bekannt, hatte zum Weihnachtskonzert geladen. Alle waren sie absolute Profis, die die Freude am Musizieren einte. Den Bezug zum Erzgebirge stellte der erste Trompeter dar, ein Meisterschüler des weltbekannten Virtuosen Ludwig Güttler, einer der besten seines Fachs überhaupt. Dieser junge Blechbläser musste zur Zeit der DDR das Land verlassen, weil er sich bei gewissen Leuten unbeliebt gemacht hatte. Man spürte ihm jetzt die Genugtuung und Freude an, mit seinen Kollegen wieder in der angestammten Heimat Konzerte geben zu können, ohne jede Einschränkung und Gängelei.

Es war wie ein einziger großer Jubel, als das Quintett mit Johannes Sebastian Bachs Kantate „Herrscher des Himmels" einsetzte. Die Pastorale von Arcangelo Corelli, die Hirtenweise, führte in ruhigem Spiel hinaus auf das Feld der Hirten, die in der Weihnachtsgeschichte eine so wichtige spielen. Eingeleitet durch leises Glockenspiel erklang in überwältigender Weise das „O du fröhliche". Beim „Freue, freue dich o Christenheit" hatte man fast den Eindruck, als ob die Bläser mit aller Kraft gegen die Freudlosigkeit der Welt anspielen wollten.

Als nach zwei Stunden festlichem Konzert zum Abschluss das hervorragend arrangierte „Stille Nacht" ertönte, konnte sich keiner der Zuhörer mehr der tief empfundenen weihnachtlichen Stimmung entziehen.

„Seit meiner Kinderzeit habe ich nie mehr solche Weihnachtsgefühle empfunden. Mir lief es manchmal fast kalt den Rücken runter, wenn die alles, aber wirklich alles an Ausdruck und Spielkunst in ihre Stücke legten". Es war ausgerechnet Ole, der so bewegt war und eigentlich sonst selten zu solchen Gefühlsüberschwängen neigte.

Kapitel 22 Ungeahnte Überraschung

Anfang Februar hatte man sich wieder einmal im „alten" Freundeskreis getroffen, diesmal bei Babsi und Dieter. Dort waren die Pläne für den jetzigen Urlaub entstanden. Rasch und konkret, wie es bei den Vieren inzwischen wieder üblich war, hatte man die Idee im Sommer in die Tat umgesetzt.

Und nun genoss man die Ostsee und lies die Seele baumeln. Oder auch nicht.

„Was ist nun mit dieser jungen Frau?". Man war es bei Johannes nicht gewohnt, dass er so überreagierte wie vorher bei diesem Foto. Er war eher der ruhige, ausgeglichene Typ. Manchmal fast zu ruhig, im Gegensatz zu früheren „Sturm und Drang Zeiten". Und darum war es für die Freunde ungewohnt, dass er bei dem Bild einer jungen Frau, die zugegebenermaßen auf ihre Art wirklich hübsch war, auf einmal so aufgeregt wurde. Johannes konnte nun nicht umhin, den Freunden auch diesen Teil seiner Lebensgeschichte zu erzählen, den er bis jetzt vor ihnen ausgeklammert hatte. Von Ines, der Stasi und all den Verwicklungen, die sich daraus ergeben hatten.

„Das ist ja vielleicht ein Ding!" war die Reaktion von Ole, als Johannes eine Pause beim Erzählen machte. Alle hatten aufmerksam zugehört und nicht gewagt, ihn zu unterbrechen. Aber jetzt prasselten die Fragen auf ihn herab. Alle waren richtiggehend aufgeregt und ihr Interesse an der ganzen Sache war fast grenzenlos. „Wie war das gleich nochmal mit der Stasi? Können die tatsächlich jetzt noch derart gefährlich werden? Wann hast du Ines zum letzten Mal gesehen? Und wie war das mit der Renate?"

Sie waren alle so ins Gespräch vertieft, dass sie gar nicht bemerkten, dass es längst Zeit war, zum Abendbrot aufzubrechen.

Als sie später an ihrem „Stammtisch" in einer Ecke des Hotel-Speisesaals zusammen saßen, knüpften sie an der unterbrochenen Unterhaltung wieder an.

Längst war das Abendessen vorüber, die Tische abgeräumt, aber die Freunde steckten noch lange die Köpfe zusammen und ließen sich von Johannes über jede Einzelheit dieser fast unglaublichen Geschichte unterrichten. Ihre Empörung und Erregung wurde umso größer, je länger Johannes erzählte und auf Nachfragen Details schilderte. Dass solche Dinge noch Jahre nach der sogenannten „Friedlichen Revolution" geschehen konnten, war einfach ungeheuerlich. Eigentlich hätte die Wende ja das Ende der Stasi- und Parteiherrschaft markieren sollen, aber dem war offensichtlich nur in der Theorie so. Unter der Decke der freiheitlichen Demokratie trieben die alten Genossen ihr schändliches Spiel munter weiter.

*

Man hatte sich richtig „heiß" geredet bei all den Erlebnissen und Informationen, die durch dieses Gespräch ans Tageslicht kamen. Darüber hatte man fast den „Auslöser" des Ganzen vergessen, die geheimnisvolle junge Frau auf dem Bild, deren Namen und Geschichte Johannes nun verraten hatte. „Ich werde morgen nochmals zum Landungssteg runterlaufen und mich ganz genau umschauen, vielleicht treffe ich sie nochmal", schlug Ole vor. Aber es klang eher wie ein Vertrösten in Richtung Johannes, da selbst Ole im Moment sonst keine wirklich brauchbare Idee hatte, wie und wo man mit der Suche nach der jungen Frau beginnen könnte.

Nun war es an Dieter in seiner ruhigen und sachlichen Art, etwas Ordnung in die emotional recht aufgewühlte Diskussion zu bringen. „Nachdem, was Johannes uns da erzählt hat, sind folgende Dinge klar: Zuerst einmal bin ich felsenfest davon überzeugt, dass Johannes nach dieser Entdeckung nicht mehr locker lassen wird, bis er diese Ines gefunden hat. In diesem Punkt hat er mein vollstes Verständnis". Die anderen stimmten stumm nickend zu.

„Zum zweiten: Es gibt doch wohl keinen Zweifel daran, dass wir ihm so gut wie irgend möglich dabei helfen werden, Ines zu finden – wenn er es denn will. Und damit ist dann auch unser Urlaubsprogramm für die wenigen noch verbleibenden Tage hier klar umrissen. Und somit zum dritten: Wir müssen eine Strategie, einen Plan entwickeln, wie und wo wir suchen wollen. Nur ein bisschen hier und dort stochern und planlos umschauen, bringt absolut nichts."

Niemand hatte einen anderen oder besseren Vorschlag, und darum signalisierten alle, nach einer kurzen Pause des Nachdenkens, ihre Bereitschaft. Die Suche nach der „großen Unbekannten", die inzwischen eindeutig Johannes zuzuordnen war, konnte beginnen.

Als erstes teilten sie ihren Urlaubsort und die umliegenden Ortschaften untereinander auf, um mit der Fahndung nach Ines zu beginnen. Oder besser gesagt: Nach den beiden Unbekannten auf dem Foto. Denn davon war Johannes und auch die anderen überzeugt: Hätte man die eine gefunden, wäre der Weg zu anderen sicher auch nicht allzu weit.

Man einigte sich darauf, allein oder zu zweit die umliegenden Orte zu durchkämmen. Ole hatte sich schon auf den Weg zu einem Fotografen gemacht, um Ausschnitts-Vergrößerungen von dem besagten Bild anfertigen zu lassen. „Ich hoffe, dass ich einen finde, der ein wenig schneller arbeitet und nicht nur im Urlaubs-Modus. Bis nächste Woche können wir nicht warten". - In weniger als zwei Stunden war er dann auch bereits wieder zurück. Nachdem er finanziell etwas nachgeholfen hatte, war die Angelegenheit recht flott über die Bühne gegangen.

Für Johannes war es ein merkwürdiges Gefühl, ein doch recht aktuelles Bild von Ines in der Hand zu halten. Zum Suchen brauchte er das Bild allerdings nicht. Ines hätte er zwischen hunderten von Menschen erkannt. Trotzdem betrachtete er das Bild sehr nachdenklich. Was konnte die nicht allzu scharfe Aufnahme von ihr verraten? Unschwer war zu erkennen, dass die zurückliegenden Monate und Ereignisse Spuren auf ihrem Gesicht hinterlassen hatten. Die oft schelmisch-fröhlichen Züge waren einem ernsten und nachdenklichen Ausdruck gewichen.

Dass die vier Freunde so gründlich die umliegenden Ostsee-Badeorte kennenlernen würden, war in dieser Weise ursprünglich nicht so eingeplant gewesen. Jedoch entdeckte man dadurch, so ganz nebenbei, viel Interessantes und Reizvolles, das zu einem späteren Zeitpunkt und bei anderer Gelegenheit unbedingt nochmals genauer erkundet werden musste. Auch darin waren sie sich wieder einmal einig. - Beim Frühstück besprach man jeweils die „Einsatzpläne", um am Abend dann die gemachten Erfahrungen und Ergebnisse zusammenzutragen und auszuwerten.

Babsi und Dieter hatten sich am folgenden Tag Bad Doberan vorgenommen. Sie flanierten durch die Einkaufsstraße mit den hübschen Häusern, teils bereits renoviert, teils noch mit dem morbiden DDR-Charme. Plötzlich pfiff und dampfte es kräftig, und mitten auf der Straße kam die „Molli" daher, wie die immer noch von einer Dampflock gezogene Bäderbahn im Volksmund genannt wurde.

Links und rechts der Haltestelle stauten sich schwer überschaubare Menschengruppen. Plötzlich vermeldete Dieter ganz aufgeregt, er habe in der Menge eine Frau gesehen, die in den vorderen Wagen eingestiegen und Ines hätte sein können. Ihnen blieb nun nichts anderes übrig, als ohne langes Zögern noch den hintersten Wagen zu erklimmen, da der Zug sich gerade in Bewegung setzte.

Wie vor achtzig oder vielleicht sogar hundert Jahren schaukelte und dampfte das Bähnchen nun über Heiligendamm nach Kühlungsborn. Gemütlich ging es durch Wald und Flur, immer wieder vorbei an herrlichen Villen in der berühmten Bäder-Architektur, die zu einem großen Teil jedoch schon bessere Zeiten gesehen hatten. „Und du meinst tatsächlich, es hätte Ines sein können?" fragte Babsi nach einiger Zeit etwas skeptisch. „Oder wolltest du nur auf die

Fahrt mit dieser Bäderbahn nicht verzichten?" - was Dieter jedoch energisch, aber nicht ganz glaubhaft zurückwies.

Auch als sie in Kühlungsborn die aussteigende Menschenmenge sehr gründlich musterten, konnten sie niemand entdecken, der wirklich Ines oder ihrer Freundin glich. Sie tranken noch einen Kaffee und machten sich wieder auf den Rückweg. Nicht ohne nochmals alle Passanten möglichst genau unter die Lupe zu nehmen – die Einsteigenden, und, soweit es möglich war, auch die bereits im Zug sitzenden. „Was starren die uns so an, werden manche Leute wohl denken", flüsterte Babsi halblaut zu Dieter. „Lass sie denken, denken ist ja nicht verboten...", gab der gelassen zurück.

*

Vielleicht konnte Renate in Zwickau mehr über die beiden auf dem Bild und ihren Aufenthaltsort in Erfahrung bringen? Johannes informierte sie telefonisch über den zufälligen Schnappschuss, der die ungeplante Suchaktion ausgelöst hatte. Schritt für Schritt ging er mit ihr alle Informationen durch, auch Fakten, über die sie schon zwei oder dreimal gesprochen hatten. Renate versprach, nochmals mit ihrer Nichte Marion sprechen. Ob hinter der Erwähnung von Stralsund vielleicht doch mehr steckte?

Auch Doro bekam einen Anruf von Johannes. Sie sollte über den Stand der Dinge und die überraschende Spur informiert werden. Schließlich hatte sie sich bei der Suche nach Ines schon nach Kräften engagiert und ihr Wunsch, Ines zu finden, war spürbar mehr als nur oberflächliches Interesse. So war sie auch ganz euphorisch, als sie von dem Bild erfuhr und der Tatsache, dass Ines sich offensichtlich ganz in der Nähe des Ferienortes der Freunde aufgehalten hatte. Am liebsten hätte sie sich am nächsten Tag in den Zug gesetzt, um sich an der Suche zu beteiligen. - Jedoch an weitere hilfreiche Details aus den Gesprächen mit Renate und der Angestellten des Hotels konnte auch sie sich nicht mehr erinnern.

Recht spontan hatte sich der Freundeskreis noch zu einem Tag der Suche in Stralsund entschlossen, da der Name dieser Stadt schon des Öfteren gefallen war. Vielleicht gab es hier eine Spur – und wenn es auch nur die Andeutung davon gewesen wäre...

Nebenbei entdeckten sie so eine faszinierende alte Hansestadt, jedoch sehr vom Verfall der zurückliegenden vierzig Jahre gezeichnet. Einige wenige bereits renovierte Häuser standen in einem auffälligen Kontrast zu den anderen, die meist nur noch als Ruinen bezeichnet werden konnten. Die wenigen renovierten machten die Pracht deutlich, die diese Stadt einst gekennzeichnet hatte. Und hoffentlich irgendwann wieder kennzeichnen würde, wenn die Wunden halbwegs verheilt waren, die die viel zu lange Zeit der sozialistischen Misswirtschaft hinterlassen hatte.

Sogar in die Außenbezirke von Stralsund hatten sie sich vorgewagt. Die hässlichen Plattenbauten mit den ungepflegten Vorgärten und Anlagen wirkten kalt und abweisend. Trotzdem riskierten sie es, einigen Leuten das Bild von Ines und ihrer Bekannten zu zeigen. Was bei den meisten eher Misstrauen als Informationsfreudigkeit hervorrief. Die wenigen jedoch, die zur Auskunft bereit waren, versicherten glaubhaft, die jungen Frauen nie gesehen zu haben.

*

Der gemeinsame Urlaub, den sie sich eigentlich ganz anders vorgestellt hatten, ging unweigerlich zu Ende - ohne weitere greifbare Ergebnisse. Das trübte die Stimmung ein wenig und machte alle Vier etwas ratlos. Sie hatten ganz fest gehofft, auf der richtigen Spur und damit dicht an Ines dran zu sein. Nachdem die Koffer gepackt und die Aufenthaltsrechnung von jedem beglichen war, verabschiedeten sie sich herzlich von den Inhabern der Pension. „Halten sie das Haus gut im Schuss, wir kommen wieder!" Wie so häufig war es wieder einmal Ole, der den etwas anderen Abschiedsgruß formulierte.

„Aber wirklich, wir müssen uns bald wieder treffen. Und die Suche muss weitergehen, bis wir Ines gefunden haben". Das war die einhellige Überzeugung aller, bevor sie sich herzlich und ein wenig wehmütig voneinander verabschiedeten, um in ihre Autos steigen und den weiten Weg Richtung Süden und in die Heimat unter die Räder zu nehmen.

Kapitel 23   Ganz andere Zukunftsgedanken

Nach den Tagen an der Ostsee und dem Erlebten fiel es jedem der Vier nicht leicht, sich wieder in den Alltag einzuklinken und sich auf die anstehenden Aufgaben zu konzentrieren. Besonders Johannes ertappte sich des Öfteren dabei, dass seine Gedanken anstatt bei der Arbeit oben an der Ostsee und damit, wie er im Stillen hoffte, bei Ines waren. Wie und von wem konnte man weitere Anhaltspunkte bekommen? Irgendjemand musste doch mehr wissen. Nur wer?

*

Zurück auf den Boden der Tatsachen brachte ihn Karl Boldner, der Vorsitzende seines Kirchengemeinderats. An einem Abend saß er mit ihm im Arbeitszimmer von Johannes zusammen, um die nächste Sitzung des Kirchengemeinderats vorzubereiten. Die Tagesordnungen dieser Sitzungen hatten sich bis jetzt meist auf verwaltungsmäßige Dinge wie Finanzen, Statistiken, Anordnungen des Oberkirchenrats und anderer vorgesetzter Stellen beschränkt. Gerade die Beratung der Finanzen würde diesmal vermutlich wieder einen großen Raum einnehmen, denn die Sanierung der Kirche wurde wesentlich teurer, als man kalkuliert und auch befürchtet hatte. Die Zuschüsse von Gesamtkirche und Kommune hielten sich in engen Grenzen. „Es bringt nichts mehr, die üblichen Geldquellen rauf und runter zu rechnen, wir müssen neue finden".

Johannes schaute Karl Boldner fast belustigt an. „Wenn das so einfach wäre, hätten uns das andere längst vorgemacht".

Karl Boldner schüttelte energisch den Kopf. „Ich meine ernst, was ich da sage. Es ist zwar für uns neu und ungewohnt, aber wir sollten im Gemeinderat und vielleicht sogar darüber hinaus eine Art Ideenwettbewerb starten, wie Geld für die Bau-Kasse zusammenkommt". Und nach einer kleinen Pause fügte er hinzu: „Ich habe mir da auch schon meine ganz konkreten Gedanken gemacht. Ich könnte zum Beispiel eines meiner

217

Baumstücke verkaufen, ich habe genug Land und das würde mir nicht wehtun. Aber nur unter einer Bedingung: Dass die Summe des Erlöses durch andere Aktionen verdoppelt wird. Da käme schon was zusammen". Johannes war mehr als beeindruckt. Die Spendenbereitschaft und die Gedanken, die sich Karl Boldner machten, waren viel mehr als nur eine Finanzaktion. Sie signalisierten Interesse und Liebe zur Sache.

Als Johannes als Pfarrer in Glaubingen angefangen hatte, war ihm alles sehr zäh und schleppend vorgekommen. Manchmal hatte er damals den Eindruck, dass die Leute es am liebsten gesehen hätten, wenn der Pfarrer den Karren der Gemeinde alleine gezogen und sie gefälligst in Ruhe gelassen hätte. Dies hatte sich jedoch ganz offensichtlich geändert. Nicht nur ein Karl Boldner hatte sein Interesse an der Kirchengemeinde ganz neu entdeckt, sondern erfreulicherweise auch andere.

Diese Tatsache machte Johannes auch Mut, nicht mehr nur im Verborgenen und für sich über weitere Schritte nachzudenken. „Wenn wir jeweils unsere „Hausaufgaben" in den anstehenden Sitzungen des Gemeinderats erledigt haben, sollte vielleicht ein fester und immer wiederkehrender Tagesordnungspunkt sein, Raum und Zeit für grundsätzliche Überlegungen zu haben. Unsere Gemeindearbeit plätschert so dahin. Was unbedingt sein muss, läuft so olala, ohne große Begeisterung. Aber dürfen und sollten die Menschen nicht mehr von ihrer Kirche erwarten?"

Karl Boldner schaute Johannes ein wenig entgeistert und doch voll Interesse an. „Wissen sie, das war in den letzten zwanzig Jahren nie ein Thema. Wir waren schon froh, wenn die wichtigsten Dinge wie Gottesdienste, Taufen und so halbwegs befriedigend erledigt wurden. Zu mehr hat es nie gereicht."

„Ihre Vorgänger waren angeblich oder tatsächlich damit auch voll ausgelastet. Um ehrlich zu sein: Manchmal habe ich mich im Stillen gefragt, ob das Ganze so noch Zukunft hat. Die Menschen stimmen ja längst schon mit den Füßen ab, zumindest in der Zeit vor ihnen. Seit sie hier sind, hat sich der

Trend zwar spürbar verlangsamt, aber noch nicht ins Gegenteil verändert. Wenn nichts Grundlegendes geschieht, ist unsere Kirchensanierung bald überflüssig, weil wir die Kirche gar nicht mehr brauchen und bezahlen können. Und vieles andere auch."

Das war mehr, als Johannes zu hoffen gewagt hatte. Da machte sich einer wirklich Gedanken und eine Stück weit auch Sorgen um die Zukunft der Kirche und hatte bereits viel Richtiges erkannt. Daran konnte man anknüpfen. So hoffnungslos, wie er manchmal in trüben Stunden gedacht hatte, war sein Mühen um die Kirchengemeinde ganz offensichtlich doch nicht gewesen. Und ganz nebenbei wurde ihm Karl Boldner immer sympathischer. Anfänglich hatte dieser auf ihn einen verschlossenen und distanzierten Eindruck gemacht. Ein wenig so in der Art derjenigen Kirchengemeinderäte, mit denen Johannes an seiner früheren Stelle nicht die allerbesten Erfahrungen gemacht hatte.

Aber dass hinter dieser eher schroffen Fassade ein ganz anderer Mensch steckte, hatte Johannes spätestens damals bei dem spontanen Küchenkauf für die Pfarrerswohnung entdeckt. Da war jemand, der sich freuen konnte, wenn andere sich freuten und er dazu mithelfen konnte.

Zur Freude von Johannes öffnete sich Karl Boldner immer mehr, auch in persönlichen Dingen. So erzählte er, dass er in den sechziger Jahren als sogenannter „Flüchtling" mit seinen Eltern ins Dorf gekommen sei. Sie waren „Rumäniendeutsche" und stammten aus der Nähe von Hermannstadt. Anfänglich war aus diesem und vielen anderen Gründen der Start hier im Dorf nicht einfach gewesen. Von den Einheimischen wurden sie misstrauisch als Eindringlinge betrachtet, wie die Fremden heute leider auch wieder. „Reingeschmeckte" wurden alle genannt, die ihre Wurzeln nicht seit jeher im Dorf hatten. Und das war eine deutliche Abqualifikation.

Aber nach und nach hatten sich die Boldners, zumindest nach außen hin, die Akzeptanz und Achtung der Dorfbewohner erarbeitet. „Es scheinen doch nicht ganz unrechte Leute zu sein", hatte man sich hinter vorgehaltener Hand zugeraunt.

Karl Boldner hatte später als junger Mann einen technischen Beruf erlernt und sich bis zu einer guten Stellung in einer Firma im Nachbarort hochgearbeitet. Mit viel Fleiß, Umsicht und Zuverlässigkeit.

Mit der für die Schwäbische Alb typischen Nebenerwerbs-Landwirtschaft, die sein Vater mühsam aufgebaut hatte, hatte er selbst jedoch nicht viel am Hut. Das änderte sich auch nicht, als er sich ausgerechnet in die Tochter des größten Bauern am Ort verguckt hatte, und sie sich zu seiner großen Freude auch in ihn. Der Schwiegervater, dem diese Verbindung von Anfang an gar nicht passte, hatte später zur Bedingung gemacht, dass er mit der Tochter auch den Hof übernehmen müsse, da kein anderer möglicher Nachfolger vorhanden war. Anders würde er einer Heirat nie und nimmer zustimmen.

Diese harte und für Karl Boldner unerfüllbare Bedingung führte dann dazu, dass sich das Paar zwar nicht trennte - dazu hatten sie sich viel zu gern. Aber dass sie eine lange, lange Verlobungszeit erlebten und damit den Leuten im Dorf so manchen Gesprächsstoff bescherten.

Dieser Zustand   änderte sich erst dann, als sich bei den beiden „Dauerverlobten" unerwarteter (oder vielleicht doch gewollter?) Nachwuchs anmeldete. Nach einem riesigen Donnerwetter willigte darauf auch der Vater der Braut in die Heirat ein, zwar immer noch widerstrebend und schweren Herzens, aber nun eben auch ohne Hofübernahme. „Um die ‚Schand' im Dorf nicht noch größer zu machen", umschrieb er anderen gegenüber den Grund seiner jetzigen Zustimmung.

Für Karl Boldner und seine Frau war das Gerede der Leute und die angebliche ‚Schande' eh nebensächlich gewesen. Hauptsache, sie hatten einander und konnten jetzt endgültig eine Familie gründen. Im Verlauf der Jahre hatten sie vier

Kinder bekommen, inzwischen alle erwachsen, und das Ehepaar war dankbar für ihre Familie „auf Umwegen".

Aber bis es soweit war, war es ein oft mühevoller und steiniger Weg gewesen. Nicht nur die Bedingungen des Brautvaters hatte das Paar auf eine harte Probe gestellt. Auch die grundsätzliche Ablehnung gegen die „Reingeschmeckten" war damals im Dorf wieder heftig aufgeflammt, als das „Verhältnis" mit Edith, der großen Liebe und späteren Frau von Karl Boldner begonnen hatte. Die heiratsfähigen Burschen im Dorf und darüber hinaus waren der Meinung, nur sie allein hätten ein „Anrecht" auf die Mädchen der Gegend. „Da kommt so ein hergelaufener Flüchtling, schnappt die „beste Partie" im Dorf den anderen vor der Nase weg und setzt sich ins gemachte Nest", so ungefähr lautete das Urteil der Dörfler, der jungen wie auch der alten.

Und dass die Beiden schlussendlich dann auch noch heiraten „mussten", sorgte für viel Häme und Klatsch am Stammtisch und beim Bäcker. Dabei war die gespielte Empörung mehr als scheinheilig. Schaute man sich die Kirchenbücher des Dorfes etwas genauer an, in denen alle Geburten und Taufen fein säuberlich registriert wurden, dann konnte man nur darüber staunen, wie viele Kinder es gab, die bereits wenige Monate nach der Trauung das Licht der Welt erblickten und damit der wirkliche Grund für oft etwas überstürzte Eheschließungen waren. Viele gerade von denen, die jetzt so sehr Sitte und Anstand hochhielten, hatte es eben nur mehr oder weniger gut verstanden, die Tatsache des bereits im Mutterleib heranwachsenden Nachwuchses zu vertuschen. Hauptsache der Schein wurde gewahrt.

Aber all das war Geschichte. Karl Boldner und seine Familie waren längst „ehrenwerte" Bürger des Dorfes. Wie sehr man inzwischen gerade Boldner in seiner sachlichen und ausgleichenden Art schätzte, zeigte seine Wahl zum Vorsitzenden des Kirchengemeinderats. Und im weltlichen Gemeinderat hatte er auch schon lange Sitz und Stimme.

Mit ihm also schmiedete Johannes nun Zukunftspläne. „Wir müssen ein Konzept entwickeln, das in zweierlei Richtungen geht. Zum einen: Wie können wir unser Gemeindeleben attraktiver, bunter, lebendiger gestalten? Zum anderen: Wie können wir nach außen dringen, damit Leute erkennen und begreifen: Wir wollen nicht Kirche um der Kirche willen sein. Unser Auftrag ist, dort für die Menschen da zu sein, wo sie uns wirklich brauchen. Wir wollen sie begleiten und ihnen Partner sein – in ihren Sorgen, Nöten und Problemen, aber auch bei den freudigen Ereignissen.

Karl Boldner gefiel dieser Ansatz überaus gut, und er sagte seine volle Unterstützung zu.

*

Der Predigttext des übernächsten Sonntag eignete sich dann auch hervorragend, um die neu gewonnen Einsichten und Ideen unters Volk zu bringen.

Er beinhaltete die Geschichte, in der Jesus mit den Pharisäern, jener frommen Sekte, die damals für die weltfremde Frömmigkeit zuständig war, über den Sabbat stritt. Die Pharisäer kreideten Jesus an, er würde die kirchlichen Ordnungen nicht bis zum letzten i-Tüpfelchen beachten. Besonders im Hinblick auf die Sabbat-Gebote, die für die Menschen längst nur noch zur Last geworden waren und wenig oder gar keine Freude und Freiräume mehr zuließen.

Die Diskussion zwischen Jesus und eben diesen Pharisäern endete damals mit dem inhaltsschweren Satz: „Der Sabbat ist nicht um des Sabbats willen, sondern um des Menschen willen da". Damit machte Jesus deutlich, wie Gott eigentlich den Sabbat gemeint hatte: Nicht zur frommen Belastung der Leute, sondern als Hilfe, um besser leben zu können.

Bereits am Sonntag zuvor war angekündigt worden, dass es an diesem Sonntag in der Predigt um die Zukunft von Kirche und Gemeinde gehen würde. Auch zu einem Nachgespräch im Pfarrsaal bei Kaffee und Gebäck wurde eingeladen – für die Gemeinde etwas völlig Neues. Entsprechend voll war dann auch wieder einmal die Kirche. Johannes entwarf in seiner Predigt mit viel Schwung seine Gedanken. „Leute, Gott wollte uns mit dem Sabbat, oder auch dem Sonntag heute, nur etwas Gutes tun. Dass der Mensch einmal ausspannen, durchatmen kann. Wer immer nur durchmacht, wird krank. Das beweisen uns die moderne Arbeitsmedizin und andere Fachleute, die davon eine Ahnung haben, am laufenden Band". Nach dieser recht lebensnahen Auslegung des vorgegebenen Textes schwenkte Johannes geschickt auf die aktuelle Situation der Kirche und im speziellen der Ortsgemeinde um.

„Auch wir in der Kirche müssen uns darum ganz neu fragen, was den Menschen wirklich gut tut und in welcher Weise wir für sie da sein können". Ein unterstützendes Nicken war an mehreren Stellen des Kirchenraums zu sehen.

Und erstaunlich Viele waren auch zum anschließend angebotenen Stehkaffee geblieben. Es wurde lebhaft diskutiert und Meinungen ausgetauscht. An den Gesprächen spürte man: Das Thema war bei den Leuten angekommen. Die kirchliche Zukunft konnte also auch in der kleinen Alb-Gemeinde beginnen.

Kapitel 24 Schieflage

Nicht ganz so rosig sah Markus die Zukunft seiner Existenz. Mit ziemlich ernster Miene kam er eines Abends zu Johannes. Das angebotene Bier schlug er aus, nur zu einem Wasser war er zu überreden. Das war im Grunde schon ein Alarmzeichen. Normalerweise liebte es Markus nämlich über alles, nach getaner Arbeit noch gemütlich ein Bier mit Johannes zu trinken, um über das und jenes zu reden.

„Johannes, ich bin pleite", kam es ohne Umschweife aus Markus heraus. Johannes begriff zuerst gar nichts, und dann war er über diese völlig unerwartete Nachricht so schockiert, dass es ihm zuerst einmal die Sprache verschlug. Was bei ihm, schon seines Berufs wegen, sonst nicht so leicht vorkam.

Deshalb redete Markus auch weiter: „Die kleine Schlosserei hatte für Wilhelm Mager und seine Frau gerade noch so gereicht. Obwohl sie sich schon damals über den wahren Zustand des Geschäfts hinweggemogelt hatten. Die Kinder von ihnen haben immer wieder finanziell zugeschossen, damit der Vater über die Runden kommen konnte bis zur Rente. - Und nun zu uns: Durch das Zusatzeinkommen für die Beaufsichtigung der Kirchenrenovierung hat es in den letzten Monaten gerade noch so gereicht. Aber jetzt hat die Bank einen Kredit gekündigt. Und dabei bräuchte ich den dringend, denn meine Maschinen sind längst abgeschrieben und von vorgestern."

„Aber von der Bank bekomme ich nichts mehr. Der Leiter der Genossenschaftsbank, der Herr Meister, hat sich schon einmal die Finger verbrannt mit einem größeren Kredit, den er gutgläubig einem bekannten und eigentlich renommierten Handwerksbetrieb im Nachbardorf gegeben hat. Im Nachhinein hatte der sich als „faul" herausgestellt. Falsche Angaben über Sicherheiten und so. Darum ist der Meister inzwischen übervorsichtig. Und im Grunde hat er ja auch recht damit".

„Das sieht aber wirklich düster aus", war das Einzige, was Johannes nach einer längeren Pause, die auf beiden wie Blei lastete, herausbrachte. Und ärgerte sich schon beim Reden über diese hilflose und im Grunde überflüssige Bemerkung.

„Düster ist wahrscheinlich noch sanft ausgedrückt", nahm Markus den Faden auf. „Ich würde ehrlicher sagen: ‚Aus und vorbei'. Der Traum vom Kleinunternehmer im Westen ist Geschichte. Ich und vermutlich auch Karin werden uns irgendwo eine andere Arbeit suchen müssen, um unsere Schulden abzubezahlen. Und vielleicht gehen wir auch wieder zurück ins Erzgebirge. Da gibt's zwar auch keine richtige Arbeit, aber wenigstens Familie, die sich im Notfall gegenseitig stützt und auffängt. Es wird allerdings sehr demütigend sein, zurück zu kommen und zuzugeben: Leute, ich habe versagt. Aus dem Traum im ‚goldenen Westen' ist außer Schulden nichts geworden."

So niedergeschlagen hatte Johannes seinen Nachbarn und Freund Markus noch nie erlebt. Jetzt nur nicht nochmals etwas Falsches oder Voreiliges sagen.

Trotzdem konnte er, nach einigen Augenblicken peinlicher Stille, einfach nicht anders: „Jetzt mach mal halblang, Markus. Irgendwo muss es doch einen Ausweg geben. Habt ihr nicht einen Steuerberater oder vielleicht so etwas wie einen Unternehmensberater, der weiß, wie man mit solchen Schieflagen umgeht?"

Markus schüttelte energisch den Kopf und lächelte dabei wehmütig: „Können wir uns alles nicht leisten. Karin hat bis jetzt die Buchhaltung und Steuer gemacht, und wie ich meine, recht gut. Ich verstehe davon absolut nichts. - Nein Johannes, Schluss ist Schluss! Ich wollte nur dich, unseren Freund, als ersten informieren, damit du es nicht von irgendwo anders her erfährst."

„Und um die alten Magers tut's mir leid. Die hatten so viel Hoffnung in uns gesetzt. Und jetzt muss ich sie so enttäuschen".

225

„Markus, gib mir eine Nacht Zeit, um nachzudenken". Johannes staunte selbst über seinen Mut, denn er hatte absolut keine Ahnung, wie er Markus helfen könnte. Seine finanziellen Mittel waren wie der berühmte Tropfen auf den heißen Stein. Und Karin und Markus würden das auch niemals annehmen. Vom Geschäftsleben, von Buchhaltung und ähnlichem verstand er absolut nichts. Also waren seine Hilfsmöglichkeiten äußerst begrenzt, wenn er ehrlich war.

Als Markus, bereits beim Verabschieden, meinte: „Also, dann bis morgen", war das für Johannes Erlösung und Alptraum zugleich. Er war froh, Markus noch einmal hinhalten zu können, bevor er vorschnelle oder unüberlegte Aktionen startete. Auf der anderen Seite war er sich absolut nicht sicher, ob das Hinhalten nicht in einer herben Enttäuschung münden würde.

Nach der vierten Tasse Nacht-Kaffee (fast wie in alten Studentenzeiten) und mehreren vollgeschriebenen Blättern, auf denen er Für und Wider verschiedener Lösungsansätze und Personen aus seinem Bekanntenkreis notiert und wieder verworfen hatte, rief er am nächsten Morgen Ole an. Er hatte Glück, er erreichte ihn an seinem Schreibtisch. Ole war hocherfreut, von Johannes zu hören. Trotz dem ewigen Zeitdruck von Ole plauderten sie eine ganze Weile, bis Johannes zum eigentlichen Grund seines Anrufs kam.

So sachlich und ausführlich, wie es ihm möglich war, schilderte er Ole die Sachlage. Auch dass es bei Karin und Markus eben nicht nur um irgendjemand ging, sondern um Menschen, die ihm viel bedeuteten und denen er viel verdankte.

Längeres Schweigen am anderen Ende des Telefons. „Und du meinst, ich könnte da helfend eingreifen? Guter Mann, weißt du, was ich alles zu tun habe? Und in meiner wenigen Freizeit, die bleibt, habe ich, ehrlich gesagt, absolut keine Lust, mich auch noch einmal mit geschäftlichen Dingen herum-zuschlagen".

Die Hoffnung von Johannes sank mit jedem Satz. Wieder längeres Schweigen. Fast zögernd kam es jetzt von Ole: „Aber weil du es bist und ich auch die Karin und den Markus mag, werde ich mir die Sache wenigstens mal anschauen. Aber ich kann nur am Sonntag, dem Tag des Herrn, wie ihr in der Kirche doch immer betont. Gibt mir Hochwürden da Absolution?"

So kam Ole am darauffolgenden Sonntag mit seinem Mercedes auf die Alb. Telefonisch hatte er schon vorab mit Herrn Meister von der Bank abgeklärt, dass er die Kündigung des Kredits nochmals aussetzten solle. Herr Meister erkannte sofort, dass da auf einmal ein „Profi" am Werk war, und stimmte darum ohne größere Diskussion zu.

Im Wohnzimmer von Johannes breitete sich Ole denn auch an jenem besagten Sonntag aus. Von Karin und Markus ließ er sich alle verfügbaren Unterlagen bringen. Er prüfte, schrieb, rechnete und dachte nach, manchmal in nicht zu überhörenden Selbstgesprächen. „Als erstes müssen wir deine Außenstände eintreiben", meinte Ole am Abend zu Markus. Viel zu viele Auftraggeber hatten es mit dem Bezahlen nicht allzu eilig. „Aber wenn ich die zu hart anpacke, bekomme ich von denen gar keine Aufträge mehr", meinte Markus kleinlaut. - „Du sollst die ja auch gar nicht anpacken. In vierzehn Tagen kann ich mir einen Samstag frei nehmen. Dann mache ich eine kleine Rundreise bei deinen Schuldnern. Wir werden das vorher schriftlich ankündigen. Glaub mir, ich weiß aus langer Erfahrung, wie man so etwas macht".

Markus hatte zwar ein etwas flaues Gefühl bei der ganzen Sache. Aber vielleicht war er in manchen Dingen tatsächlich etwas zu weich und gutgläubig für das harte Geschäftsleben. Als er jedoch bereits wenige Tage danach eine Reihe von längst fälligen Zahlungseingängen verbuchen konnte, veranlasst allein schon durch das Ankündigungsschreiben, das von Oles Büro professionell verfasst worden war, wurde er deutlich zuversichtlicher.

Die restlichen säumigen Zahler knöpfte sich Ole an jenem besagten Samstag vor. Schon sein Auftreten mit Mercedes, Business-Kleidung und einer Freundlichkeit, die keinen Zweifel an seinem Durchsetzungswillen lies, schüchterten die Unwilligen gewaltig ein. Am Schluss hatte er, bis auf zwei, sämtliche Außenstände eingetrieben oder zumindest die sichere Zusage, dass in den nächsten Tagen Geld fließen würde. Bei den verbliebenen Zweien war nichts mehr zu holen – sie waren selbst pleite.

Als Ole nach getaner Arbeit zufrieden, aber auch rechtschaffen müde in die Wohnung von Johannes zurückkehrte, war Doro da. Sie hatte mit Johannes einiges zu besprechen und wollte auch Karin und Markus einen Besuch abstatten, um die beiden ein wenig aufzumuntern. Von Johannes hatte sie von deren Malheur erfahren, das die Beiden heimgesucht hatte. Seit dem Kennenlernen und der selbstverständlichen und unkomplizierten Hilfe von Karin und Markus waren auch ihr diese beiden Freunde von Johannes ans Herz gewachsen.

„Meine Ex", stellte Johannes in aller Kürze vor.

Nach einer gewissen Überraschung meinte Ole in seiner für ihn typischen Art: „Oh, und so was hast du kampflos ziehen lassen? Johannes, ich versteh dich nicht!". Doro, über so viel Komplimente fast ein wenig verlegen, was bei ihr sonst selten vorkam, meinte abwehrend: „Ich bin gegangen und habe den armen Kerl alleingelassen". „Den „Armen Kerl" möchte ich überhört haben", konterte Johannes. „Und ganz so war's ja dann in Wirklichkeit auch nicht. Wir haben es miteinander versucht, aber haben einfach nicht richtig zusammengepasst. Und jetzt sind wir froh, dass wir uns trotzdem noch in die Augen schauen können". „Schöner hätte man es nicht sagen können, Herr Pfarrer", gab Doro etwas spitz zurück und lachte.

Nachdem Doro von ihrem Besuch bei Karin und Markus zurück war, verbrachten sie noch einen netten Abend zu dritt bei sehr anregenden Gesprächen. Doro machte sich viel später auf den Heimweg, als sie eigentlich geplant hatte.

Ole brauchte noch einige Sonntage, und wenn er es einrichten konnte, auch Samstage, um sich durch die Unterlagen von Markus zu wühlen. Als er halbwegs System in die Sache gebracht hatte, musste zuerst mal ein neuer Kredit ausgehandelt werden. Mit Herrn Meister von der Genossenschaftsbank war da nichts mehr zu machen. Und auch andere Banken winkten müde ab. Es gab zu viele kleine Handwerker, denen finanziell die Luft ausging. Da musste man vorsichtig sein.

„Dann müssen wir andere Kanäle anzapfen", meinte Ole nüchtern. „Private Investoren, die bereit sind, ein überschaubares Risiko einzugehen. Natürlich brauchen die gewisse Sicherheiten". Dass später größtenteils er für die Sicherheiten gerade stand und auch zu den privaten Investoren gehörte, verschwieg er. Nachdem er sich sehr gründlich mit den Gegebenheiten einer kleinen Landschlosserei befasst hatte, erarbeitete er für Markus einen Geschäftsplan. Dazu gehörte als erste „Überraschung", dass er Markus dringend riet, eine zusätzliche Arbeitskraft einzustellen.

„Der Betrieb wirft ja nicht einmal so viel ab, dass wir davon leben können. Wie soll ich da noch jemand anderes bezahlen?"

Ole meinte nur trocken: „Manchmal ist mehr auch wirklich mehr. Wenn du noch eine dauernde zusätzliche Kraft hast, kannst du größere Aufträge annehmen und schneller arbeiten. Natürlich muss der Mann ausgelastet sein und du natürlich auch. Deshalb müssen wir dringend deine Produktpalette durchgehen. Und über neue Produkte und Werbemöglichkeiten nachdenken." Markus fiel es nicht leicht, so auf die Schnelle umzudenken. Aber er hatte Vertrauen in Ole und spürte, dass der etwas von seiner Sache verstand. Nicht umsonst war er ein erfolgreicher Geschäftsmann.

Und Ole machte es zusehends Spaß, die kleine Landschlosserei zu sanieren und wieder auf tragfähige Beine zu stellen. Natürlich hatte das ganze viel mit seiner sonstigen

Arbeit und seinen dort gesammelten Erfahrungen zu tun. Und doch, so gestand er sich ehrlich ein, taten ihm die ganze andere Umgebung und der Kontakt zu Johannes und seinen Freunden gut. „Meine Reha auf der Alb" nannte er das Ganze Bekannten gegenüber.

Als Ole wieder einmal im Wohnzimmer von Johannes saß hinter Stapeln von Akten und Geschäftsplänen, erkundigte er sich in einer Verschnaufpause beiläufig und doch auffallend ausführlich nach Doro. Ob die Dame nicht einmal wieder zufällig hier auf der Alb etwas zu erledigen hätte? „Oh, oh", meinte Johannes, „Ole, hat's dich erwischt? Und dabei wolltest du doch auf immer und ewig allem weiblichen Geschlecht absagen, nach deinen nicht allzu guten Erfahrungen". „Wollte ich auch", brummte Ole. „Aber wenn einem der Himmel so ein Geschöpf über den Weg schickt, wäre es doch der größte Unfug, auf Grundsätzen zu beharren."

Johannes versprach, bei Doro einmal vorsichtig nachzufragen. Er musste sich nur noch einen halbwegs plausiblen Grund überlegen, mit dem er sie wieder einmal auf die Alb locken konnte.

So sehr brauchte Johannes sich jedoch gar nicht zu verbiegen. Als er tatsächlich einen recht fadenscheinigen Grund für seinen Anruf bei Doro nannte und beiläufig erwähnte, Ole sei auch da, war Doro sofort Feuer und Flamme. Also war das Ganze offensichtlich keine einseitige Angelegenheit. Wer hätte das gedacht..

Ole nahm sich für den nächsten Termin gleich zwei Tage Zeit. Am Samstag arbeitete er, wie immer, sehr konzentriert. Die Sanierungskur der Landschlosserei schlug an. Dem Betrieb von Markus ging es bereits deutlich besser und alle konnten wieder mit berechtigter Zuversicht in die Zukunft sehen. Karin und Markus drückten ihre Dankbarkeit, wie schon so oft, mit einem leckeren Abendessen aus, zu dem sie ganz spontan Johannes und Ole eingeladen hatten, die beide die Einladung nur allzu gern annahmen.

Für den Sonntag hatte sich, wen wundert's, Doro angemeldet. Zusammen mit Sophie, ihrer kleinen Tochter. „Wenn es denn schon sein soll, bin ich nur im Doppelpack zu haben", hatte sie verschmitzt am Telefon zu Johannes gesagt. Und der fand das auch völlig in Ordnung. - Johannes hatte natürlich am Sonntagvormittag seinen Gottesdienst zu halten und konnte sich darum wenig um die vorhandenen und ankommenden Privat-Gäste kümmern. Gottesdienst bedeutete für ihn volle Konzentration, da war er für nicht viel anderes zu haben.

Als er beim Orgelvorspiel den inzwischen fast fertig renovierten Kirchenraum betrat, traute er seinen Augen nicht. Neben all seinen bekannten und weniger bekannten Schäfchen hatten sich Besucher eingeschlichen. In einer der hintersten Bänke saßen Doro mit Sophie und Ole. „Wir wollten doch auch einmal deine Predigtkünste genießen. Und mir als „Vollheide" hat's eigentlich gar nicht so schlecht gefallen. Du hast was zu sagen, Johannes. Wenn so alle Pfarrer wären, könnte ich direkt manches überdenken, was ich seit Jahren mit Bausch und Bogen abgelehnt habe". Von Ole her gesehen war das ein dickes Lob, denn er hatte schon seit vielen Jahren der Kirche und allem, was damit zusammenhing, zumindest innerlich den Rücken gekehrt.

Am Nachmittag, nachdem sie ein gemeinsam produziertes Mittagessen genossen hatten, machten sie miteinander einen ausgiebigen Spaziergang. Dann tat Johannes auf einmal sehr geschäftig: „Er müsse sich für einige Zeit entschuldigen..." Johannes wusste eben, wann er gebraucht wurde und wann nicht. Und im Moment eher nicht.

Kapitel 25 Überflieger

Johannes hatte längst nicht mehr mit einer Antwort gerechnet. Aber eines Tages lag in seinem Postkasten ein Brief des Southern Theologican College, einem Teilbereich der ehrwürdigen Boston University. Man entschuldigte sich höflich für die längere Wartezeit, sei aber an der Bewerbung von Johannes nach wie vor sehr interessiert - er doch hoffentlich auch? Johannes atmete erst einmal tief durch. Bedeutete das, dass sein Weg zukünftig vielleicht doch in diese Richtung ging? Jedoch vorläufig lud man ihn „nur" zu Gesprächen und einer Probevorlesung ein. Man wolle sich ein möglichst umfassendes und persönliches Bild von ihm machen. Mehr nicht... - Ob es ihm relativ zeitnah möglich wäre, einen Besuch in Boston einzuplanen – lautete die Anfrage. Zwei, drei Tage wären schon gut. Flug, Unterkunft und alles andere würde man selbstverständlich bezahlen.

„Typisch Amerikaner", dachte Johannes. „Erst kommt gar nichts, und dann soll alles möglichst schnell gehen."

Ein Anruf in Boston machte denn auch deutlich, dass man ihn am liebsten bereits in vierzehn Tagen erwartet hätte, da das Bewerbungsverfahren schon in vollem Gange war. Für Johannes begannen damit wieder mal hektische Tage. Erst einmal mussten die bereits bestehenden Termine um geplant und teilweise völlig neu geordnet werden.

Für Gottesdienst- beziehungsweise Predigtvertretungen, die in der Kürze der Zeit am schwierigsten zu bewerkstelligen gewesen wären, musste er glücklicherweise nicht sorgen. Er konnte seinen USA-Aufenthalt in die Zeit der Wochentage zwischen Montag und Freitag legen. Sehr gerne hätte er seinen USA-Trip mit einem längeren Aufenthalt an der Ost-Küste gekoppelt. Aber das lag im Moment aus vielfachen Gründen absolut nicht drin. Ein anderes Mal....

Dann mussten die Flugtickets besorgt werden. Glücklicherweise konnte er noch einen passablen Direktflug ab Stuttgart mit einer niederländischen Fluggesellschaft buchen.

Und nicht zu vergessen - das Vorlesungsmanuskript. Er hatte sich vorgenommen, über die jüngere deutsche Kirchengeschichte und die Entwicklungen in Ost und West zu referieren. Inzwischen war er ja darin fast Experte und seine Hoffnung war, dass er auch bei den Amerikanern mit diesem Thema punkten könnte und damit nicht ganz neben ihren Erwartungen lag. Das Ganze musste dann auch noch ins Englische übersetzt werden, auch keine leichte doch sehr zeitraubende Arbeit.

*

Viel zu schnell kam darum auch der Tag des Abflugs. Bereits in der Frühe um sechs Uhr ging seine Maschine auf dem Stuttgarter Flughafen an den Start. Beim Einchecken fragte ihn eine freundliche Dame, ob er einen Sitzplatzwunsch habe. „Wenn ein Fensterplatz noch frei wäre, würde mich das sehr freuen". Er hatte jedoch wenig Hoffnung, dass sein Wunsch in Erfüllung gehen könnte, zumal er ja sehr spät gebucht hatte. „Kein Problem, meinte zu seinem Erstaunen die Dame. Wir haben heute offensichtlich wieder viele Passagiere mit etwas Flugangst, die bevorzugen alle die Innenplätze."

Im Gegensatz zu vielen Leuten aus seinem Bekanntenkreis liebte Johannes das Fliegen, besonders auch über längere Distanzen. Leider hatte er noch nicht allzu oft das Vergnügen gehabt. Darum war es gerade jetzt für ihn ein unbeschreiblich erhebendes Gefühl, als der große Vogel sich mit aller Kraft von der Piste abhob. Der Morgen war trüb und wolkenverhangen. Trotzdem genoss Johannes den Blick auf die Landeshauptstadt, als das Flugzeug sich neigte um in einem großen Bogen auf seine Flugrichtung einzuschwenken.

Höher und höher stieg die Maschine, bis sie in die Wolken eintauchte. Eine Zeitlang sah man nichts als Wolkenfetzen, die am Kabinenfenster vorbeiflitzten. Plötzlich jedoch lag die Wolkendecke unter ihnen und strahlender Sonnenschein umgab sie. Jedes Mal aufs Neue ein faszinierender Anblick. Zumindest für einige Momente hatte er das Gefühl, alles da unten zurücklassen zu können und nur noch über den Dingen zu schweben.

Als man die Flughöhe erreicht hatte, machte Johannes es sich bequem und richtete sich auf den langen Flug ein. Kaum saß er richtig, kam auch schon eine freundliche Stewardess, um ein Frühstück anzubieten. Johannes hatte zwar Zuhause noch hastig etwas in sich hineingeschoben, aber das war schon wieder eine ganze Zeit lang her. Deshalb nahm er dankend das Angebot an und genoss das Frühstück über den Wolken so richtig.

Er hatte sich ausreichend mit Lesestoff eingedeckt. Auch seine Vorlesungen wollte er nochmals durcharbeiten. Aber vorerst wurde daraus nicht allzu viel. Seine Sitznachbarin war ganz offensichtlich an einer ausführlicheren Unterhaltung interessiert. Eine ältere, gepflegte Dame, die, wie sie berichtete, auf dem Weg zu ihren Töchtern war. „Da gönnt man den Kindern etwas Gutes und ermöglicht ihnen ein Auslandssemester in den Staaten, und schon bleiben sie drüben hängen. Beide ihrer Töchter hatten während des Aufenthalts in USA die Liebe ihres Lebens gefunden. Und waren geblieben. „Inzwischen schon vier Enkel", erfuhr Johannes von der stolzen Großmutter.

Nach vielen Stunden Flug, die er mit Lesen, Schlafversuchen, einer Zwischenlandung und immer wieder Plaudern mit seiner Sitznachbarin zugebracht hatte, kündigte der Pilot an, dass man im Anflug auf Boston sei. Nach örtlicher Zeit war es dreizehn Uhr am Nachmittag. In der Sonne glänzten die Glasfassaden der großen Geschäftshäuser in faszinierender Weise. Beim Überflug staunte Johannes, wie unübersichtlich groß die Stadt war. Er hatte sich das Ganze etwas beschaulicher vorgestellt.

Ein Taxi brachte ihn zum Hotel, wo er sich noch etwas frisch machen wollte. Die vielen Stunden Flug und der wenige Schlaf machten sich jetzt bemerkbar.

Um siebzehn Uhr war ein erstes Gespräch in der Hochschule angesetzt, und natürlich wollte er einen möglichst guten Eindruck machen. Ein kleines Nickerchen würde seine Konzentration unterstützen und ihm sicher auch zu frischerem Aussehen verhelfen. Wie er war, legte er sich quer auf das Hotelbett und schlief sofort ein. Dummerweise hatte er versäumt, einen Wecker zu stellen. Er wollte ja nur ein halbes Stündchen...

Als er wieder erwachte, war es bereits nach sechzehn Uhr. Panik erfasste ihn. Alles, nur nicht zu spät kommen. In einem Rekordtempo versetzte er sich in halbwegs passables Aussehen, warf sich in den vorgesehenen Anzug, verhedderte sich natürlich mit der Krawatte.

Glücklicherweise hielt direkt vor dem Hotel ein Taxi. Jedoch war Rushhour, das Taxi kam für sein Gefühl nur schleichend voran, was gewaltig an seinen Nerven zerrte. Der laufende ängstliche Blick auf die Uhr verhinderte, dass er seine Umgebung wirklich wahrnahm. Er sah nur viel zu viele Autos, umgeben von Geschäften und Hochhäusern. Hätte man ihn später nach Genauerem gefragt, er hätte ganz sicher nicht darauf antworten können. Wenige Minuten vor siebzehn Uhr hastete er in die Vorhalle des College. Eine freundliche Empfangsdame führte ihn zu einem Sitzungsraum, in dem schon mehrere recht leger gekleidete Damen und Herren in einer Runde saßen.

„Ihr Flieger hat es wohl gerade noch geschafft" begrüßte ihn freundlich einer der leitenden Mitglieder des Gremiums. „Nein", gab Johannes freimütig zu, „die Landung war zu sanft, ich bin auf meinem Bett im Hotel eingeschlafen". Die ganze Runde lachte und damit war das berühmte Eis erst einmal gebrochen.

Die Befragung und erste Runde zum Kennenlernen stellte sich als weit harmloser heraus, als Johannes es befürchtet hatte. Nachdem er einiges über seine Person und seinen Werdegang berichtet hatte, wollte man wissen, warum gerade die „angewandte" Kirchengeschichte ihm so am Herzen liege.

Johannes trug mit Engagement seine Begründung vor. Dem Gremium schien das zu gefallen, wie man dem beifälligen Nicken und den zustimmenden Kommentaren entnehmen konnte. Jedoch auch einige recht kritische Fragen wurden gestellt, zum Beispiel zu seinem Werdegang. Schließlich war er ein akademischer Newcomer. Aber offensichtlich konnte er auch diese Fragen zur Zufriedenheit beantworten.

In der Nacht schlief Johannes schlecht. Immer wieder waren es die Gedanken an die morgige Probevorlesung, die ihn wach hielten. Einmal stand er sogar mitten in der Nacht auf, um an seinem Manuskript Randnotizen anzubringen, die ihm eben noch durch den Kopf gegangen waren. Erst gegen morgen fand er einen leichten Schlaf.

Diesmal hatte er es nicht versäumt, seinen Wecker zu aktivieren. Eigentlich viel zu früh stand er unter der Dusche. Nachdem er sich gerichtet und in der Hotelbar ein leichtes Frühstück eingenommen hatte, ging er seine Vorlesung noch einmal durch. Gerade wollte er dies noch ein zweites Mal tun, als er sich selbst stoppte.

„Du machst dich zusätzlich nervös, wenn du jetzt laufend noch an deiner Vorlesung herumbastelst. Du hast dein Bestes gegeben, und der Rest muss Intuition sein", sagte er sich selbst. Wie häufiger bei solchen Vorträgen hoffte er, dem Publikum ab spüren zu können, was es wirklich interessierte, um dann entsprechend darauf zu reagieren.

Die Aula der High School, in der die Probevorlesung stattfinden sollte, war bis zum letzten Platz voll belegt. Junge Leute mit erwartungsvollen Gesichtern, aber auch ältere, offensichtlich Professoren oder sonstiges akademisches Personal. Johannes spürte, wie seine Handflächen feucht wurden. Nach einer freundlichen und lockeren Begrüßung und Vorstellung durch den Rektor der High School war er dran.

Am Anfang etwas unsicher, aber dann immer freier, stieg er bewusst mit den aktuellen Ereignissen in seinem Land seit der sogenannten Wende ein. Dass es dabei vordergründig mehr um Tagespolitik als um Kirchengeschichte ging, störte weder ihn noch seine Zuhörer. Geschickt schlug er von dort die Brücke hinüber zur Kirchengeschichte der DDR in den letzten vierzig Jahren. Auch die Geschichte der Kirchen in der Bundesrepublik in dieser Zeit und die oft nicht einfachen Beziehungen von hüben und drüben und umgekehrt durfte nicht aus dem Blick gelassen werden, um ein vollständiges Bild zu entwerfen.

In einem zweiten Teil versuchte er eine Bewertung und die Andeutung von Konsequenzen. Glaubhaft machte er deutlich, dass es für weitergehende Schritte in dieser Richtung an sich noch zu früh sei. Aber dass man an der Sache unbedingt dran bleiben müsse, um nicht in einer falschen Weise das Tuch des Vergessens über alles zu breiten, wie es in der deutschen Kirchengeschichte der letzten einhundert Jahre und parallel dazu auch in der politischen Geschichte viel zu oft geschehen sei.

Er schloss mit einem Zitat des ostdeutschen Pfarrers Joachim Gauck, einer Symbolfigur des Widerstands in der DDR und der Erneuerung nach der Wende. Auch in den Staaten war man bereits auf ihn aufmerksam geworden. Gauck sagte in einer Rede vor Vertretern der Kirchen und der Politik: „Auf einer Basis ‚Es war nicht alles schlecht' kann keine Versöhnung entstehen, nur Friedhofsruhe".

Die im Plenum versammelten Studenten und anderen Besucher hatten ihm gespannt zugehört. Was dann kam, war mehr als der höfliche Beifall, den wahrscheinlich jeder ausländische Gast bekommen hätte. Johannes spürte, dass sein Anliegen bei den Zuhörern angekommen war. Und dass man seine Zielrichtung verstanden hatte, wurde in der anschließenden Fragerunde mehr als deutlich. Wegen dem vorgegebenen Zeitrahmen mussten die Gespräche leider zu einem Zeitpunkt abgebrochen werden, als sie eigentlich noch in vollem Gange waren.

Johannes bedauerte dies einerseits, andersseits war er auch ehrlich froh darüber. Denn das konzentrierte Reden, Zuhören und Antworten auf die gestellten Fragen war kräfteraubender, als er es sich anfänglich eingestehen wollte.

Trotzdem konnte er nicht verhindern, dass beim Verlassen der Aula er noch von einigen Studenten angesprochen wurde. Darunter ein junger Mann namens Ken Aazola. Er dankte Johannes offen und herzlich für seine aufschlussreichen Ausführungen. Und fragte dann höflich und doch fast ein wenig drängend, ob Johannes am späteren Nachmittag oder nächsten Morgen nicht eine viertel Stunde Zeit erübrigen könne. Er würde zusammen mit seinem Vater kommen, der aus persönlichen Gründen ein sehr großes Interesse an der Thematik habe, die Johannes in seiner Vorlesung angeschnitten hatte.

Johannes konnte sich zwar nicht so richtig vorstellen, was der Hintergrund dieses Interesses sein sollte. Aber da Ken so freundlich und höflich bat und es ihm wirklich ein großes Anliegen zu sein schien, willigte er ein. Zwischen einer Besprechung mit dem Hochschulrat und einer weiteren Zusammenkunft konnte er noch ein halbe Stunde für dieses Gespräch einschieben.

Den kommenden Tag wollte er nicht mit solchen Dingen verplanen. Er hatte ihn sich zum größten Teil freigehalten, denn er wollte doch wenigstens einige wenige, sicher unvollständige Eindrücke von der Stadt und Umgebung mitnehmen. Und am Tag darauf war bereits wieder sein Rückflug gebucht.

*

Ken Aazola war seinem Vater Charles wie aus dem Gesicht geschnitten. Charles war viele Jahre als GI in Deutschland stationiert gewesen und hatte dort auch seine Frau Gisela kennen- und lieben gelernt. Auch Ken war in Deutschland geboren. Die letzten Jahre seines Dienstes war Charles in Berlin und unter anderem auch am berühmten Checkpoint Charlie eingesetzt.

Er hatte dort viele dramatische Szenen miterlebt, auch ähnliche wie die mit der berühmten „Frau vom Checkpoint Charlie", die wochenlang mit Plakaten für die Freigabe ihrer Kinder demonstrierte, die ihr wegen einem Fluchtversuch aus der DDR weggenommen und in Heime gesteckt beziehungsweise zur Zwangsadoption frei gegeben worden waren. Die Bilder von dieser Frau waren damals um die ganze Welt gegangen.

„Wir haben immer gemeint, sie müssten doch eigentlich auch Menschen sein wie wir, die eben ihren Job machen. Keinen schönen, aber leider notwendigen". Charles meinte damit die Grenzpolizisten der DDR, denen sie täglich Auge in Auge gegenüberstanden. Allerdings selten den Gleichen. Aus Misstrauen und Überwachungsgründen wurden die Polizisten und Soldaten der NVA laufend ausgewechselt.

„Wie sie dastanden mit ihren versteinerten und doch so arroganten Mienen, das bedrückte uns immer wieder aufs Neue. Die Gehirnwäsche und Indoktrination hatte bei denen offensichtlich besonders gut funktioniert. Nie erwiderten sie ein freundliches Lächeln oder gar ein „Hallo". Im Gegenteil: Wenn wir ihnen zu nahe kamen, hoben sie mit einer drohenden Geste ihre Maschinengewehre. Und wir wussten, die sind scharf geladen. Sie hatten den Befehl und offensichtlich auch keine Hemmungen, die MGs direkt auf den Mann zu richten, egal, wer ihnen gegenüberstand. Wenn da einer einmal versehentlich an den Abzug gekommen wäre, in irgendeiner Stresssituation, die es ja immer wieder gab - nicht auszudenken, was dann geschehen wäre".

„Aber das nur am Rande, ich möchte ihre wertvolle Zeit nicht übermäßig strapazieren. Ich wollte mit ihnen nur kurz über eine Sache reden, die mich seit meiner Zeit dort am Checkpoint Charlie verfolgt. Und sie sind doch Pfarrer und kennen sich da vermutlich in solchen Dingen etwas besser aus als andere Leute."

Und dann erzählte Charles Aazola von einem Zwischenfall an der Grenze, der ihn ganz besonders berührt und seither nie

239

mehr losgelassen hatte. Drei junge Menschen hatten sich für ihren Fluchtversuch, wie sie meinten, etwas ganz Besonderes einfallen lassen. Oder war es nur eine Verzweiflungstat, weil sie es einfach im „Gefängnis DDR" nicht mehr ausgehalten hatten? Mit einem laienhaft „gepanzerten" Trabi versuchten sie die Grenzsperren am Charlie zu durchbrechen. Das Ganze war hochdramatisch aber ging natürlich gründlich schief. Die jungen Leute hatten nicht gewusst, dass ähnliche Versuche schon früher gescheitert waren. Nachrichten über solche „Vorkommnisse", wie es im DDR-Amtsdeutsch hieß, blieben alle geheim und unter strengem Verschluss. Diese „Verschlusssachen" waren mit ein Grund, dass später nach der sogenannten Wende allen Ernstes Leute, die es eigentlich besser hätten wissen müssen, steif und fest behaupteten, so etwas habe es nie gegeben.

Die Grenzer schossen wie wild in die Reifen und gezielt auch auf das Auto. Die Grenzsperren taten ihr Übriges. Ungefähr vier Meter vor der Freiheit blieb das demolierte Auto liegen. Und sofort waren die Grenzsoldaten da, um mit brutaler Gewalt die jungen Leute aus dem Trabi zu zerren. Schlagstöcke und Fußtritte kamen zum Einsatz, trotzdem die jungen Leute so unter Schock standen, dass sie gar nicht mehr daran dachten, sich in irgendeiner Weise zu wehren. Zwei der Menschen, eine Frau und ein Mann, wurden sofort aus dem Sichtbereich der GIs weggeschleppt. Den dritten hatte der Knüppel des Grenzers so hart getroffen, dass er zuerst einmal blutend und stöhnend am Boden liegen blieb. Als die Grenzsoldaten mit einer hass- und wutentbrannten Geste ihn hochrissen, blickte Charles, der unmittelbar an der Grenze stand, für einige Augenblicke in das Gesicht des jungen Mannes.

„Diesen Blick voller Angst, Verzweiflung und Niedergeschlagenheit werde ich mein ganzes Leben nie mehr vergessen. Ich stand nur wenige Meter von dem Opfer entfernt und durfte nicht helfen. Auch unsere Waffen waren geladen. Und einen winzigen Augenblick ging es mir tatsächlich durch den Kopf: Knall sie ab und hol den Jungen raus. Aber dann siegte wieder die Vernunft. Eine schreckliche, mörderische Vernunft."

Johannes hatte gebannt zugehört. Aber dann fuhr Aazola Senior fort: „Warum ich ihnen das alles noch einmal erzähle: Ich möchte sie um etwas bitten. Ich weiß, es klingt fast unmöglich, und doch gibt es vielleicht eine winzige Chance, meine Bitte Wirklichkeit werden zu lassen. Ich möchte diesen Jungen suchen, soweit er noch lebt und die Folter und Schikanen der Gefängnisse überstanden hat, in die er ganz sicher verschleppt wurde. Ich weiß nicht, ob sie das verstehen: Aber ich fühle mich seit diesem Tag schuldig. Dass ich mitansehen musste, was man mit diesem Jungen gemacht hatte, der mein Sohn hätte sein können. Und ich nicht eingreifen konnte, um ihm zu helfen, trotzdem ich wenige Meter neben ihm stand."

„Wenn er irgendwie und irgendwo noch aufzufinden ist, möchte ich ihm als kleinen Ausgleich für das, was er damals und vielleicht auch noch später durchgestanden hat, etwas Gutes tun. Auch als Entschuldigung für meine unterlassene Hilfeleistung, die ja einfach nicht möglich war. Vielleicht könnte ich ihn hierher in die Staaten einladen, falls er das möchte. Es würde mir helfen, mein Gewissen zu beruhigen und mit der Sache vielleicht besser fertig zu werden."

„Sie haben doch in Deutschland inzwischen eine Behörde, die die Stasi-Unterlagen auswertet. Und sicher auch die Vorkommnisse an der Grenze", fuhr er fort. „Und ich weiß noch genau das Datum und sogar die Uhrzeit von diesem Vorfall". Zum Beweis kramte er ein altes Notizbuch heraus und fing an, darin zu blättern.

„Vieles von diesen Unterlagen hat die Stasi bei der Wende vernichtet, damit ihre Schandtaten, auch die der NVA und der Parteifunktionäre, möglichst nur bruchstückhaft ans Licht kommen sollten. Besonders die Protokolle über die Vorkommnisse an der innerdeutschen Grenze wurden sehr gründlich ausgesondert. Ich fürchte, da wird die volle Wahrheit nie ans Licht kommen. Es gibt ja leider auch heute noch genügend Personen, die daran absolut kein Interesse haben und sogar dreist behaupten, es habe in Wirklichkeit nie einen richtigen Schießbefehl gegeben. Was natürlich nachweislich eine glatte Lüge ist. Aber, ich werde versuchen, was irgend möglich ist, für sie in die Wege zu leiten."

Nachdem Johannes sich die Adresse von Charles und Ken Aazola hatte geben lassen, verabschiedete er sich herzlich von Vater und Sohn. Es gab doch noch Menschen mit einem sehr wachen Gewissen. Nach all dem Vertuschen und Leugnen, von dem er in den letzten Wochen und Monaten gehört und es teilweise selbst erlebt hatte, tat das irgendwie gut.

*

Auf Vermittlung der College-Leitung hatte eine kleine Gruppe von Studenten sich spontan bereit erklärt, Johannes durch Boston und die nähere Umgebung zu begleiten. Er nahm das Angebot gerne an. Die Gemeinschaft mit ihnen war äußerst angenehm und sie halfen ihm, in der riesigen Stadt nicht den Überblick zu verlieren. Nach dem Erlebnis dieses Tages hatte er so richtig Lust, mit diesen freundlichen und offenen jungen Menschen zusammen zu arbeiten.

In den wenigen Tagen seines Aufenthaltes in den Vereinigten Staaten ging ihm Vieles wieder ganz neu durch den Sinn. Er hatte ähnliche Beobachtungen schon bei einem früheren Aufenthalt in den Staaten gemacht und damit einige Tatsachen schätzen gelernt, die man sonst leicht übersah. Es gab sicher vieles, was man an den USA kritisieren konnte. So manches im Bereich der Politik und auch das Verhalten und die Ansichten einiger Leute waren für ihn, und vermutlich nicht nur für ihn, äußerst gewöhnungsbedürftig. Aber im Gegensatz zu seiner Heimat traf er hier niemand, der laufend an den Deutschen herummäkelte. „Die Deutschen sind eben so, wie sie sind. O.K.". Das war die tolerante Einstellung der meisten Amerikaner.

Wie anders bei ihm zuhause in Deutschland. Man betonte zwar ab und zu noch, wieviel man den Amerikanern nach dem zweiten Weltkrieg zu verdanken hatte. Aber dann wurde laufend an ihnen herumkritisiert und alles mit großer Besserwisserei und Arroganz durchleuchtet. Diese Art, über Amerika zu reden, empfand er zutiefst als ungerecht und überheblich. Je länger je mehr befremdete ihn diese enge und selbstgerechte Denkweise. Er hatte hier das „Leben und leben lassen" wieder neu schätzen gelernt. Trotz all der Vorbehalte waren die Vereinigten Staaten ein wirklich freies Land. Und seine deutschen Landsleute manchmal höchst kleinkariert. Auch dies war eine der wichtigen Erkenntnisse, die er aus den Staaten wieder neu mitnehmen wollte

Auf dem langen Rückflug gingen ihm noch ganz andere Gedanken durch den Kopf. Was nun, wenn seine Bewerbung wirklich Erfolg haben sollte? Es gab zwar nach seinen Informationen noch eine Reihe anderer ernsthafter Bewerber. Aber nach den Gesprächen und Erfahrungen der zurückliegenden Tage hatte er das Gefühl, dass seine Chancen gar nicht schlecht standen.

Aber - wollte er das auch wirklich? Da war zum einen seine aktuelle Aufgabe. Er hatte den Menschen seiner Gemeinde und darüber hinaus Mut gemacht, die Zukunft zu gestalten. Sie waren ihm ans Herz gewachsen und in der relativ kurzen Zeit war er ein Teil von ihnen geworden. Konnte er das alles so einfach im Stich lassen und diese Leute damit enttäuschen? - Aber etwas anderes wog noch viel schwerer. Eine Zukunft ohne Ines konnte und wollte er sich nicht vorstellen. Auf keinen Fall würde er nach Amerika gehen, bevor er sie gefunden hatte – und ihre Meinung zu dieser Art von „Zukunft" kannte. – In diesem Zusammenhang stand jedoch eine noch viel schwierigere Frage fast übermächtig im Raum - wollte Ines ihn überhaupt noch? Wollte sie überhaupt eine Zukunft gemeinsam mit ihm? Und falls es denn so wäre, wäre sie bereit, in Amerika ein völlig neues Leben mit ihm zu beginnen?

Eine Weile war er sich vorgekommen wie ein Überflieger, der über den Dingen stand. In Amerika war alles so weit weg, manches vielleicht zu weit. Aber jetzt setzte er wieder hart in der Wirklichkeit auf.

Kapitel 26 Kommissar Zufall – die Suche geht weiter

Kaum hatte er seine Koffer ausgepackt, kam auch schon ein Anruf von Babsi. Sie wollte natürlich zum einen unbedingt wissen, wie es in Amerika gelaufen sei. In aller Kürze schilderte Johannes das Allerwichtigste. „Wir müssen uns in aller Kürze treffen, damit du ausführlich berichten kannst. Ich organisiere einen Termin".

Der Termin war dann bereits etwas mehr als eine Woche später. Wie Babsi das immer schaffte, alle unter einen Hut zu bekommen, war ihr Geheimnis. Als sie Johannes die Rückmeldung gab, dass der Termin feststehe, fügte sie etwas zögernd hinzu: „Ole will deine Ex mitbringen, geht das für dich in Ordnung?" Johannes lachte. „Unser Verhältnis ist inzwischen, Gott sei Dank, so entspannt, dass man fast von Freundschaft reden kann. Und für Doro und Ole freue ich mich ganz besonders. Wenn das was wird - ich glaube, die beiden passen zusammen".

Wenige Tage später traf man sich also bei Babsi und Dieter. Doro war ehrlich erfreut, in den Freundeskreis aufgenommen zu werden. Wie hatte sie sich doch verändert. Wenn Johannes früher von den Freunden gesprochen hatte, war bei ihr nur zynische Ablehnung, so nach dem Motto: Was soll ich mit deinen Freunden - die langweilen mich... Und jetzt fügte sie sich liebend gern in diesen Kreis mit ein, fast als ob sie schon immer dazu gehört hätte. Ganz beiläufig meinte sie bei einer passenden Gelegenheit zu Johannes: „Tut mir leid, es war dumm von mir, wie ich damals über deine Freunde geredet habe. Aber ich wusste ja wirklich nicht, wie sehr die in Ordnung sind".

Ole kam etwas später, wieder mal von einem Geschäftstermin. Diesmal fuhr er mit einem schwarzen Porsche mit braunen Ledersitzen vor, ein wirkliches Prachtstück. Dieter war ganz aufgeregt und hatte die anderen extra zur Türe gerufen, um Oles Neuerwerbung zu bewundern. „Ein junger Gebrauchter", mildere dieser etwas das Erstaunen und die Bewunderung der anderen ab. „Aber trotzdem ganz sicher noch sündhaft teuer", gab Dieter zurück, der sich jedoch der Faszination, die das gute Stück ausstrahlte, so wenig entziehen konnte wie die anderen auch.

Nur Doro betrachtet das Auto nachdenklich. In ihrer sehr direkten Art sagte sie zu Ole: „Hoffentlich hast du den nicht nur gekauft, um mir zu imponieren". Der sonst so schlagfertige Ole stand verlegen da. Sie hatte ihn voll ertappt.

„Ole, ich will nicht dein Geld. Es ist zwar nett, dass du davon ein wenig mehr hast. Aber ich will nicht dein Geld, wenn überhaupt, dann will ich dich". Beide wurden ein wenig rot und schauten sich an wie zwei frisch verliebte Teenager. Ole dachte bei sich selbst, wie er es später auch den Freunden gegenüber offen formulierte: „Der große Unterschied: Meine Ex damals wollte nur mein Geld. Und sie will nur mich. Kann man noch mehr vom Leben verlangen?"

*

Johannes erzählte lange und ausführlich von seinen Erlebnissen in Boston. Das Interesse der Freunde war nicht nur gespielt, sie platzten fast vor Neugierde. Sowohl die Inhalte seiner Vorlesung wie auch die Reaktion des Publikums und Bewertungsgremiums musste er in allen Einzelheiten berichten.

„Und wie ist jetzt dein Bauchgefühl? Meinst du, du hast die Stelle?" Babsi war es, die so direkt fragte. Johannes zögerte etwas. „Ich glaube, meine Chancen stehen nicht schlecht. Aber..." „Wo liegt das ‚Aber'?" fragte Dieter zurück. „Ich sehe dich schon als Kollegen überm großen Teich. Vielleicht kannst du mir mal eine Gastprofessur in meinem Fachbereich vermitteln, dann machen wir unsere Freundes-Treffen eben in den Staaten. Wäre doch auch nicht schlecht – oder? Also – wo drückt noch der Schuh?"

Johannes sprach offen über seine Bedenken hinsichtlich seiner Kirchengemeinde. Und auch Karin und Markus würde er nur ungern im Stich lassen.

„Um die Beiden würden schon wir uns ab und zu kümmern. Schließlich sind wir inzwischen ja auch „geschäftlich" miteinander verbunden. Und vor allem als Menschen habe ich die Beiden schätzen gelernt". - Es war Ole, der über all seinen Hilfeleistungen hinsichtlich des Geschäfts schnell erkannt hatte, dass man mit Karin und Markus die berühmten Pferde stehlen konnte.

„Um ganz ehrlich zu sein, der Hauptgrund ist jedoch Ines. Ohne die Sache mit ihr geklärt zu haben, oder besser gesagt, ohne sie, würde ich niemals weggehen", fügte Johannes fast kleinlaut, aber bestimmt hinzu.

„Das verstehe ich nun im Grunde meiner Seele", meinte Doro trocken. Und nach einigem Überlegen: „Dann gibt es aus meiner Sicht nur Eines: Weitersuchen und zwar möglichst bald..."

„Habt ihr nicht erwähnt, dass ihr im Herbst nochmal einen Termin im Norden einplanen wollt – wenigstens ein oder zwei Tage?"

Längere Zeit diskutierte man hin und her über den Sinn einer weiteren Suche. „Nur irgendwo irgendwie suchen, bringt nichts. Ich denke, wir müssen „strategisch" sehr gezielt vorgehen. Ich plädiere nochmals für Strahlsund und den östlichen Bereich davon. Nach all den Informationen, die ich von Renate und den anderen Gesprächen habe, spricht vieles dafür".

Doro, die vorher schon für die Weitersuche plädiert hatte, nahm jetzt nachdrücklich das Heft in die Hand. Johannes wurde den Eindruck nicht so ganz los, dass sie bewusst oder unbewusst so manches, was in ihrem gemeinsamen Leben schief gelaufen war, durch ihren Einsatz für ihn und damit auch für Ines wieder gut machen wollte.

Tatsächlich konnte die inzwischen auf ein Quintett angewachsene Gruppe einen gemeinsamen Termin in den Herbstferien finden und sich erstaunlich rasch darauf einigen.

Man war an die Ferien gebunden, damit Babsi, die ja als Lehrerin arbeitete, auch mit dabei sein konnte. Und für die anderen war es zeitlich gerade noch so im Rahmen, dass sie ihre Termine hin und her schieben oder notfalls absagen konnten.

Diesmal hatten sie die Route gen Norden über Hamburg gewählt, um dann vor Lübeck weiter Richtung Osten nach Stralsund abzubiegen. Um keinen Tag zu verlieren, starteten sie bereits am Sonntag, aber erst nachdem Johannes noch seinen Gottesdienst absolviert hatte. „Da predigen sie anderen Leuten, man solle den Sonntag heiligen, und sie selbst fahren an dem selbigen zur Hochform auf", spöttelte Ole. Dieser Ton kam manchmal noch durch, obwohl das distanzierte Verhältnis zur Kirche sich sowohl bei ihm als auch bei Doro merklich verändert hatte, seit die beiden sich kennen und lieben gelernt hatten.

Um wenigstens auf dem Hinweg die weite Strecke nicht auf einmal fahren zu müssen und vielleicht doch noch ein klein wenig Urlaubsstimmung in diese „Dienstreise" zu bringen, planten sie in Soltau vor den Toren Hamburgs noch einen Zwischen-Stopp ein. Babsi und Dieter kannten dort ein Gutshaus mit Gästebetten und einem Besitzer, der ein echtes Original war. „Ich sage euch: Ein Gehöft wie aus dem Bilderbuch. Ihr werdet das Gefühl haben, in eine andere Welt einzutauchen". Jetzt im Herbst, außerhalb der Saison, war es dann tatsächlich auch keine Schwierigkeit, mit fünf Personen sich im Gutshaus einzuquartieren. Babsi hatte nicht übertrieben.

Als sie die kopfsteingepflasterte und mit Kastanien gesäumte Allee auf das Gutshaus zu fuhren, hatte man das Gefühl, hundert Jahre zurückversetzt zu sein. Ein Stück von der guten, alten Zeit tauchte vor ihnen auf, die in Wirklichkeit allerdings ja manchmal gar nicht so gut war. Freilaufende Gänse und Hühner säumten den Weg und liefen aufgeregt schnatternd und gackernd davon. Ein kleiner Teich und die Stallungen, vor denen eben Reitpferde abgesattelt wurden, umsäumte das Ganze. Im Gutshaus selbst traten sie in eine mächtige Vorhalle mit einer weit geschwungenen Treppe. Die Vorfahren des heutigen Besitzers mussten sehr wohlhabend gewesen sein. Freundlich wurden sie empfangen und auf ihre Zimmer gewiesen.

Ein kleines Abendessen nahm man noch in Soltau ein, um dann bei einem Glas Wein im herrschaftlichen Speisezimmer des Gutshauses zusammenzusitzen.

Der Gutsherr hatte es sich nicht nehmen lassen, sich noch eine Weile zu seinen neuen Gästen setzen. Die Unterhaltung war bald in vollem Gange. Nachdem er sie ausführlich über das „Woher" befragt hatte, erzählte der Gastgeber in seiner trockenen und doch humorvollen Art von der Geschichte des Hauses, sich selbst und so manchem, was sich drum herum abspielte. Er streute immer wieder Anekdoten und Geschichtchen ein, die seine aufmerksamen Zuhörer zum Schmunzeln und des Öftern auch zu herzhaftem Lachen anregte. Es war ein guter und entspannter Abend.

Am nächsten Morgen war das Frühstück ein ganz besonderer Genuss. An schön eingedeckten Tischen im herrschaftlichen Speisezimmer war alles vorhanden, was zu einem herzhaften Frühstück nach Gutsherrenart gehörte. Der Blick durch die großen Fenster hinaus auf den Hof mit den herbstlich verfärbten Bäumen lud fast zum Träumen ein.

„Wenigstens einen Tag lang sich fühlen wie die Herrschaften von anno dazumal - wenn das nichts ist!", meinte Johannes locker. Der Zwischenstopp hatte ihm gut getan und geholfen, ein wenig Abstand von allem zu bekommen. Die Arbeit bis zuletzt und das Ungewisse, was vor ihnen lag, hatte ihn zuvor in eine für ihn und die anderen deutlich zu spürende Anspannung versetzt.

Nachdem die wenigen Koffer wieder verstaut waren, verabschiedete man sich herzlich.

„Ganz sicher werden wir einmal wieder vorbeikommen. So ein Kleinod trifft man nicht alle Tage". Es war der ehrliche Vorsatz des Freundeskreises und den Gutsherrn und seine Leute freute es. Sie liebten ihre Gäste, auch wenn sie nur eine Nacht blieben. Viele wurden dadurch zu „Wiederholungstätern". Kurze Zeit später war man dann wieder auf der Autobahn Richtung Norden. Hamburg und Lübeck ließen sie im wahrsten Sinn des Wortes links liegen. An Wismar und Rostock vorbei sollte es möglichst zügig nach Stralsund gehen.

Der Tag war wolkenverhangen und neigte zum Regnen. Der Montagsverkehr war in vollem Gange. Die vielen Lastwagen, die in Richtung Osten unterwegs waren zeugten davon, dass auch hier wirtschaftlich etwas in Bewegung geraten war. Zwar bei weitem noch nicht so umfassend, wie die Ungeduldigen es gerne gehabt hätten. Die „Blühenden Landschaften", die der Bundeskanzler bei der Wiedervereinigung damals versprochen hatte, waren, wenn überhaupt, erst ansatzweise zu entdecken. Wer die Gegend jedoch aus früheren Zeiten kannte, besonders aus den letzten Tagen der DDR, musste ehrlich zugeben, dass sich doch schon erstaunlich viel bewegt hatte. Jedoch viele Leute neigten eben immer noch dazu, nur das zu sehen, was noch nicht war. Was sich bereits zum Positiven verändert hatte, nahm man selbstverständlich hin oder übersah es großzügig.

Immer wieder führte ihr Weg auch an großen, meist halb zerfallenen Gutshäusern vorbei. Diese standen symbolisch für die Geschichte des Landstrichs. In der Zeit vor 1945 war diese Gegend ein „reiches armes Land". Nicht umsonst nannte man Mecklenburg Vorpommern in längst vergangenen Zeiten die Kornkammer Deutschlands, wenn nicht sogar Europas. Weite, fast unüberschaubare Felder brachten den Gutsherren fette Einkünfte. Und den Landarbeitern zwar viel Arbeit, aber ein karges Leben.

Dass hier Sozialismus und Kommunismus schneller und gründlicher Fuß fassen konnten wie in anderen Gegenden, war nicht verwunderlich. Aber eine wirkliche Veränderung zum Besseren hatten auch die neuen Herren nicht gebracht. Sie hatten nur den Mangel umverteilt.

Auch nach der sogenannten Wende waren viele der Bewohner dieses Landstrichs, wenn auch auf einem etwas höheren Niveau als früher, dicht an der Armutsgrenze. Die Arbeitslosenzahlen waren im Vergleich mit dem Rest der Republik, beunruhigend hoch.

Die Wenigen noch etwas Wohlhabenderen, die man dringend zum Wiederaufbau gebraucht hätte, hatten längst der Gegend den Rücken gekehrt. Im Westen waren die Verdienstmöglichkeiten besser und der Neid der eigenen Landsleute auf diejenigen, die es trotz allem zu was gebracht hatten, geringer.

Manche Leute aus den unterschiedlichsten politischen Gruppierungen waren darum auch ernsthaft der Meinung, dass gerade dieser Landstrich dringender als alle anderen so etwas wie eine neue „Gesellschaftsordnung" bräuchte. So illusorisch dies auch klang, es war die bittere Wirklichkeit, über die man sich gefälligst den Kopf zu zerbrechen hatte. Irgendetwas zwischen Sozialismus und Kapitalismus musste es sein. Nicht wieder die starre Ideologie der kommunistischen Betonköpfe. Denen war es viel zu häufig nur um Macht, ihre verquerten Ideen und ihr eignes Wohlergehen gegangen und nicht um das ihrer Mitmenschen. Und auch nicht dieser „Turbo-Kapitalismus", der im Grunde nur die Interessen einer anonymen und oft verantwortungslosen Finanz-Clique vertrat, die nach dem Motto agierte: „Nach uns die Sintflut..".

Manchem, der sich in der Sache etwas auskannte, kam in diesen Tagen die soziale Marktwirtschaft von Ludwig Erhard, dem ersten Wirtschaftsminister der westlichen Bundesrepublik und später glücklosen Bundeskanzlers, ins Gedächtnis. Diese Gedanken waren im Westen einst ein hoffnungsvoller Ansatz, der jedoch nie konsequent genug weiterverfolgt wurde. Vielleicht wäre dieses Modell heute für den Osten eine brauchbare Grundlage, auf der man aufbauen könnte? Leider hatte damals im Westen die Gier auf beiden Seiten, bei den Unternehmern mehr und den Arbeitern weniger, diese Idee ausgehöhlt. Ob die neuerlichen Veränderungen in

Deutschland eine Chance waren, diese wieder neu zu beleben?

*

Gegen Mittag kamen sie in Stralsund an. Sie hatten diesmal ein Hotel etwas am Rande der Innenstadt gebucht, um sich weite Wege aus dem Umland zu ersparen. Das Hotel stammte noch aus Kaiser Wilhelms Zeiten, war in der Zeit der DDR abgewohnt und jetzt nur notdürftig und teilweise lieblos renoviert worden. Aber es hatte auch seinen „morbiden Charme". Beim Gang von der Toilette sah Johannes durch die offene Tür Ole stehen, nicht etwa bei der dort üblichen Erleichterung. Ole stand begeistert vor einem alten Spülkasten, wie er einst an der Decke montiert wurde mit einer langen Kette mit Holzgriff. Vor fünfzig und mehr Jahren war dieses „Modell" auch im Westen noch in älteren Häusern zu sehen. Immer und immer wieder reizte es Ole, durch einen kräftigen Zug die Funktion des Spülkastens in Gang zu setzen. „So etwas gibt es bei uns leider nicht mehr – höchstens noch im Museum", meinte er entschuldigend lächelnd, als die anderen amüsiert und kopfschüttelnd seinen Experimenten zuschauten.

Die Betten in den Zimmern waren durchgelegen und glichen eher einer Hängematte als einer vernünftigen Liegestatt. Das Frühstück war dürftig und bei der Bedienung hatte man stets den Eindruck, sie bei wichtigeren Dingen gestört zu haben. Einzig der Preis hatte sich schon voll den neuen Gegebenheiten angepasst. Er wurde gleich zu Anfang für die volle Zeit einbehalten, man wusste vermutlich, warum.

Nach dem Frühstück traf man sich, um das weitere Vorgehen zu beraten. Doro sprach aus, was die anderen auch bereits im Stillen vermutet hatten: Dass nämlich die zweite Frau auf dem Bild, das Ole damals am Strand geschossen hatte, die bis jetzt so geheimnisvolle Freundin von Ines sein könne. Und diese musste ja vermutlich hier in Stralsund wohnen.

Man musste also die Suche auf beide Frauen ausdehnen, aktuell sogar mit dem Schwerpunkt auf die Frau neben Ines. Vielleicht hatte man so mehr Glück. Noch vor Mittag klapperten sie sämtliche erreichbaren Supermärkte und Einkaufszentren ab, die inzwischen auch hier im Osten wie Pilze aus dem Boden schossen. Die Idee dazu stammte wieder einmal von Doro. Und so gründlich vorbereitet, wie sie manchmal sein konnte: Sie hatte bereits eine längere Liste mit allen möglichen Standorten der Supermärkte recherchiert. Mehr und mehr wurde deutlich, dass dies ganz offensichtlich eine der Stärken von Doro war: strategisch und planvoll vorzugehen. Aber nicht nur deshalb waren alle froh und dankbar, dass sie sich dem „Suchtrupp" voll Tatendrang und ganz selbstverständlich angeschlossen hatte. Sie war eine echte Bereicherung des Freundeskreises, vor allem auch durch ihr aufgeschlossenes und unkompliziertes Wesen. Und ähnlich wie Babsi hatte sie die Gabe, die andern immer wieder aufzuheitern, wenn der Frust der Misserfolge auf die Stimmung drücken wollte.

Denn ohne einen nennbaren Erfolg vorweisen zu können, traf man sich nach mehreren Stunden Suche am späteren Mittag in einem Café zu einem kleinen Imbiss. Wieder versuchten die Freunde auch dort, mit Gästen des Lokals ins Gespräch zu kommen und ihnen die Bilder der inzwischen zwei Gesuchten zu zeigen. Die Reaktionen darauf waren ähnlich wie bei den zurückliegenden Bemühungen. Die meisten Befragten waren zurückhaltend freundlich, aber schüttelten schnell, für das Empfinden der Fragenden viel zu schnell, den Kopf.

Diese Leute wollten ganz offensichtlich in nichts hineingezogen werden. Sich dumm stellen und von Nichts wissen war eine der Überlebensstrategien in der ehemaligen DDR. Und diese Einstellung saß bei Vielen noch immer sehr tief. Außer bei zwei Frauen an einem Nebentisch, die in ein intensives Gespräch bei einer Tasse Kaffee vertieft waren. Sie reagierten zuerst einmal auffallend abweisend. Nach einem Blick auf das Bild und nachdem die Freunde Anliegen umschrieben hatten, waren die Beiden jedoch auf einmal auffällig interessiert. Sie wollten Näheres wissen, fragten nach erstaunlich konkreten Dingen, konnten dann aber angeblich doch keine hilfreichen Auskünfte geben.

Am Nachmittag wollte der Freundeskreis ein weiteres Mal die Altstadt durchkämmen. Schon im Sommer, bei ihrem ersten Besuch, war ihnen die Vielzahl der einst schönen alten Bürgerhäuser aufgefallen. Jetzt noch intensiver als damals befremdete und erschreckte sie jedoch der Verfall und die Verwahrlosung ganzer Häuserzeilen. Infolge der Geringschätzung historischer Bauten, was vor allem ideologische Hintergründe hatte, waren viele Häuser vom totalen Zusammenbruch und damit dem Verlust der alten Bausubstanz bedroht. Die Führung der DDR, egal ob unter Ulbricht oder Honecker, wollten ja etwas völlig Neues schaffen. Eine neue sozialistische Gesellschaft, die auch in den Bauten dieser Städte ihren Ausdruck finden sollte.

Das Ergebnis war dann so etwas zwischen hässlich und deprimierend. Auf der einen Seite Innenstädte, die in sich zusammenfielen. Die manchmal fast aussahen, als ob der zweite Weltkrieg erst vor kurzem hier sein Ende gefunden hätte. Auf der anderen Seite Plattenbauten und hässliche Protzbauten, die wenig Stil- und Lebensgefühl ausdrückten. Man konnte nur froh sein, dass die finanziellen Mittel der öffentlichen Hand in der dahinwelkenden DDR immer knapper und so die Menschheit vor noch mehr Scheußlichkeiten dieser Art bewahrt wurde.

Nach bestimmten abgesprochenen Zeiträumen traf sich die Gruppe immer wieder an vorher festgelegten Treffpunkten, um sich nach dem Austausch der Ergebnisse und Erfahrungen wieder erneut aufzuteilen. Sie streiften durch den alten und neuen Markt, vorbei an den großen mittelalterlichen Bauten der Backsteingotik, der Marienkirche, Nikolaikirche und Jakobikirche. Durch die Straßen mit den Bürgerhäusern, die mit ihren einst bunt und reich verzierten typischen Giebeln die Innenstadt prägten. Im Hof des Heiliggeistklosters, das früher das Heiliggeisthospital beherbergte, kam man wieder einmal zusammen, um das weitere Vorgehen zu besprechen.

Langsam wurde es auch schon dunkel. Darum entschlossen sie sich schweren Herzens, für heute die Suche aufzugeben. Sie liefen am Stadtrand entlang, durch einen großen Park mit schön angelegten Teichen, zu ihrem Hotel. Zum Abendessen machte man sich dann jedoch nochmals auf den Weg in eine nette Gaststätte, die ihnen von einem anderen Hotelgast empfohlen worden war. Im Gegensatz zu ihrem Hotel wurde hier das Bemühen deutlich, dem Gast für sein Geld wirklich etwas zu bieten. Der Kellner war freundlich und gab ihnen bereitwillig Auskünfte, die für ihre Suche hilfreich sein konnten. Als sie später noch in einem der Hotelzimmer zusammensaßen, fassten sie die Erfahrungen des Tages zusammen, um Pläne für den nächsten Tag zu schmieden. Außer, dass sie viel von der Stadt gesehen hatten, beschlich sie das ungute Gefühl, nicht wirklich weiter gekommen zu sein.

„Das Einzige, was für mich etwas auffällig war, waren die beiden Frauen im Café. Und die Reaktion, als wir ihnen die Bilder gezeigt haben, war mehr als merkwürdig. Mag sein, ich bin inzwischen für solche Dinge etwas übersensibel, aber ich hatte später hin und wieder den Eindruck, als ob wir selbst beobachtet würden". Es war Johannes, der diese Einschätzung in das Gespräch mit einbrachte.

Was die Freunde wirklich nicht wissen konnten: Auch in Zwickau war inzwischen die Zeit nicht stehen geblieben. Erna Dornmann hatte einige Zeit nach der Verhaftung ihres Ehemanns die Scheidung eingereicht. Nach vielen Jahren der Unterordnung unter ihren Mann war ihr klar geworden, dass sie nie wirklich gelebt, sondern ihr Leben nur an seine Wünsche und Befehle angepasst hatte. Und die hatte sie dann an ihre Kinder weiterzugeben, oft unter großem Druck und mit schlechtem Gewissen.

Ein letztes Mal aber hatte sie noch die alten Stasi-Kontakte aktiviert, soweit sie ihr bekannt waren. Jedoch nur, um Ines zu suchen und mehr über ihren Verbleib zu erfahren. Sie wusste vage von der Freundin in Strahlsund und hatte die Genossen dort gebeten, ihr in zurückhaltender Weise bei der Suche behilflich zu sein. Nachdem jedoch der Besuch der angeblichen Dame vom Wohnungsamt bei der Freundin von Ines ohne greifbaren Erfolg geblieben war, hatten die Stasi-Helfer die Sache nur noch sehr schleppend weiterverfolgt. Man hatte Wichtigeres zu tun.

Bis ausgerechnet dann jene Dame vom „Wohnungsamt", zusammen mit ihrer Bekannten, im Café von diesen Fremden angesprochen wurde. Die offensichtlich ebenfalls auf der Suche waren, wenn auch aus ganz anderen Gründen. Auf dem Bild hatte sie die Freundin erkannt, die angeblich von nichts wusste. Den Rest konnte man sich zusammenreimen. Die beiden Frauen waren alarmiert und setzten umgehend die anderen Genossen von ihrer Entdeckung in Kenntnis. Man beschloss, sich sofort an die Fersen der Gruppe dieser Westleute zu heften, um einerseits von deren Suche zu profitieren und anderseits von den Stasi-Leuten ungewollte Kontakte möglichst im Vorfeld schon zu unterbinden.

Im Tricksen und Tarnen war die alte Stasi jedoch, besonders die Abteilung in Zwickau, entschieden besser als die Stralsunder Restbestände. Als Doro am nächsten Tag in der Innenstadt sich erneut auf die Suche machte, diesmal allein, war ihr spätestens nach einer halben Stunde und häufigem bewusstem Standortwechsel klar, dass sie verfolgt wurde. Die Frau, die versuchte sie zu observieren, tarnte sich zwar immer wieder durch Mauervorsprünge und hinter anderen Passanten. Aber Doro, die inzwischen auch sehr wachsam war und ein Auge für solche Dinge hatte, merkte recht bald, dass diese Dame nicht nur zu einem Stadtbummel unterwegs war. Sie überlegte fieberhaft, wie man mit der Späherin verfahren könnte. Sie abzuschütteln wäre zwar ein Leichtes gewesen, denn die Spähaktion der Verfolgerin war mehr als dilettantisch. Und zudem war Doro sportlicher und vermutlich auch wesentlich fitter als ihre Verfolgerin.

Aber sie war sich fast sicher, in ihr eine der Frauen zu erkennen, die sie im Café getroffen hatten. Vielleicht wusste die etwas, was Doro und den Freunden von Nutzen sein konnte. Darum drehte sie nun den Spieß einfach um. Ziemlich abrupt verschwand sie hinter einer Hausecke in einer ruhigen Gasse, in der fast niemand unterwegs war. Die Verfolgerin entdeckte dies gerade noch rechtzeitig und bog ebenfalls in die Gasse ein.

Mit was sie jedoch nicht gerechnet hatte: Aus einem Mauervorsprung trat Doro urplötzlich hervor. Fragen und Diskussionen hätten vermutlich zu nichts geführt. Darum packte Doro die Frau am Mantelkragen und bog mit einem geschickten Griff den Arm ihrer Gegnerin ziemlich abrupt nach hinten, um sie an die Wand zu drücken. Doro kam jetzt ein Kurs zur Selbstverteidigung zugute, den sie schon vor längerer Zeit absolviert hatte. Die Dame war so überrumpelt, dass sie keinen Ton, weder der Empörung oder sonst etwas hervorbrachte. Sie starrte Doro nur mit schreckensweiten Augen an. Trotzdem herrschte Doro sie vorsorglich an: „Keinen Laut, sonst lass ich euch alle hochgehen". Das musste sehr überzeugend geklungen haben, denn die Dame fragte nur noch nervös und ängstlich: „Was wollen sie von mir?"

„Das kann ich ihnen sehr schnell sagen: Wo wohnt die junge Frau, die wir ihnen gestern im Café gezeigt haben?" Ihre Gegnerin suchte gerade nach Ausflüchten wie „Woher soll ich das wissen" und „keine Ahnung" und so. Aber Doro hatte schon wieder den Griff etwas verstärkt und machte so ihr Gegenüber redseliger. „Irgendwo in der Nordstadt, aber genaues kann ich ihnen nicht sagen".

„Wenn sie Nordstadt wissen, wissen sie auch mehr". Wieder ein unsanfter Druck auf den hochgebogenen Arm, der seine Wirkung nicht verfehlte. Beim dritten Versuch hatte Doro die genaue Adresse der Freundin. Aber damit war Doro noch nicht am Ende. „Sagen sie ihren Genossen: Wenn sie uns und vor allem auch die beiden Frauen nicht sofort in Ruhe lassen, werdet ihr und der ganze Haufen um euch das bitter bereuen. Wir wissen jetzt genügend von euch durch eure dümmliche Spioniererei. Im Gegensatz zu euch haben wir von der Polizei nicht das Geringste zu befürchten, ganz im Gegenteil. Noch die leiseste Aktion, und wir hetzen euch eine Meute auf die

Versen, die nur darauf wartet, auch die letzten Stasi-Nester auszuheben".

Das war natürlich sehr hoch gepokert, aber es verfehlte seine Wirkung bei der Stasi-Dame nicht. Als Doro sie losgelassen hatte, verschwand sie schnell und grußlos um die nächste Ecke.

Per Handy trommelte Doro die Freunde zusammen. „Die Jagd ist zu Ende", verkündigte sie erleichtert und auch ein wenig stolz. Die verdutzten Freunde konnten kaum glauben, was Doro ihnen zu erzählen hatte. Aber als sie den Zettel mit der genauen Anschrift hervorzog, war klar: Wenigstens die Freundin konnte man finden. Und das war schon viel mehr, als sie am Anfang des Tages erhofft hatten. Was die Freundin vom Aufenthaltsort von Ines wusste, musste man in einem Gespräch feststellen, das man jedoch sehr geschickt einfädeln musste. Darüber waren sich alle einig und im Klaren.

Noch am Nachmittag fuhren sie in die Nordstadt zur angegebenen Adresse. Am Klingelschild eines der großen Plattenbauten lasen sie tatsächlich den Namen „Marlene Karinski". Das musste die Freundin sein. Die Stasi-Dame hatte ihnen also in ihrer Überraschung und Verwirrtheit über den unerwarteten Lauf der Dinge tatsächlich die richtige Adresse genannt, die ihr ja von ihrem früheren Besuch her bekannt war.

Die Freunde berieten, wie sie jetzt weiter vorgehen sollten. Einfach klingeln war sicher keine gute Möglichkeit. Zum einen war die Freundin von Ines vermutlich noch bei der Arbeit. Zum anderen wäre es wohl einem Überfall gleichgekommen, wenn sie zu fünft vor der Wohnungstüre gestanden hätten. Und das wäre in Bezug auf die Gesprächigkeit von Marlene mit Sicherheit nicht hilfreich gewesen. Noch einmal war es Doro, die die anderen bat, alleine vorpreschen zu dürfen. „Ich werde versuchen, mit der Freundin im Gespräch, zu dem es hoffentlich kommt, eine Vertrauensbasis aufzubauen. Ich habe vor, mich einfach als die Ex von Johannes vorstellen, den sie ja sicher aus Erzählungen von Ines kennen müsste. Und dann werde ich einige Einzelheiten aus der Beziehung der Beiden preisgeben, die mir bekannt sind. Und natürlich beabsichtige ich, ihr ganz offen sagen, warum wir hier sind. Das schafft Vertrauen und damit wird ihr hoffentlich klar, dass ich nicht irgend so eine Stasi-Puppe bin".

Sie mussten lange warten, bis sie ihrem Ziel näher kamen. Nach mehreren Falschmeldungen und bereits nach Einbruch der Dunkelheit schloss wieder einmal eine junge Frau die Türe des Wohnblocks auf, um ins Innere dessen zu gelangen. Gestalt und Aussehen, soweit es in der Dunkelheit erkennbar war, passten zu der Gesuchten.

Sie warteten noch eine kleine Weile, dann klingelte Doro. Und tatsächlich: durch den Lautsprecher der Sprechanlage krächzte ein „Karinski". Doro hatte sich vorher genau zurecht gelegt, was sie sagen wollte. „Doro Scheurer. Ich bin eine Freundin von Ines und ihrem Johannes. Ich muss sie dringend sprechen". Eine lange Pause, in der Doro schon dachte, das Gespräch sei zu Ende. „Und woher soll ich wissen, dass sie echt sind?" schallte es durch die Sprechanlage. Marlene war vorsichtig.

„Fragen sie mich nach irgendeinem Detail von Ines, das nicht jeder weiß. Vielleicht kann ich ihnen antworten". Wieder eine lange Pause. „Wo wohnt der Freund von Ines?" Doro war sichtlich erleichtert. Fast heiter posaunte sie in die Sprechanlage: „Auf einem Dorf auf der Schwäbischen Alb". Der Türöffner surrte und Doro konnte nach oben gehen.

Marlene bewohnte eine freundliche, nett eingerichtete Zwei-Zimmer Wohnung. Sie begrüßte Doro nicht unfreundlich, aber reserviert. Das Misstrauen war ihr immer noch deutlich anzuspüren. Nach dem Motto „Offenheit schafft Vertrauen" erzählte Doro ganz unumwunden, warum sie und die Freunde hier waren und was ihr Anliegen war. Auch dass sie die Adresse von ihr von der Stasi-Dame quasi erpresst hatte. Ein kurzes Lächeln huschte über das sonst sehr ernste Gesicht von Marlene. Doro war sich noch nicht ganz sicher, ob Marlene ihr wirklich glaubte. Deshalb schob sie noch die

Begegnung mit Renate aus Zwickau nach. Durch sie und ihre Nichte Marion waren sie ja erst auf die Spur Richtung Strahlsund gelangt. Das schien für Marlene nun wirklich eine glaubhafte Erklärung.

„Und sie wollen von mir jetzt den Aufenthaltsort von Ines erfahren?".

Doro war einerseits erleichtert, dass Marlene so direkt zur Sache kam. Die Erleichterung wich aber umgehend, als Marlene schroff sagte: „Die kann und darf ich ihnen nicht geben".

Zumindest hatte Marlene indirekt zugegeben, dass sie etwas wusste. Nur wollte sie nicht damit herausrücken. Warum auch immer. Doro nahm nochmals Anlauf. „Wir suchen Ines nicht einfach so. Wir haben auch keinen Auftrag von irgendjemand, weder von Angehörigen noch von irgendwelchen dunklen Gestalten, die das Ausspionieren nicht lassen können. Ich hoffe, das nehmen sie mir ab. Unsere Motivation ist allein, dass wir Freunde von Johannes und Ines sind. Johannes leidet wegen der Trennung unsäglich. Und vor allem, dass er nicht weiß, wo Ines ist und warum sie überhaupt so plötzlich verschwunden ist. - Und sie leidet vermutlich auch".

„Ines ist sich ja nicht einmal mehr sicher, ob Johannes sie überhaupt noch will. Da gab es irgendeinen merkwürdigen Brief, Ines hat mir nur kurz darüber erzählt. Offensichtlich ein Abschiedsbrief oder so was".

„Aha, daher weht der Wind", dachte Doro. Und laut sagte sie: „Soweit ich Johannes kenne, und auch die Beiden, kann ich mir so etwas überhaupt nicht vorstellen. Da ist doch ganz sicher etwas oberfaul! Sie wissen ja bestimmt, dass die Stasi, vornean der Vater von Ines, die Hand bei der ganzen zurückliegenden Geschichte im Spiel hatte. Und diese Herrschaften sind anscheinend immer noch zu fast allem fähig, was ihren Interessen dient".

Jetzt wurde Marlene offener und fasste offensichtlich nach und nach zu Doro Vertrauen. „Ich fürchte aber, Ines ist noch nicht fähig zu einer Begegnung. Sie hat Schreckliches erlebt". Und in aller Kürze erzählte sie Doro von der Vergewaltigung und der Flucht.

Doro war schockiert. Sie hatte ja einiges gewusst und geahnt, aber nicht in diesem Umfang. Wut stieg in ihr hoch gegen diese Dreckschweine. Jede andere Bezeichnung wäre für sie zu nichtssagend gewesen.

„Wenn sie es zulassen, werde ich mit Johannes darüber reden. Ich denke, er muss das alles wissen, so hart es ist. Aber wie ich Johannes kenne, ist er so feinfühlig und liebt Ines so sehr, dass er ihr helfen kann, mit dem allem fertig zu werden. Ja, ich möchte sogar sagen: Wenn jemand das kann, dann nur er".

„Sie scheinen diesen Johannes ja sehr genau zu kennen", erwiderte Marlene etwas erstaunt. Doro lachte. „Er ist mein Ex-Ehemann. Wir waren einmal verheiratet, haben uns aber wieder getrennt. Ich war zu unreif für die Ehe und wir sind auch zu verschieden. Jetzt geht jeder seine eigenen Wege und doch sind wir Freunde. Auch so was gibt's, Gott sei Dank".

Marlene war erstaunt über die lockere Offenheit von Doro. Und dass eine geschiedene Ehefrau dem ehemaligen Partner half, seine Freundin zu finden, war sicher eine der großen Seltenheiten auf dieser Welt. Noch fast eine halbe Stunde redeten sie miteinander. Jetzt nicht mehr mit dem Unterton des Misstrauens, sondern fast freundschaftlich. Sie hatten ja inzwischen ein gemeinsames Anliegen: Ines zu helfen. Sie beratschlagten, wie man ein Treffen mit Ines am geschicktesten arrangieren könne, ohne gleich ihre Abwehr und ihr verständliches Misstrauen gegen alle und jeden zu aktivieren.

„Ines und ich treffen uns ab und zu" gab Marlene jetzt zu. „So auch im Sommer am Ostseestrand, wo einer ihrer Freunde offensichtlich diese Aufnahme von uns gemacht hat".

„Versehentlich", fügte Doro lächelnd hinzu. „Ursprünglich waren sie ja gar nicht gemeint. Erst als Johannes Ines und sie am Rand des Bildes entdeckte, kam das Ganze ins Rollen. Nicht nur hier, sondern in so manchen Bereichen unserer Suche hatte offensichtlich der berühmte „Kommissar Zufall" seine Hand im Spiel gehabt, sofern man an Zufälle glaubt".

Nach fast eineinhalb Stunden Gespräch hatte Doro die Adresse der kleinen Pension in Greifswald in Händen. Und versprach Marlene fest, sie über die weitere Entwicklung auf dem Laufenden zu halten und nichts Überstürztes zu unternehmen.

Doro war überzeugt, dass Ines verstehen würde, warum Marlene ihr Versprechen gebrochen hatte, ihren Aufenthaltsort niemand zu verraten. Marlene hatte dies absolut nicht leichtfertig getan. Wie alle aus dem engen Kreis der Freunde wollte sie Ines nur helfen.

Draußen war es kalt und dunkel geworden. Die Freunde hatten sich immer wieder die Füße in der näheren Umgebung vertreten und versucht, durch Bewegung sich etwas aufzuwärmen. Mehrfach waren sie auch drauf und dran, bei Karinski zu klingeln. Aber glücklicherweise hatten sie es unterlassen.

Doro informierte kurz und bündig: „Ich habe die Adresse".

Die Erleichterung war bei allen deutlich zu erkennen und Johannes wurde ein wenig blass und spürbar aufgeregt. „Mehr erzähle ich euch nachher im Hotel" brach Doro jedoch jedes weitere Gespräch ab. Spontan entschlossen sie sich, für das Abendessen diesmal die bescheidene Hotelküche in ihrem eigenen Hotel in Anspruch zu nehmen und dort eine Kleinigkeit zu essen. Für Größeres hätte jetzt eh niemand Appetit gehabt.

„Bevor ich euch mehr verrate, sollte ich zuerst mit Johannes alleine reden". Trotzdem die drei anderen äußerst gespannt waren, verstanden sie diesen Wunsch von Doro und stimmten ohne Einwand zu. Die beiden gingen in das Zimmer von Johannes, während die Freunde im Speisesaal noch einem Dessert oder Glas Wein zusprachen. Aber so richtig bei der Sache war keiner von ihnen. Jeder fragte sich in Gedanken oder auch laut, wie es nun wohl weiter gehen würde.

Doro brachte Johannes zuerst schonend die ganze Geschichte bei, die sie von Marlene erfahren hatte. Zwar hatte er Andeutungen und Vermutungen von dem allem bereits von Doro nach ihren Gesprächen in Zwickau gehört, aber die volle Wahrheit war für ihn dann doch wie ein Schlag in die Magengrube und nur schwer zu verkraften.

Nach langem, langem Schweigen meinte er: „Dass ich Ines trotz allem liebe, ist ja wohl klar. Vielleicht jetzt sogar noch viel mehr. Aber ob sie noch fähig und bereit ist, mich zu akzeptieren, nach allem, was ihr angetan worden ist?"

Nachdenklich antwortete Doro: „Darauf gibt es keine Pauschalantwort. Ich denke, du benötigst jetzt vor allem eines: Geduld. Ines braucht in dieser Situation einen Menschen, der einfühlsam ist und warten kann. Der sie liebevoll auch dann noch akzeptiert, wenn der Umgang mit ihr nicht einfach ist. Sei nicht enttäuscht Johannes, wenn sie dich anfänglich sogar ablehnt. Das ist wie ein Schutzpanzer, den sie braucht nach all den Verletzungen".

Johannes war Doro dankbar für ihr Verständnis für diese schwierige Situation und ihre Offenheit. Und aufs Neue war er mehr als erstaunt, wie sehr sich seine ehemalige Frau geändert hatte. Sie konnte sich in Menschen hineindenken und mit ihnen fühlen. Das war früher nicht gerade ihre Stärke.

Gegen später gingen sie wieder zurück zu den Freunden. Johannes saß schweigend dabei, als Doro nun ihnen etwas ausführlicher das Wichtigste mitteilte. Immer wieder wanderte ihr Blick zu Johannes, als ob sie ihn um Einverständnis bitten müsste, Weiteres zu sagen. Aber das hier waren Freunde, auf die man sich verlassen konnte. Die nicht nur mitdachten, sondern vor allem mitfühlten. Und die darum sogar ein Stück weit ein Recht auf Offenheit hatten.

Spät am Abend wagte man dann noch die Frage anzugehen, wie nun alles weiter gehen sollte. „Marlene meinte, Johannes solle allein zu Ines fahren. Mehr würde sie nicht verkraften", gab Doro zu bedenken. Jeder hatte für diesen Einwand und Vorschlag absolutes Verständnis.

Am nächsten Tag war nach ihren Planungen eh der Abreisetag. Die Freunde mussten wieder zurück an ihre Arbeit. Sophie, die Tochter von Doro, war zwar bei der Oma untergekommen, zu der sie inzwischen wieder ein sehr herzliches Verhältnis hatten. Seit Opa auf „Staatsurlaub" war, wie Frau Scheurer manchmal sarkastisch erwähnte. Aber zu lange durfte man dieses Entgegenkommen auch nicht ausdehnen.

„Ich bleibe", meinte Johannes nach einiger Überlegung kurz und bündig. „Jetzt müssen alles anderen Termine hintenan stehen. Ich werde mir ein Auto mieten und damit nach Greifswald fahren". Er war Mitfahrer bei Babsi und Dieter gewesen und wäre damit nicht mehr mobil, wenn die Freunde sich auf den Heimweg machten. „Nach Hause komme ich mit der Bahn. Und alles andere regle ich per Telefon."

Nochmals umarmte Johannes die Freunde beim Abschied. „Ohne euch wäre das alles nie möglich gewesen". „Zu was hat man sonst Freunde?" Wieder einmal war es Ole, der alle gefühlsmäßig auf den Boden zurückholte.

Kapitel 27   Weit weg

Der Mietvertrag für einen knallroten Golf war schnell unterschrieben. „Eine etwas gedecktere Farbe hätte es auch getan. Schließlich will ich nicht überall sofort auffallen", dachte Johannes bei sich. „Für wie lange?" fragte die freundliche Dame bei der Autovermietung. „Kann ich telefonisch verlängern?" Da dies leider nicht möglich war, mietete Johannes für drei Tage. Sollte er ihn früher zurückbringen, könne man da sicher irgendetwas machen, meinte die Dame.

Johannes fuhr Richtung Greifswald. Keine lange Strecke, er konnte sich Zeit lassen. Am liebsten wäre er natürlich geradewegs zu der Adresse auf dem Zettel gefahren, der neben ihm auf dem Beifahrersitz lag. Aber er wollte nichts überstürzen.

Immer wieder stiegen Zweifel in ihm auf. Würde Ines es wirklich akzeptieren und erfreut sein, wenn er so einfach auftauchte, trotzdem sie Marlene um Geheimhaltung gebeten hatte? Konnte sie sich aus all den schrecklichen Erfahrungen und Verstrickungen lösen, in denen sie offensichtlich mehr gefangen war, als er in seinem Denken es hatte wahrhaben wollen? War sie bereit zu einem Neuanfang mit ihm, nach all dem Schlimmen, was sie erlebt hatte? Und was, wenn sie ihn ablehnte, einfach stehen ließ?

Quälende Fragen, deren Beantwortung er vor sich herschob. Und darum fuhr er zuerst einmal direkt nach Greifswald.

Er parkte das Auto am Stadtrand und lief zu Fuß in die Innenstadt. Hier sah man noch deutlich die Wunden, die nicht der zweite Weltkrieg, sondern die DDR-Stadtplaner geschlagen hatten. Aus Informationen über die Stadt wusste er, dass Greifswald neben Gotha und Bernau zu den offiziellen „Teststädten" gehörten, in denen die DDR die historische Bausubstanz möglichst vollständig durch die vermeintlich fortschrittlichen Plattenarchitektur ersetzen wollte.

Zwar rückte die SED später wegen Protesten aus der Bevölkerung, soweit solche damals überhaupt möglich waren, von ihrem ursprünglichen Vorhaben ab. Ursprünglich war geplant, die Greifswalder Altstadt, die früher ein Kleinod war, total niederzureißen. Breite Boulevards, gesäumt von der fantasielos-hässlichen Plattenarchitektur, hätten die reizvolle Altstadt ersetzen sollen. Immerhin verschwand bis zur „Wende" mehr als die Hälfte aller historischen Gebäude. „Es war ein Schlachten einer über Jahrhunderte gewachsenen Stadt" schrieb später der Greifswalder Fotograf Robert Conrad, der zum Ärger der SED das Ganze fotografisch dokumentiert hatte.

Seit zwei oder drei Jahren hatte man nun zielgerichtet mit der Sanierung des übriggebliebenen historischen Stadtkerns begonnen. Die noch erhaltenen Teile der Altstadt sollten wieder sehenswert gemacht und die schlimmsten sozialistischen Bausünden beseitigt werden. Aber es war unübersehbar, dass es noch sehr, sehr viel zu tun gab.

Trotzdem Städte wie diese mit ihren Baudenkmälern und ihrer Geschichte für Johannes immer wieder ein reizvolles Thema waren, betrachtete er jetzt alles nur oberflächlich und teilweise gedankenverloren. Selbst als er an der alten und traditionsreichen Universität vorbei kam, in der er liebend gern selbst studiert oder gar gelehrt hätte. Er wusste, dass es hier unter anderem einen hervorragenden Lehrstuhl im Fachbereich Praktische Theologie gab, besetzt von einem jungen und ideenreichen Professor, der, ähnlich wie Johannes, in seinem Bereich neue Wege gehen wollte. Mit großem Interesse hatte Johannes immer wieder seine Veröffentlichungen gelesen.

Aber jetzt galt sein Interesse etwas anderem. Sein Verzögern und Hinausschieben des Unvermeidlichen war zu Ende. Er setzte sich ins Auto und fuhr ungefähr zwei Kilometer über Greifswald hinaus Richtung Süden.

Die Pension war relativ leicht zu finden. Etwas abseits der Straße ein schöner, gepflegter Park mit großen, alten

Bäumen. Die Pension selbst war ein größerer Altbau in der sogenannten Bäderarchitektur. Sie wirkte leicht und luftig, aber auch schon etwas in die Jahre gekommen. Sie hätte dringend einer Auffrischung bedurft, aber dazu fehlten vermutlich die Mittel. Johannes stellte das Auto etwas abseits am Rande des Zufahrtsweges ab. Langsam ging er auf die Pension zu. Lange hatte er überlegt, wie er es am besten anstellen könnte, Ines zu treffen. Einfach reingehen und nach ihr fragen wollte er nicht. Wenn es irgend ging, wollte er mit Ines allein sein, wenn sie wieder aufeinander trafen.

So setze er sich auf eine Bank, von der aus er die Pension gut einsehen konnte. Lange saß er dort und beobachtete das Kommen und Gehen. Ines war nicht dabei. Fast wollte er schon aufgeben und sich eine andere Taktik zurechtlegen, da sah er sie. Unverkennbar Ines. Sie kam durch einen Hintereingang, bekleidet mit einem Parka, der ihr offensichtlich etwas zu groß war. Zielgerichtet ging sie auf ein altes Fahrrad zu, das an der Hauswand lehnte. Vermutlich wollte sie gerade aufbrechen um Besorgungen machen.

Johannes klopfte das Herz bis zum Hals. Jetzt war Handeln angesagt. Quer durch den Park lief er auf Ines zu. Sie war mit ihrem Fahrrad beschäftigt und wollte gerade aufsteigen, als er nach ihr rief.

„Ines!". Wie erstarrt blieb sie stehen. Mit ihren großen, dunklen Augen sah sie ihn ungläubig an. Als sie sich wieder gefasst hatte, war ihre erste Frage: „Woher weißt du...?"

„Ines, ich hab dich lange, lange gesucht. Ich war so verzweifelt, als du einfach weg warst". Und dann erzählte Johannes von dem zufälligen Bild und der Suche, die ihn und die Freunde schließlich zu Marlene geführt hatte. „Sie hat dich nicht leichtfertig verraten, ganz bestimmt nicht. Aber sie hat offensichtlich gespürt, dass es jetzt sein musste".

Ines stand immer noch da wie angewurzelt. Und Johannes hatte das Gefühl, dass ihre Haltung Misstrauen, ja sogar Kälte und Distanz ausstrahlte.

267

Plötzlich kam es aus ihr heraus: „Ja, und dein Brief...?"

„Welcher Brief?" fragte Johannes. „Den du mir an die alte Adresse bei meiner Arbeitsstelle geschrieben hast. Eigentlich wollten wir die ja nicht mehr nutzen, weil sie zu unsicher war". „Ich habe keinen Brief an die alte Adresse geschrieben, nur einen über Renate". „Und den habe ich nie erhalten" antwortete Ines kopfschüttelnd.

Stockend erzählte sie nun Bruchstücke aus dem angeblichen Brief und Tränen standen ihr dabei in den Augen. „Ines, glaubst du im Ernst, ich hätte dir so etwas geschrieben?" „Ich konnte es ja auch kaum glauben. Aber der Brief war so echt, deine Handschrift, Formulierungen, die du sonst oft gebraucht hast. Nur der Inhalt passte nicht zu dir. Vielleicht hätte ich mich weiter damit auseinandergesetzt, aber dann geschah das Furchtbare".

Johannes versuchte vorsichtig nach ihrer Hand zu greifen. Aber sie war kalt und starr. Es war, wie wenn ein Eispanzer Ines umgeben würde.

Lange standen sie so da. Keiner wagte ein Wort zu sagen. Bis Johannes aufgewühlt und fast verzweifelt herausbrachte: „Ines, ich liebe dich doch. Für mich gibt es nichts Wichtigeres auf dieser Welt als dich. Ich brauche dich, ich kann ohne dich nicht leben. Glaub mir das doch bitte".

Er spürte, wie sich in Ines nach und nach etwas löste. Endgültig schoßen ihr Tränen in die Augen. Und als er sie endlich in den Arm nehmen konnte, zuerst noch widerstrebend, schluchzte sie aus ganzem Herzen. Es schien, als müsste alles aus ihr heraus, was sich in so langer Zeit angestaut hatte.

Sie wussten nicht, wie lange sie dort gestanden waren. Leute kamen vorbei und schauten teilweise etwas verwundert und neugierig auf das Paar. Johannes war es egal.

Als Ines sich nach langer Zeit etwas gefangen hatte, schaute er in ihre verweinten Augen. „Ines, komm mit mir", sagte er, „ich lasse dich jetzt nicht mehr allein, auf gar keinen Fall mehr". Es dauerte noch eine ganze Weile, bis sie stockend antwortete: „Johannes, ich kann nicht. Hier bin ich wieder etwas zur Ruhe gekommen. Und was dann kommt, weiß ich noch nicht. Nach all dem, was geschehen ist, kann ich nicht mehr in meiner alten Umgebung leben. Auch nicht bei dir. Ich habe immer noch... Angst".

Johannes wollte schon etwas Beschwichtigendes sagen. So in der Richtung: „Die Schlimmsten sitzen doch hinter Gitter und irgendwann wird man auch das Andere in den Griff bekommen und so...". Aber als er schon damit ansetzen wollte, kam ihm das alles so nichtssagend vor.

Blitzartig überfiel ihn ein völlig anderer Gedanke. Am Tag vor dem Aufbruch nach Stralsund hatte er aus den Staaten den Bescheid bekommen, dass ihm die Stelle als Dozent sicher sei, wenn er sie denn wolle. In dem Durcheinander und bei all der Aufregung war das völlig untergegangen. In aller Kürze erzählte er Ines davon, nur das Allernotwendigste. „Komm mit mir nach Amerika. Da sind wir weit weg von dem allem. Und sicher vor diesen Leuten, die nur glücklich sind, wenn sie andere ins Unglück stürzen können".

Nach langen, für Johannes viel zu langen Augenblicken des Nachdenkens fiel sie ihm um den Hals, wie sie es früher so gerne getan hatte. Als er sie ganz fest an sich drückte, flüsterte sie: „Amerika, Johannes, ja, ich glaube, das wäre gut. Amerika mit dir". Er meinte es deutlich zu spüren, wie sie in seinen Armen aus einem langen, schrecklichen Albtraum erwachte.

Handelnde Personen:

1. **Johannes Kanter**, *Pfarrer, Ex-Mann von Doro und Freund von Ines*
2. **Ines Dornmann**, *Tochter von Stasi-Leutnant Dornmann und Freund von Johannes Kanter*
3. **Barbara Berger**, *genannt Babsi, Freundeskreis*
4. **Dieter Runde**, *Prof. Dr., Freundeskreis*
5. **Olaf Berger**, *genannt Ole, Freundeskreis*
6. **Ferdinand M.Scheurer**, *Pfarrer, Vater von Doro*
7. **Dorothee Scheurer**, *genannt Doro, Tochter von Pfarrer Scheurer und Ex von Johannes*
8. **Sophie**, *Tochter von Doro*
9. **Herbert Dornmann**, *Stasi-Leutnant, Vater von Ines*
10. **Kowoski**, *Kneipenwirt, Stasi-Angehöriger*
11. **Marion,** *Freundin von Ines*
12. **Renate,** *Tante von Marion*
13. **Grünsporn,** *Frau Dr., Referatsleiterin der Personalstelle des Oberkirchenrats*
14. **Markus u. Karin Kalm**, *Nachbarn von Johannes*
15. **Wilhelm u. Frida Mager**, *ehemalige Besitzer der Schlosserei von Markus Kalm*
16. **Karl Boldner**, *Vorsitzender des Kirchengemeinderats*
17. **Manfred Huber**, *Referatsleiter Ost beim Oberkirchenrat*
18. **Martin Georgi,** *Superintendent aus Sachsen*
19. **Arthur Nohl,** *Zuzug aus Ostdeutschland*
20. **Manfred Stauber,** *genannt Manne oder auch „alter Manne", Messner*
21. **Kai Dorner**, *Stasi-Techniker*
22. **Ralf Kürschner**, *Stasi-Mann und stellvertretender Hoteldirektor*
23. **Marlene Karinski**, *Freundin von Ines in Strahlsund*
24. **Karl und Maria Jakobi,** *Besitzer-Ehepaar einer Pension bei Greifswald*

Nachwort

Dieses Buch ist ein Roman. Die handelnden Personen, Orte und Situationen sind darum frei erfunden. Ähnlichkeiten mit lebenden oder bekannten Persönlichkeiten sind rein zufällig, wo der direkte Zusammenhang nicht zu vermeiden war, sind die Namen abgeändert.

Trotzdem beruht das Buch auf intensiven Nachforschungen, Tatsachen und Gesprächen mit Betroffenen, soweit sie dazu bereit waren. Manche Situationen wurden bewusst überhöht dargestellt, um auf unterschwellige Gefahren hinzuweisen. Manches auch bewusst verschwiegen, um nur am Rande betroffene Personen nicht zu tangieren. Die ermittelnden Behörden wissen hier mehr.

Wie so manche Bücher dieser Art ist auch dies ein Buch gegen das Vergessen. Trotz Gauck-Behörde und anderen Aufklärungsstellen wurde über viele Verbrechen gegen die Menschlichkeit, die in der DDR geschehen sind, viel zu schnell das Mäntelchen des Vergessens gebreitet. Viele Menschen, die unter diesem Regime gelitten haben, belastet dies schwer und sie zweifeln an der Gerechtigkeit.

Vielleicht noch gefährlicher ist die Verharmlosung. Im Nachkriegsdeutschland nach 1945 war der Satz: „So etwas darf nie wieder geschehen" mit allem Nachdruck immer wieder zu hören. Wenigstens das Bewusstsein und der gute Wille waren vorhanden, wenn auch bei der Aufarbeitung viele Fehler gemacht wurden.

Nach 1989 war dieser Satz nicht Allgemeingut, sondern nur verhältnismäßig wenige machten ihn sich zu Eigen, vor allem solche Menschen, die besonders hart und persönlich betroffen waren.

Dass die politischen „Verlierer der Wende", die vom alten Regime vor allem profitiert hatten, bis heute die DDR schön reden und fast gebetsmühlenartig wiederholen, es sei doch nicht alles schlecht gewesen, ist vielleicht noch zu ertragen, wenn es auch nicht leicht fällt.

Dass jedoch Menschen, die heute Verantwortung in der Politik tragen und für sich die Rechte einer freiheitlichen Demokratie selbstverständlich in Anspruch nehmen, die DDR

271

wider besseres Wissen als angeblichen Rechtsstaat verharmlosen, ist unverzeihlich.

Noch am 11.Oktober 1989 hat das SED-Politbüro erklärt: „Der Sozialismus auf deutschem Boden steht nicht zur Disposition". Gemeint war natürlich der „Reale Sozialismus" alla DDR, von dem wenige profitiert und unter dem viele gelitten haben. Wir dürfen dankbar sein, dass diese Prophezeiung einer der grundlegenden Irrtümer der Mächtigen der DDR war, wie so vieles andere auch.

Dass die Freiheit in unserer Freiheitlichen Demokratie nie mehr durch einen Sozialismus alla DDR und das damit verbundene Unrechtsregime gefährdet wird, auch nicht durch Nationalsozialismus oder anderes radikales und intolerantes Gedankengut, muss eine stete Aufgabe aller sein, die es mit der Demokratie und der Freiheit ernst meinen.

Sommer 2017
Hans Weisenberger

Zeitfracht Medien GmbH
Ferdinand-Jühlke-Straße 7
99095 Erfurt, Deutschland
produktsicherheit@kolibri360.de